在古老的皱纹里，
叠印着我拥抱的人

我们忧伤的身体

傅菲/著

Our Bodies of Sorrows

GUANGXI NORMAL UNIVERSITY PRESS
广西师范大学出版社
·桂林·

我们忧伤的身体
WOMEN YOUSHANG DE SHENTI

图书在版编目（CIP）数据

我们忧伤的身体 / 傅菲著. --桂林：广西师范大学出版社，2019.3（2019.9 重印）
ISBN 978-7-5598-1546-0

Ⅰ. ①我… Ⅱ. ①傅… Ⅲ. ①散文集－中国－当代 Ⅳ. ①I267

中国版本图书馆 CIP 数据核字（2019）第 000489 号

广西师范大学出版社出版发行
（广西桂林市五里店路 9 号　邮政编码：541004
网址：http://www.bbtpress.com）
出版人：张艺兵
全国新华书店经销
广西民族印刷包装集团有限公司印刷
（南宁市高新区高新三路 1 号　邮政编码：530007）
开本：787 mm × 1 092 mm　1/32
印张：10.75　　字数：173 千字
2019 年 3 月第 1 版　　2019 年 9 月第 2 次印刷
定价：49.80 元

身而为人(代序)

人是身体性的存在,直面这一点,并不是件容易的事。生老病死,都关乎身体,令我们忽而想起身体,驻足打量它、珍视它、爱怜它。可在其余的时候呢?人们常说,身体是革命的本钱。我们言及身体,却旁顾其他。我们把身体当本钱、工具,我们在意的却是身体之外的事物,比如某种精神、存在的意义,甚至是物质与金钱等等。文学创作忘却身体也久矣!二十世纪八十年代以来,文坛上先后出现的伤痕文学、反思文学、改革文学、寻根文学、先锋文学、新写实小说等等,反映了社会大变革大发展时期理想和思想的迅猛变化,其表现重心无关身体。九十年代出现的“身体写作”,为了迎合阅读消费市场,把性体验从身体的整体存在体验中割裂出来，大肆渲染性器官的官能感受，我们很难称之为“身体存在”的写作。在这样的背景下，江西作家傅菲的著作《我们忧伤的身体》出版，就有了特别的意义。这是一部叙述各种有关身体故事的身体传记，也是一部直面“身体即存在”问题的思考者语录。

身体是脆弱的、有限的，作者在这部以身体为主题的散文集里，从不讳言这一点。作者直接以身体的器官或部位为每一篇章的主题，脸、耳朵、眼睛、唇、手、脚、骨头等，他甚至大方地跟人们谈论起，与身体必然联系着的疾病和死亡。这本书并不是一首慷慨激昂的身体颂歌，反而因其正视身体的有限性而有着淡淡的忧郁色彩。作者在书中谈到了诸多名人身体病痛的感觉，记录了亲朋好友的生病与死亡，真诚地袒露了自己作为身体存在的个体，因肉体的局限性所带来的各种“痛”与“怕”：怕伤、怕饿、怕痛、恐高，等等：

“一次，下班回家，我趴在餐桌上，对老婆说，快给我一杯糖水。我双手止不住地打抖，冒大颗的虚汗，浑身瘫软……我忍受不了饥饿，饿了内心发慌，什么都吃，能塞肚子就行。我还有恐高症。站在高处往下看，脑发晕，缺氧，腿软，心悬，有向下栽的感觉。”

这些文字描述了细微而真实的身体体验，也呈现了一个身体问题思考者的勇气。承认身体的有限性，其实也就是在承认个体存在的有限性。人类因身体的物质性而面临认知体验的局限性以及病痛死亡的必然命运，但无时无刻不在探索未知领域，突破日常生活的局限，追求超越性的自我以及存在的无限意义。古希腊人无法解决有限性存在与追求超越之间的矛盾，把身体与精神理念分离开来，并创作著名悲剧《俄狄浦斯王》表现无法摆脱这两种冲突的痛苦。承认身体的有限性与个体存在的有限性，并不意味着对有限性存在的妥协与让步，而是站在身体赋予我们的“有”与“无”边界，重新审视存在；也不是从某种凌驾于身体之上的精神角度拷问存在，而是以身体的眼光重新打量世界、“体贴”存在。

身体因其物质性而具有有限性，但同样不能否认的是，身体并不等同于物质。我们凭借身体得以认识理解世界，但在这一过程中，身体并不是等同于器官或物质工具来使用的。“我”的眼睛看到“日出江花、春来江水”，马上联想起“日出江花红胜火，春来江水绿如蓝”，即刻感觉到“能不忆江南”；《红楼梦》中分别从林黛玉和刘姥姥的眼光描绘了贾府，但毫无疑问，林黛玉和刘姥姥观察到的贾府是不一样的。我们使用身体并不仅仅是得到了某些信息，而是伴随着无法剥离的、切身的感觉和体验。这本书谈到“耳朵”“眼睛”等身体器官，其实是在谈通过身体对世界的感知与体验，因此在貌似枯燥的各章标题下，生动的故事和形象的语言就像大海里翩翩游来的鱼群，姿态各异而又绵绵不绝，引人入胜。作者说到自己的重度失眠的体验，“夜晚是一口热锅，‘我’是沸水里的活鱼”；母亲借米空手而归后，坐在灶边盯着灶火，“灶膛的木柴啪啪地响，仿佛一种催促声”，眼睛“目不转睛地盯着灶火，火苗在她眼球里跳跃。她的眼球那么大那么空，以至于容不下一滴泪水，像天空容不下雨”。书中所展现的每一种器官既提供、塑造了人与世界打交道的方式，也是人与世界相遇时的身体体验，其方式与内容不可剥离。

这种切身感觉与体验还具有系统性、整体性的特征。

身体感官及各部分都在积极融入世界，身体成为事物交汇的场所。就如《耳朵》篇中，作者用了一连串奇妙而又精到的比喻描绘了人的听觉："耳朵，是树枝上的叶子，感受风的震颤；是镜泊里的水，抚摸鱼的游动；是草尖上的露水，触摸时光的滑走……"这些诗意精妙的比喻是建立在对身体通感准确的把握上的。我们听到风儿吹过的声音，仿佛看到树枝上叶子的震颤，草尖上的露珠慢慢变小。世界以身体的方式与"我"相遇，并融会在一起。

身体的边界，就是存在的边界。身体的个体性不仅使得"我"的存在与"你"的存在截然不同，二者绝无重合的可能，更使得我们的存在从本质上说是个性化的。书中的每一个有关身体器官与疾病的故事，也是一个个有关存在的故事。寻找智障儿子的张姓父亲的脚、喇家村史前遗迹中一具护着四个幼童骨骸的成人骨骸、邻居燕燕的狂犬病和糟老五的破伤风等，这些器官、疾病的故事因其被承载的身体的个体性以及身体经历的个体性而独一无二，又因其身体体验与经历而生成某种意义，它们从黑暗的虚无中浮现出来，鲜艳夺目，却又摇曳生姿。

身体的个体化决定了我们存在的个性化，但不意味着彻底的孤独。身体是我们与世界相遇的场所，我们都拥有身体，因此我们拥有感知理解世界的同样方式，也拥有相同或相似的感觉与体验。身体使得人类有相互理解的可能与前提。这本书并未提到身体如何使人们相互理解成为可能这一问题，但是其中讲述的每一个身体故事，都在瞬间击中读者内心深处的世界，对每一个作为身体存在的故事主角有了最切身的理解和感悟。所有的这些故事中，最让笔者动容的是小女孩傅日静之死。严格地说，这不是一个故事，这是真实发生的事件。作者以不长的笔墨，叙述了这个对整个家族来说都是极大打击的悲伤事件，在行文中也并未进行过多的情绪宣泄，但是其笔下流露出来的悲哀，却极大地感动了笔者，并对日静产生了深深的同情和怜悯。究其原因，不仅是因为日静的疾病使得她与家人眼睁睁地看着生命从身体流逝而令人极其无助难过，作者在叙述中，也是以家人而非旁观者的视角，身处生与死的临界点上体验、诉说着人如何遭遇作为身体之死的死亡。作为身体性的存在，人的死亡从根本上说首先是身体之死所带来的无法替代、无法改变、难以承受的虚无与困惑，这一切，都激发了同为身体存在的读者感同身受的体验和思考。文学叙事中的死亡叙事，也必须首先直面这种作为身体之死的死亡，才能更富有深入人心的深度与力量。当代著名小说《活着》以描绘人的各种死亡而著称，但笔者认为，死亡对于每个个体来说是身体存在的绝境，人物如何遭逢面对这一绝境，其他人物尤其是主人公福贵在遭遇一个个家人死亡后又是如何看待死亡、保持对生活的热爱与乐观，小说还缺乏更切实、切身的叙述。在表现死亡这一方面，笔者认为此书《我们忧伤的身体》因对作为身体存在的人之死的自觉意识而有了更深入出色的表现。

身体并非物质，也并非机器，是我们与世界相遇的方式以及对世界的切身体验。我们与世界、他人以身体的方式联系在一起。在与世界、他人的沟通中，身体似乎消失了，我们听到了远处的声音，但在这一过程中并没有特别感觉到耳朵的存在。身体是个体性的、有限的，但身体与世界及他人的关联性特征又使人类通达精神与理想、理解世界与他人成为可能，从这个角度来说，人的身体存在又极富灵性特征,精神与灵魂实则是身体的灵性表征。

从身体存在的角度来审视文学创作,最首要的一点就是要把“人物”还原为“人”。“人物”不是某种思想、精神、意识甚至是性格的载体,而首先是活生生的人。也就是说,人物是有着个性化身体的人,因此作家在塑造人物时,有必要首先想象这个人物的容貌、言行、居住环境、生活方式等,即把人物落实为作为身体存在的个体。作品人物出场露面,读者认识人物就如同我们在现实生活中认识人一样。当代作家格非在品评《金瓶梅》时谈到,绣像本批评者认为,《金瓶梅》描绘一个极其次要的人物,即孟玉楼姑奶奶死去的丈夫时,用三个字“孙歪头”写活了一个人。格非认为,写活了的原因在于“要知道‘孙歪头’其实不是名字,而是叙事”,但他很可能意识到这种说法的牵强,随后补充说,“作者将原本属于形象描写的‘状貌’,强拉到他的名字(称呼)之中,从而完成了最小化的人物塑造——孙歪头三字一出,其人仿佛立刻就站在读者面前”。这段话其实绝妙地解释了“孙歪头”三个字之所以写活了一个人,是因为“孙歪头”是作为身体存在的“人”而非“人物”出现的,薛嫂怂恿西门庆去拜访杨姑娘，提到了她死去的丈夫，读者读到此处，仿佛置身于他们聊天的场景中，而“孙歪头”是闲谈时不经意提到的活生生的人一样。同样的例子还有比如《包法利夫人》中的“包法利老爹”：

“包法利老爹在荣镇又住了一个月，他早上戴着漂亮的银边警官帽，在广场上吸烟斗，把居民都唬住了。他习惯于大喝烧酒，时常派女佣人去金狮客店买上一瓶，记在他儿子的账上；要他使围巾有香味，他把媳妇储备的科隆香水全用光了。”

就是这么一个与作品的主题、主要情节没有要紧关系的人物，在爱玛琐碎平庸恶俗的日常生活中绝少露面，却让人过目不忘，印象深刻，原因也在于作者福楼拜并不是把他作为功能性的人物来创作的，不是为了实现叙事的某种功能，而是充分地尊重这个人物，把他作为生活中的、身体化存在的人表现出来的。在《我们忧伤的身体》这本书中，也有不少相似的例子，比如《脸》这一章中的满脸小窟窿的“老裁缝”、右脸上挂着肉瘤的“蓝仙”等等。

人的存在从根本上来说是身体性的存在，身体既赋予了我们存在的边界，又让我们得以超越这些边界，经由身体与他人及世界相逢、相识、相交，从这个意义上说，身体是我们存在的根基，也是我们存在意义的源头。我们有必要从身体而非抽离身体的精神角度重新认识存在，在文学创作中重新把身体置入存在，把“人物”还原为“人”，笔者认为，这是《我们忧伤的身体》的出版给人最重要的启示。

欧阳灿灿①

---

① 湖南沅陵人，文学博士，杭州师范大学人文学院教授，研究方向为比较诗学与身体研究。在《外国文学评论》《外国文学研究》《当代外国文学》《国外文学》《中国社会科学院研究生院学报》《中国社会科学报》等刊物上发表过多篇论文。

目录

相　逢

每个生命，来到这个世界，都是美妙的奇遇。我们相信，爱会发生无极限裂变。我们来到这个世界，最早相遇的，是一双手。手让我们脱离黑暗世界，让我们感知冷，感知哭声，感知一个女人垂死般的疼痛。我们被一个流了满床鲜血的女人，抱在怀里。我们还不认识这个人，我们的眼睛还睁不开，我们还说不出气味，但我们熟悉这个人的气息，有海洋的广阔和天空的壮丽，她带来的暖流伴随我们一生，她怦怦的心跳声，是我们一生的鼓点。我们不会忘记这个鼓点，给我们激越，振奋，鼓舞我们跃上战马，鼓舞我们穿越泥淖。这个人将引导我们，认识草木，认识虫鱼，认识色彩和四季，认识我们内心不被认知的部分。手抱着我们，托举着我们，我们的重量与世界的重量相等。

我们与乳房相遇。那里有生命的甘泉，是永恒的水井，是月亮的环形山。

棉花包裹着我们。棉花从地里摘下来，一朵一朵地摘，晒干，请来弹棉花师傅，一弓弦一弓弦地弹开，云絮一般蓬松，被一架织布机，咿呀咿呀地拉丝扯线，织成布，被一针一线缝制成棉衣。棉花，是植物中的母亲，纯洁，雪一样白，阳光一样温暖。棉花给予我们另一层皮肤。我们现在就去认识棉，在五月，地垄一条条，远远望去，像一张张空床，栽下棉秧，除草施肥洒水，棉一寸一寸地长，叶从枝节上抽出来，八月开花，紫黄相染的颜色从一个蕊里，哗啦，肆无忌惮撑开，坐桃之后，白霜来了，细晶体的霜，结在棉叶上，像蛀虫一样吞噬叶绿，棉叶发黄发白，出现斑斑的麻点，经脉老死，棉叶渐渐被秋风送走，棉花迎霜而开。我们有了衣裳，有了棉鞋棉帽。棉花使我们免除裸足而行，裸身而立。

我们喝米汤，吃米糊，喝粥，吃饭，我们像春日的柳枝，日日抽枝发叶。这些食物，来自同一种一年生栽培谷物。耕耘，插秧，灌溉，施肥，收割，翻晒，入仓，碾米。我们牢记它，它就是苍生。

摇篮带来了我们的第一支歌谣。我们躺在摇篮里，在秋日的阳光下，摇篮被一只手摇啊摇。母亲轻轻地唱起：

小嘛小儿郎/背着那书包进学堂/不怕太阳晒/也不怕那风雨狂/只怕（那）先生骂我懒哪/没有学问啰，无脸见爹娘/朗哩咯郎哩咯郎咯哩咯郎/没有学问啰，无脸见爹娘……

与早晨相逢，与黄昏相逢。我们相逢，在每一天。

我们认识树木，认识草露。我们认识河流，认识高山。当我们走出自己的门，便有了无数的相逢。我们去远方，坐了几千公里的火车，翻越一座又一座山峦，我们都是为了相逢。与一个人相逢，与一种生活方式相逢，与陌生的地方相逢。与自己相逢。

对每一次相逢，我们都充满期待和好奇，这是对未来岁月的神往。我们被诱惑着前行，不知道前面是玫瑰园还是陷阱。

1921 年 11 月 7 日，俄国“十月革命”四周年纪念日，莫斯科大剧院，著名舞蹈家阿赛朵拉 · 邓肯，由美国专程来此演出。这一天，邓肯与诗人谢尔盖·亚历山德罗维奇·叶赛宁相识，当两人初次紧握双手时，彼此都感到又惊讶又兴奋。爱神来到了他们心中，一见倾心，互相钟情，很快陷入热恋。

叶赛宁当时26岁，而邓肯已经43岁，两人语言不通，叶赛宁不懂英语，邓肯不懂俄语，彼此没有语言交谈。然而，这一切并不妨碍两人如痴如狂的热恋。叶赛宁正式与邓肯同居，并开始了蜜月旅行，先后经德国、意大利、法国、比利时，最后到达美国，历时一年多。

因文化和性格的差异，两人感情出现了裂痕，最后分道扬镳。

1923年秋，叶赛宁和邓肯返回莫斯科不久便开始分居。叶赛宁将邓肯送到高加索疗养，自己则和两个妹妹一起搬到过去的情人别尼斯拉夫斯卡娅那里去住。邓肯于1924年秋离开了苏联。她和叶赛宁的罗曼史彻底结束。别尼斯拉夫斯卡娅是个隐忍的女孩子，内心刚毅，做事果敢，原谅了叶赛宁的移情别恋，再次照顾他的生活。

1925年3月，叶赛宁在别尼斯拉夫斯卡娅的家庭晚会上，认识了列夫·托尔斯泰的孙女索菲娅·安德列夫娜。

彼此一见钟情，疯狂热恋。5月，叶赛宁来到巴顿，给别尼斯拉夫斯卡娅寄回一封信，提出分手。这是叶赛宁写给她的最后信函。9月，叶赛宁与索菲娅结婚。随着对索菲娅的失望，叶塞宁患了精神抑郁症。12月，叶赛宁一个人离开莫斯科去克里米亚，同自己的两个孩子告别后，再去往列宁格勒。1925年12月28日凌晨，叶赛宁在旅馆自杀，年仅30岁。

邓肯得知叶赛宁自杀的消息后，致信巴黎的报纸："叶赛宁悲惨的死给我带来了巨大的悲痛……"两年后，即1927年，邓肯走在街上，精神恍惚，围巾被卷进汽车轮子，遭受车祸而死。邓肯在自己的自传里曾说，一生最快乐的时光，是和叶赛宁在一起的三年，超过了其他快乐时光的总和。

1926年冬，叶赛宁去世一周年，别尼斯拉夫斯卡娅在诗人坟前跪了许久，而后饮弹自尽。她的口袋里留有遗书："1926年12月3日我在这里结束自己的残生……对我来说，一切最珍贵的东西都在这坟墓里……"她还不足30岁。

每一次相逢，于叶赛宁而言，都是美丽的罂粟花——

绚丽,妖娆,却让人窒息。万劫不复的心灵灾害在相逢里,人生美好的夙愿也在相逢里。

浪漫的相逢,彼此一见钟情,没有人不向往。法国人更甚,视浪漫的艳遇为生命再现。法国诺昂乡村女孩露西·奥罗尔·杜邦在 1832 年,以乔治·桑这个男性名字作为笔名,发表长篇小说《安蒂亚娜》,一举成名。露西·奥罗尔·杜邦长相并不出众,肥脸,身材略显臃肿,性格强悍。她抽雪茄,骑马打猎,穿高筒马靴,但她内心细腻,情感丰富,每一个细胞里都充满了浪漫情调。27 岁时,她与情人私奔,前往巴黎生活。她的一生,有无数的艳遇,一次次地俘获男人,和小说家缪塞、音乐大师肖邦的恋爱,更是交错复杂。在她的诺安镇庄园,日日高朋满座,有诗人缪塞,音乐大师肖邦和弗朗茨·李斯特,以及文学家福楼拜、梅里美、屠格涅夫、小仲马和巴尔扎克,还有画家德拉克洛瓦,拿破仑的小弟弟热罗姆·波拿巴亲王。座上宾中,绝大多数都是艺术天才,也是她的床畔迷恋者。她的每一段情感,都凄婉哀怨,美丽动人。她手中发出的情书,细腻,深情,撩拨心弦。她有一封写给缪塞的情书,堪称经典:

……

爱情是一个庙，凡恋爱的人建筑这个庙作为一个多少值得他崇拜的对象。而庙中美丽的东西，并不完全是神，倒是神坛。你为什么要怕重新来试行这一着呢？无论神像是久已竖起，或即刻会跌成粉碎，然而你总算已经建了一个美丽的庙。你的心灵将住在庙中，内中并且将充满敬神的香烟，而一个像你的心灵一样的心灵必定创造伟大的工作。神也许有变迁，但当你自身存在的时候，这个庙是会存在的。它是一个庄严的避难所，你可以在敬神的香烟中把你的心锻炼得结结实实，这颗心是十分丰富而有力，当神丧失了根基的时候，此心即可重新更换一个神。你以为一种恋爱或两种恋爱足以使一种强健的心灵精疲力竭吗？我也早已相信这一点，但我现在才知道情形恰恰相反。这是一种火，它总是要努力燃烧起来，并且通明透亮的。这也许是一个人整个的生命中一种可怕的，庄严的和忍耐的工作。这是一顶有刺的花冠，当一个人的头发开始苍白的时候，这花冠便扬苞吐蕊，现出玫瑰花来了……

爱而不见，相逢便是一种诀别，是隐忍和终生的痛。德国作曲家约翰内斯·勃拉姆斯(1833—1897)生于汉堡，逝于维也纳，是维也纳的音乐领袖人物。年少时期，生活非常穷苦，他的音乐启蒙来自他父亲——一位乡村音乐教师。20岁那年，即1853年，他认识了音乐大师罗伯特·舒曼(1810—1856)。勃拉姆斯在舒曼家弹钢琴，在曲子结束时，从琴键抬头的刹那间，看见了34岁的舒曼夫人克拉克·舒曼，他第一眼，便深深地爱上这位端庄美丽的钢琴家、作曲家。三年后，舒曼患严重的精神病去世了，勃拉姆斯为他送葬，随后不辞而别，前往维也纳，再也没有见过克拉克·舒曼。克拉克·舒曼40岁生日当夜，收到勃拉姆斯写的《小夜曲》。《小夜曲》含蓄、古典，像窗外越飘越远的云。克拉克·舒曼次日致信勃拉姆斯："《小夜曲》就像我正在看着的一朵美丽的花朵中的根根花蕊。"1883年，77岁的克拉克·舒曼与世长辞。勃拉姆斯日夜弹奏她生前喜爱的钢琴曲，伤痛不已，第二年便与世长辞。在与克拉克·舒曼相识的40多年里，勃拉姆斯始终没有向她表露心扉。在维也纳的40多年里，勃拉姆斯给克拉克·舒曼写了无数的情书，但一封也没寄出过。终其一生，勃拉姆斯没爱过其他人,一生未娶。他把自己当作对爱的祭献。

液体中两亿分之一中的生命细胞,与另一个生命细胞相遇、碰撞、结合,是生命诞生的奇遇。人与人的相逢相知相爱,何尝不是如此呢?我们走过千重山涉过万重水,错肩而过无数的人,在一棵树下,在地铁站口,在一辆公共汽车上,在一艘客轮的卧舱里,我们相遇了。我们缱绻绵绵。我们难舍难分,执手相看。世界在我们眼里消失,只剩下一轮明月。我们忘记了来路,也忘记了去路,时间在彼此的眼眸中凝固,幻化出一片汪洋。

认识世界的过程,就是与世界万物相遇的过程。我们认识各类种子,认识道路,认识遥远的地平线,认识黑夜。黑夜把落日抬走,把星辰展露出来,让我们明白,离我们最远的星辰,其实离我们最近,把稀薄的碎光撒在我们额头。我们和无数的人相逢相欢,也忘记无数的人。不能忘记的人,是居住在我们内心神庙里的人,是让我们柔肠百结的人。

每一个人的生命历程中,都会有意外的相逢。这是命运之神对我们的额外馈赠。我与你相逢。你在我心里种下了种子。我起床时,会想,你起床了吗。我吃饭时,会想，你吃饭了吗。我睡觉时，会想，你睡觉了吗。在空荡荡的午后，我坐在灰暗的窗前，会想，你在想什么。窗外的蜡梅花开了，我想起有一年，从海边归来，种下了它。蜡梅是落叶丛生灌木，不易生长，十几年才会长几厘米粗。不易长的树，不易衰老，生长期长，适合长情的人栽种。

相逢，就是一个怀抱容纳另一个怀抱，一只手牵着另一只手，一张脸贴着另一张脸。相逢是眼里迟迟不滑落的泪水，是掌灯人慢慢从暗中显现出来的面影。相逢一个人，和忘记一个人，同样艰难。某一天，我们走在街上，突然遇见多年前相识的一个人，曾日日夜语，彼此牵挂，后来不在一起了，过了很多年，我们都以为彼此相忘于江湖了，饮马江边，在不经意的街口，再一次遇见，会怎么样呢？美好的相遇会翻腾出苦楚的沉渣。

"我看不厌你的脸，每天都想看。"假如有一天看不见了，在模糊中，还觉得伸手可及，又会是什么呢？或如《一生所爱》所言：

苦海 翻起爱恨

在世间 难逃避命运

相亲 竟不可接近

或我应该 相信是缘分……

相逢过一个人,却再无重逢,心中所盼,又那么急迫,绵绵不绝。在早晨,露珠厚重,在深夜,烛火微弱,如勃拉姆斯般,开始写信,写完了,夹在抽屉底层。信中,写信人会反复提到,一条寂寥的街道,一个大雪之夜,江水汹涌,火车在奔跑,群山隐去,太阳慢慢抵达窗口。写信人的头发会被露水染白,蓝衫会被烛火熏黑。写信成为写信人一生最重要的事。写信人会想起她的咳嗽和耳语,想起她的口腔溃疡和荨麻疹,想起和她在一起吃饭的情境:把虾剥开,喂进她嘴里,她不说话,怔怔地望着自己,暗黄的灯光在她脸上荡漾……

我渴望有这样的相逢,当你从天边匆匆归来,干涩的芦苇发出嫩芽,夕阳久久不沉落,桥外依然是雪的意境。我不知道我是热泪盈眶,还是沉默不语。

我们也会和无数的厄运和不幸相逢。我们相逢过的每一个人,都会和我们作别。大多数的人,没有作别便已消失在茫茫人海。这是我们悲伤的根源。我们终其一生,日日顾念的是什么?内心不能融化的坚冰又是什么?最后，我们与死神相逢。死神阴冷的手，牵着我们，进入一个黑暗的冰窟。我们下沉，在冰洋里漂浮。我们沉默，黑夜无穷无尽，再也没有了相逢的际遇。这是我们相同的结束语。

脸

多少年后，你已经不在人世，假如我还活着，我要去你生活过的院子里，探寻你停留的影迹，在树下，在摇椅上，在衣柜前，在书架边，我会久久伫立，感受你当年的气息：空气里残留的咳嗽声，始终没有消费完的梦境，窗台上晾晒的旧皮鞋，阅读了一半的诗集，不再滴水的筷子，压在屋檐上的薄雪……我会把你吸过的尚未腐烂的烟头捡起来，把你的破围巾包起来，把你的蜂蜜罐存放起来。可能那时我已无法走路，只能坐在轮椅上，用你喝过的杯子喝水，用你的旧脸巾洗脸。我要在树下打盹，独自度过一个黄昏，等月亮慢慢升上来，从水井里爬到树梢，摇摇晃晃，那样，我可以看见一张脸，月亮一样圆润，葡萄一样多汁，那样，黑暗的旧时光会喷涌而来，像一列迎面而来的火车，带着呼啸、大地的痉挛、空气撕裂时发出的焦味、钢铁尖利的磨牙声、一千里路的阴霾。

认识脸所包含的意义，需要多少年？“你的脸像一束玫瑰，在时间深处绽放。”这是我十八岁时写的一个比喻句。我在县城荒坡的中等专科学校上学。坡下是渚溪河，惊蛰之后，虫子蛰伏在草丛里鸣叫，蜜蜂在花田里嗡嗡嗡。右岸的村舍在傍晚时分隐没，隐没在薄雾中。我有了第一次恋爱。一年后分手。现在我已经完全不记得她的脸。她的脸虚化在镜子蒙上的水珠里。这些年，我走了多少拐角，转过多少街口，遇见多少人，我茫然。直到有一天，你戴着灰白色的帽子，溯河而上，在另一条河流中远去。我回到寄居的小城，一个早晨，遇见一个卖花的老妪，她说：“买一枝玫瑰吧，送给你心爱的人，能带来好运。”她的篮子里，只有玫瑰和百合。她坐在街头的石凳上，灰色的长布裙沾着花瓣和叶子。我犹豫了，站了一小会儿。我有懊悔：和你见面时，为什么不带一束玫瑰呢？我买了四十三枝玫瑰，用丝带扎成一捧，插在办公室的花瓶里。我每天给玫瑰洒一些水，三天后，花开始慢慢焦枯，瓣儿的边沿结了斑斑点点的黑色。七天后，花朵完全失去水分，变成糜烂的黄色。脸和玫瑰有什么隐秘的联系呢？玫瑰会失血，褪去殷红和羞美。脸呢？一张不再出现的脸，是一种岁月的消失，是一面被灰尘掩埋的铜镜。当我在晚上，把灰尘抹去，照见了自己：虚浮的，无助的，迷茫的。这是一个不被他人窥视的世界：神性的，宗教般的黑暗。此时，一张不曾忘记的脸，浮在我眼前：艾草的青蓝色，没有光泽，颧肌塌陷，牙齿咬着唇谷，眼神呆滞。

他常常站在我办公室的窗口，看着缓缓而过的信江。其实他什么也没看。他只是对着窗外。他投在玻璃窗上的影子，斜斜的，有些变形。他是个中度抑郁症患者。他的眼睛是浅蓝色的，像个漏斗，色彩漏掉了，欢悦漏掉了，水分漏掉了。他有时站整个上午。他拒绝说话，拒绝出门，甚至拒绝睡觉。我闻到他脸上的气息：冰凉下来的但还没死去。他的下午几乎是在电影院度过的。他把脚架在前座椅靠背上，双手紧紧地抱住自己，闭目游思。电影院在我单位左边二十米处，有一个空落宽大的舞台，霉变的潮味和含混的体液味在黑黑的空间里游荡。他爱上了这样的气息。和他多么相似：溺在浑浊的水池里，脸上爬着蚊蝇的幼虫，投下来的光线不但不能使视线更明亮，反而把水里的污物摇动了,漂浮上来。他独来独往。即使在办公室,他要么看窗外,要么在纸上不停地涂涂画画。蓝墨水叠印着蓝墨水,最后整张纸溢满了深蓝,像一张不停涂改的脸。他把纸撕成一片片,塞到嘴巴里面吃。身体是他的牢笼。他极力把另一个自己从身体里抽出来。他去了南方。当一个人需要拯救自己时,漂泊是最好的方式。当我再次遇见他时,他的脸多了一份从容,也有了生活的嘈杂。那是多年之后,在信江岸边的花园座椅上,他对我说:"当年,我对生命几乎没有了信心,放弃了活下去的理由。"失恋把他推到了悬崖上。当他谈论这段历史时,他这样嘲笑自己:"世界上什么都可以信,就是不可以信爱情。"作为那段历史的记录,失眠成了他的后遗症。

脸部位于人体颈部以上,头部正前方,耳、眉、眼、鼻、口,匀称地分布在脸部。脸是一个人外貌特征最显著的标志,是辨认人的重要根据。四十二块表情肌,能把人的喜怒哀乐分毫不差地显露出来。脸是一张心灵的滴液试纸。

有一天,我听地理课,内容是讲地震。地震又称地动、地振动,是地壳快速释放能量过程中造成振动,而产生地震波的一种自然现象。地震常常造成人员严重伤亡,能引起火灾、水灾、有毒气体泄漏、细菌及放射性物质扩散，还可能造成海啸、滑坡、崩塌、地裂缝等次生灾害。我听完课，在办公室坐了十几分钟，抽了一支烟，又在窗前默默地站了十几分钟。我想，人发生地震一样的心理灾害，最先坍塌的会是哪儿呢？可能是脸。脸变得木讷，寒风吹不知道冷，暴雨打不知道疼。脸成了一大块失去肌理的肌肉。脸塌下去，骨头突出来，形似骷髅。这是一种哀绝。

让情感在这张试纸上细微显示出来的，是怦怦怦跳动的心脏。这样说吧，脸是人存活时间里最感性的表现形式。时间是液体的，从心脏出发，在人体日夜流淌，它所夹带的泥尘、病毒、霉菌、放射物、黑暗的光，最后在脸部滞留淤积，形成形态各异的图案。脸是我们生活和命运的证词，是嵌入肉质的脚印，是自己无法仰望的天空，是游动的悬崖。

我的初三数学老师方温圣，上课喜欢讲白。一天上课，他问："有谁知道鼻孔为什么朝下？"我们像傻子一样发愣。我告诉你们，他说，假如鼻孔朝上，下雨的时候，雨水会灌进去。我们哈哈大笑。任何一个器官的生长，都是进化的结果，没有为什么，都是为了更科学更协调地适应自然和生存环境。脸,可以感应天地万物。我顺着方老师的话问:“有谁知道脸为什么长得像陡坡一样?”又顺着他的话回答:“为了让泪水痛快地淌下来。”人直立行走,是把人性从动物性中解放出来。我幼稚地想,不仅如此,也是人尽可能地减轻自身的重量,快速向前。鸟为什么能飞起来?不仅因为有翅膀,还有气囊。如果气囊里不是气体,而是水或粪便,鸟能飞吗?泪水不仅仅是水,还含有浓郁的情感,这会是多么沉甸甸的水。假如脸长得像器皿,都把泪水储存起来,人的一生会是多么沉重。脸以陡坡的形式告知我们:泪水要尽快流走,过去美好的或不幸的,都以流逝作别。

我的一个邻居伯伯,村里人叫他老裁缝。去年春天死了。他生了四个女儿四个儿子。他二十几岁开始做裁缝,挑一架脚踏的裁缝机,上门为各家各户做衣服。他生了一张马脸,宽宽的,长长的,还长了许多疙瘩。上门做工,师傅中午是要小睡一会儿的,他偷情去了。村里有十几个相好的,他用一个封面套有毛主席头像的红皮封记账簿,做登记:×年×月×日×××家。相好家里没钱买油买盐,他给。去相好家里做工,他还带上布料。蓝仙小老裁缝二十多岁,像一条畸形发育的冬瓜。她的右脸有一个挂着的肉瘤,看起来像一扇破旧的大门挂着一个破旧的煤油灯。老裁缝特别喜欢她。但每次做爱的时候,老裁缝从兜里摸出一块黑布,蒙住蓝仙的脸。起先蓝仙不让,老裁缝说不蒙脸做不了,那个东西不听使唤。老裁缝后来习惯了她鼓突突的脸,不蒙了,但蓝仙不让,说,蒙起来做爱特别刺激,呼吸很急促,也看不到老裁缝做爱时流的长长的口水。蓝仙老公是石灰窑里的石料工,中午在石灰窑吃饭。有一次,他对蓝仙说,我在窑里要住三天,守窑火。他大门出去后,又翻进院墙,躲在阁楼上。他准备了三天的干粮和水。他要抓奸。第三天晚上,老裁缝来了。蓝仙咿咿呀呀地叫,他从阁楼上跳下来。阁楼木板太旧,其中一块断了,卡着他的脚。老裁缝光着屁股提着裤子,翻出院墙。蓝仙老公是个猎手,砰砰,硝弹打在老裁缝回头转身的脸上。老裁缝破了相,满脸小窟窿。村里有强悍的妇女,找老裁缝要东西,老裁缝从家里往外搬。老裁缝老婆不肯,和他的相好打架。他老婆打一次架,被羞辱一次。老裁缝还打她。他老婆从过门第二年,一直哭,哭到大儿子成家。她再也不哭。她给谁都一张笑脸,也给她老公的相好一张笑脸。

她满脸的皱纹绽开,像一朵向日葵。这个受尽羞辱和白眼的妇人,穿一件褪色的藏青棉袄,头发过早地发白,说话声音低得只有自己能听见,有了佛的安详。她脸圆圆的,有一层蜡油的光亮。我每次回家,都要去她家坐坐。她说,老裁缝死了,一辈子走完了,一辈子多快呀,艰难是一辈子,容易也是一辈子,快乐是一辈子,悲苦也是一辈子。她说起老裁缝年轻时的事情,似乎和她无关一样。她说,男人是一头牛,牛被别人拉出去耕田,总不可能把牛不归还吧。她的脸没有丝毫的悲楚,和一块搓麻线的缸瓦差不多。手摁住麻线,在缸瓦上狠劲搓,来来回回搓,浸一下水,再来回搓,麻线结实了,缸瓦发亮了。我也常想,一个没有悲的人,是完全把悲吃进胃里,吃一个红薯一样,消化了,排泄了,悲才没了。一个乐安天命的人,必须要有一个"巨大的胃",吞噬、消化人生的悲与伤,才能有惊雷之处不动声色的镇定。

绝大部分男人这样认为的:爱一个女人,其实就是爱一张脸。一个女人,假如她的脸不能打动她的恋人,这样的恋情很容易像水冲刷沙子一样,几个浪头打过来,被抹得无影无踪。厌倦一个女人,也是从脸开始的:"我连你的脸都不想看见。”恶毒的唾沫泼在她的脸上。人老珠黄，是最令女人深恶痛绝的一个词。年老色衰，是已成定局的事实，而人老珠黄多多少少心有不甘，因为往往是人未老珠先黄。一对夫妻，连接吻的兴趣都没了，不是吻失去了吸引力，而是不愿意零距离地脸贴脸：他（或她）不忍在关键时候别过脸去，假如那样，将是多么残忍。假如可以画着脸谱去生活，我想，绝大部分人都不会反对的。

化妆品把一部分女人从阴暗衰老的桎梏中解救出来。把女性的包打开，里面会放着一个精美的化妆盒，盒子里有胭脂、口红、眼影等。出门前，在镜子前站一个小时，做个面膜，涂面霜打蜜粉，在身上喷香水。商人精明的眼睛始终不会离开女人和孩子。女人和孩子就是商人的取款机。一个是盲目，一个是目盲。化妆品把皮肤和灰尘隔离开来，同时又在侵害皮肤。化妆品是女人的罂粟。化妆品能引发皮炎症、色素沉淀或色素脱失，使用不当时，会造成毛囊口堵塞，引起黑头、粉刺或痤疮。化妆品的损害属于物理和化学侵害，直接伤害皮肤的肌理，这是不可补救的。我的一个同事，是学舞蹈的，天天都是光彩照人的粉妆，一双大眼睛，迷死很多人。一次我们去出差，晚上她来串门，我们都傻眼了，都不敢把眼前出现的脸和大眼睛联系起来。她才二十六岁，脸上密密麻麻的小孔，像个小蜂窝，也失去了那个年龄应有的彤红色。像一块用旧了的木桶板。化妆品具有一定的遮蔽性，但不具有欺骗性。具有欺骗性的，是脸。我们往往从面相形成对一个人的初步印象，把脸分成经验成分的类别：憨厚的，狡猾的；慈善的，狠毒的；乐观的，愁苦的；严肃的，滑稽的……相由心生，一个人的个性、心思、善恶，会呈现在一张脸上。事实上，这是一种唯心主义。“面善心恶”和“面恶心善”，是告诫我们不要犯经验主义的错误，认识一个人需要从生活的细节辨析。戴着面具生活，是人性决定的，虚伪的人我们远离。世界太拥挤，索求的东西太多，面具才是他真实的脸。

女为悦己者容，是一种情感境界。事实上，“悦己者”也爱她蓬头垢面，爱她光着的脚丫，爱她身上的汗汁，爱她重重的咳嗽，爱她夹在包里层的药片，爱她不搭调的歌声，爱她的口腔溃疡，爱她的坏脾气，爱她的无理取闹，爱她指甲抓过的血痕，爱她身上的油烟味。不是她一切都是好的，而是“悦己者”疼惜她，体谅她，宽爱她。

我爱一个人，必须爱她的脸，但首先爱她的心脏。我不会用感情去爱一个人，而用心脏爱另一个心脏。是的，我爱她。我爱她的素面朝天，爱她的生老病死。所爱之人，她的脸会生动起来，即使长满皱纹或布满沧桑的痕迹。脸是因爱而生动，因爱有了光辉，因爱而赋予磁性的触摸感。我总觉得，世界上最动人的事，莫过于把恋人抱在怀里，用手去抚摸她的脸和头发，一遍又一遍，不厌其烦。只是当恋人已远去，自己的手只用于吃饭、穿衣、洗刷、抓痒、写字、摸麻将、提东西，事实上，手已经残废。

有一天，照相馆的师傅把冲洗好的照片送来，用相框镶嵌了起来。一个相框是木头框，有一种植物蔓延的气味，我很是喜欢。另外三个是不锈钢框和塑料框。我用纸巾把玻璃反复擦拭，我不想上面有灰尘就把相框存放在木匣子里。木匣子是用老樟木做的，盖板上有古朴的河流花纹。河流蜿蜒，灌木葱茏，和我初遇时一样，在某一刻，直接汇到我心脏的入海口。这是四张上半身像，有羞怯的眼、白皙的脖子、软滑的耳朵、完美的鼻子、绽放的唇。我担心有一天，我会患有老年痴呆症，不能清晰地回忆起这张脸。我不想忘记这张脸。

“相片的镜框碎了一个，其他都完好。信读完了。全是泪水……虽然你不让我这么说……”我爱过的女人都已不在人世，你是唯一留下的一个。我要好好保管，像保管自己的眼球一样，保管这一缕胸腔里仅有的空气。我要狠狠地抿紧嘴唇，把这扇唯一的窗关死，因为我一张开嘴巴，空气会跑走。你不可以流眼泪。我也不。我破解不了自己的魔咒，没有例外。

现在我习惯在晚饭后散步，在城市的拐角，在建筑工地的旮旯里，独自待一会儿，厚重的阴影覆盖着我；在莲花湖的环形游步廊来来回回地走，看一对对幸福的恋人，拉着手走路，我还把孤单的男人和孤单的女人想象成即将拥抱的情侣；羡慕一对饲养金鱼的老人，把饲料投进水里，鱼儿欢快地争食，就像老人成群的儿孙，嬉戏膝下，我默默祝福他们，能共白头。我每天给新栽种下去的玫瑰、指甲花、迎春、太阳花浇水。这些花，明年春天一部分会拥挤地开，也有一部分会拥挤地死。我不开，也不死，消失在一个瞳孔里。散完步，我回到宿舍里，拉灭灯，静静地靠在床上。小桌上放一包烟，摆一杯水。我爱清水。你也要学会爱清水，你要渐渐摆脱对咖啡的依赖。你还要爱蜂蜜，爱蔬菜。和我一样。我的手适合黑夜拿烟，一根接一根。烟头会照见我略显模糊的脸。我不知道自己有一张怎样的脸。我从不照镜子。镜子是一个谎言,但过于真实。在黑暗中,我的脸是虚幻的,但可以感觉水流的温度,一滴一滴连成的水流仍有灼热感。靠在床上,不是在等待死亡,也不是在等待安睡。我在等待一个人来,没有敲门声,没有脚步声,也没有其他暗示性的声音。来人不说话,不叹气,默默地坐下。我不知道来人什么时间走,从哪扇门走。一扇门通往更深的暗夜里,一扇门通往露水缀满的早晨。我的床铺在两扇门中间。请原谅我去做毫无意义的事情,我必须去做。我要置办一套房子。卧室要朝南的,早晨的太阳暖暖地照在被褥上,衣柜里挂满麻布裙、针织衫、纯棉长袖衣,窗外有一个大阳台,摆一把双人沙滩椅,椅子左边是玫瑰,右边是百合。我还要单独设一个顶到天花板的大鞋柜,里面全是平跟鞋,皮凉鞋保暖鞋运动鞋棉布鞋,我都买来,最好是绑鞋带的,最好都是三十六码的,我要每月请鞋子保养师来一次,上油打蜡,擦得发亮,随便取一双就可以出门。最重要的是,我要装修一个明亮的大书房,书架上整整齐齐地码着约瑟夫·布罗茨基、茨维塔耶娃·玛琳娜·伊万诺夫娜、阿赫玛托娃·安娜·安德烈耶夫娜、维斯瓦娃·辛波丝卡、威廉·勃特勒·叶芝、豪尔赫·路易斯·博尔赫斯、耶胡达·阿米亥、萨福、扬尼斯·里索斯、保尔·瓦雷里、阿尔蒂尔·兰波、赖内·马利亚·里尔克等诗人的诗集。这几本书是一定要有的:《圣经》《洛丽塔》《昆虫记》《孤独是迷人的》《一个陌生女人的来信》《茵梦湖》《瓦尔登湖》《史记》《诗经》《忏悔录》。还有一本书,我不能说出书名。其他的布置都可以轻描淡写。

在这间房子里,我会静静地度过余下的时光。这世间,唯一留下的那个人,我要等你来。像一根孤独的火柴,躺在火柴盒里,等待一只手拉开人世间最小的抽屉,拉出抽屉里的遗体。你要带一个白色的棉布袋来,里面放着太阳镜、我去你那儿时没带回来的泥尘、河流沿岸纷落的树叶。你回去时,你用布袋提走我的骨灰,撒到那两个地方,你知道的。这是我唯一给你的遗物。这个时候,我要说一声抱歉,我没有机会去做得更好。在此之前,我会祥和地生活,照顾好自己,不会让你牵挂。我会坐在阳台,在每天早晨或傍晚,我会把你的脸细致地想一遍。你略显沉郁和沧桑的脸,我曾温暖地抚摸,眼角、耳垂、鼻梁、唇珠、下颌……我们都要相信命运。你睁开的眼睛,是一对伤口,是我的黑洞和深渊。……天已经完全黑了,风更烈了一些,我看见一个女人在推我的门,我看不清她的脸,模糊不清的脸有我熟知的气息,那么荒凉,那么冷,那么决绝,那么遥远,令我迷恋——门永远都不会被敲响。

每双眼睛里都有星空

人离开母体,对外部世界的第一感知,是冷。初生婴儿自然地蜷缩稚嫩的身子,皮肤的知觉先于视觉,与外部世界进行接触。婴儿有光感,但看不见外部世界。世界摆出来的脸孔是狰狞鬼魅,还是和蔼天使?是锦绣延绵,还是沧桑破碎?婴儿看到的是天地混沌、灰蒙蒙的一片。这是万物的原始形态,以气体的环流遮蔽了光照下的玩具、桌椅、窗户、树木、河流、山川……奶水肿胀的乳房、自己赤裸的身子。这是否喻示:人的一生是盲目的,在岔路口分辨不出哪一条路回家更近;人的一生注定是以灰色看世界的,色彩会在某一瞬间尽失;悲伤感是一个影子,伴随终身;没有光的时候,影子嵌入肉身。在杏花开遍的山冈,在蔷薇藤蔓密布的河畔,在傍晚薄雾游弋的村前,当我们一个人伫立或独行，茫然无措的伤感像细细阵雨，淋湿全身。一个月，婴儿有了简单的色彩感，视角90度。三个月，视角180度。四个月，婴儿建立了立体感。物象在婴儿四个月之前，都是扁平的，扭曲的，甚至无法辨析大与小。这样的世界，会是怎样的世界呢？整个世界都深深陷在一个窄小的凹镜里。初生婴儿眼睑耷拉，显得睡眼惺忪，处于一种完全无知无觉的状态，睫毛也不闪动：没有惊吓、绝望，没有喜悦、兴奋。一个月后，婴儿每长一天，可视距离就远一米。六个月后，可由近及远或由远及近地好奇看世界。

在江西东北部，七岁以下的小孩不可以出现在祭祖的仪式上，认为小孩有天眼，可以看见故去的老人坐在桌子上喝酒吃饭，老人吃饱喝足后会把小孩带走。一年之中，清明、七月半鬼节、除夕夜，我家是要祭祖的。我祖父在节前一天，交代父亲要准备香、纸、鞭炮和一桌好菜。祭祖仪式设在厅堂，八仙桌摆中间，上了菜，由我洗脸上香，放鞭炮，把大门关上，烧纸，白酒添三次。菜没了热气，再把香送出来，作揖，插在路边。祭祖算是结束了。这个过程，小孩被关在房间里，不可以嬉闹啼哭，更不可以跑到厅堂里。祖父说，祭祖时，小孩能看见先人用膳。大人也能看见先人，但要站在阁楼上，倒穿蓑衣，不能出声，香烧了一半，就可以见先人了。假如先人看见有人看他吃饭，先人会把人带走。但谁也没尝试过倒穿蓑衣看先人吃饭。

眼睛，一个最纯净的球体，一个最浑浊的球体。我们用眼睛去辨别色彩，明晓四季。我们站在山巅远眺潮起潮落。星星紧挨星星，有序深邃的闪烁，使我们多次不由自主地仰望。人面桃花。紧扣的柴扉铺满厚厚的积雪。在河边慢慢消失的背影。布满皱纹的脸。疾驰而来的列车，又疾驰而去。夤夜的大街，秋叶在缓缓飘落。滴着血丝的刀。棕黄色的围巾。渐渐在灌木林中远逝的河流。

认识另一只眼，认识道路，认识陌生，认识体液。瓦蓝的，除了天空，还有什么？龟裂的，除了大地，还有什么？开出来的是花朵，凋谢的也是花朵。亮起来的是光，熄灭的也是光。眼睛所达的是有限，不可达的是无限。眼睛包裹的是爱，也是恨，把无限的世界包裹在眼球里。我们初生时，睁开眼，感光世界里，第一个出现的人是母亲，再出现父亲、兄弟姊妹。这是离我们眼球最近的人。谁可以忘却自己父母的眼睛呢？悲伤的，幸福的，爱怜的，疼惜的，父母的眼光有强烈的温度感和炽痛感。

我出生在大户又贫困的农人之家，在物资匮乏的年代，母亲操持一家吃喝，我现在是难以想象当年缺衣少食所带给母亲的焦虑。在记忆之中，清晨锅里的水都滚热得翻着气泡，她却常常不知下锅的米在哪儿，她坐在灶膛前的板凳上，痴痴发呆。母亲端一个畚斗去借米，借了好几家，都空手而归——有剩米的人家少之又少，哪肯轻易外借呢？灶膛的木柴啪啪地响，仿佛一种催促声。火光映在母亲的脸上，有灼热感。她目不转睛地盯着灶火，火苗在她眼球里跳跃。她的眼球那么大那么空，以至于容不下一滴泪水，像天空容不下雨。我坐在她身边背课文。我一边背，母亲一边用手抚摸我的头，最后把我抱在她大腿上，紧紧抱着。她的眉骨有些突兀，浓黑的眉毛像古老的屋檐。母亲明澈焦虑的眼睛，是我成长的摇篮，是我阅读生活第一章的必修课。我们家里的早餐，通常是煮红薯、粟米、煮玉米粉羹，外加辣酱、霉豆腐。每次碾米回家，母亲用箧箩把米匀开，细细地挑拣米堆里的小石子、谷壳等杂物。她的瞳孔里散射一种洁白的光。这种光通过心脏喷出，在瞳孔找到出口。她一遍一遍地匀米，把米抓在手上又放下，放下又抓起来。她的眼睛里，看见了什么？我看到了母亲眼里的星系，在无垠的天幕，把无瑕的亮光滴到我脸上。

现在，我母亲已七十六岁，走路蜗牛一样。每次我回家，母亲以手扶额，辨认来人是谁。她的眼睛有一层薄翳。那是岁月积压出来的云层。她枯瘦的脸多了一份平静、刚毅和从容。她的眼神软软的，呈液态，像水蒸气液化后的形态。这是我的光源。我不知道人的一生，最终坚持的是什么，最终放弃的又是什么。我知道，当母亲的眼睛看着自己，是审视，是寄望，是担忧，我都没有理由不忠实地活着。人子，在母亲面前是赤裸的。母亲不识字，也从不给我做任何的决定。她给我唯一的人生建议是坦诚地活着。我十六岁离家，三十岁结婚，在这个像黄鼬一样挖道、打洞、筑窝的过程里，我几度对生活感到深深的绝望。每次无望至内心即将崩塌时，我默默地回到母亲身边。在厢房里，我把信件、写好的诗歌、日记本一页一页地烧掉。母亲陪着我，一句话也不说。她知道，烧一次，灰烬会掩埋一个人；烧一次，他儿子的青春会短一截。每次烧完，我会抱着母亲恸哭。她坐在竹椅上，她的眼睛像一个深深的洞穴，阴暗，潮湿，有呜呜的气流在萦绕。哎，哎，她用叹气来劝服她的儿子。她用气流涤荡她儿子心中的灰尘。

眼睛是人和动物身上可以感知光线的器官。最简单的眼睛结构也可以探测周围环境的明暗,复杂的眼睛结构可以提供视觉。眼睛主要由眼球和眼副器组成。眼球包括眼球壁、眼内腔和内容物、神经、血管等组织。眼副器包括睫毛、眼睑、结膜、泪器、眼球外肌和眶脂体与眶筋膜。世界上,任何一种科学制造,都不如动物进化而来的感觉器官构造更科学。神性、神秘性、科学性、和谐性,每一种感觉器官都具备,同时具备审美性、象征性、适用性。这些特性表现得最为完美的是眼睛。世界上,没有任何一种物体可以用来贴切地比喻眼睛,比较认可的比喻是“眼睛是心灵的窗户”。《路加福音》这样写眼睛:

> 没有人点灯放在地窖子里,或是斗底下,总是放在灯台上,使进来的人看得见亮光。你的眼睛就是身上的灯。你的眼睛若亮了,全身就光明;眼睛若昏花,全身就黑暗。所以,你要省察,恐怕你里头的光或者黑暗了。若是你全身光明,毫无黑暗,就必全然光明,如同灯的明光照亮你。

我们用眼睛来区分世界的美、丑、善、恶，感知悲、欣、惊、愁。但美与丑、善与恶会互相遮蔽。金庸借用殷素素之语向张无忌说出他的箴言。殷素素说："你记住，你长大了不要相信女人的话，越漂亮的女人越不可信。"我修改一下，告诫我的子女："漂亮的话不可信，打动人心的话更要警惕。"蒙蔽眼睛的不仅仅是美色，还有比美色更隐蔽的言辞。一个眼睛明亮的人，必是一个用心智看人而非肉眼看人的人。一个辽阔的人，必是用信仰看人的人。

因为美，人有了淫念，有了私欲，这是眼睛带来的人性之恶。因为美，人有了修行，有了悲悯，这是眼睛带来的人性之善。眼睛把繁杂的人世，进行归类梳理。而美，呈现给眼睛时，有时过于短暂；或者说，我们对美的停留过于匆匆，我们活得过于物质。相机和摄影机把我们丢失的，或目所不及的，"留"给我们。昨天，我洗了五张照片。是的，我差不多有十五年没洗过照片了，照片作为事件或时间的物证，带给我更多的是不堪。一张是与父母的合影。这是第一次与父母单独合影。在老家的柴垛前，拍照时，我想起十八年前去世的祖父、二十年前去世的祖母，两个长寿的老人，竟然没和我留下一张合影。我对祖父的爱，超过了对父亲的爱。逝去的不再复返,是眼睛永恒的痛。另外四张,是一个朋友的照片。活着,不可以见面。美国诗人艾米丽·狄金森一生枯守在一个庄园里,她有一首名诗《我为美而死去》。

我们用影像、画笔留住流年,留住山高月小,留住昙花,留不住的是定格在我们记忆里的画面,瞬间释放出来的哀绝、幸福、惊惧、战栗。我们苦苦追寻的,是眼神照射出来的光,把枯萎的、腐朽的、僵硬的心脏激活。我们活得过于具体,我们不可能为美为真理而死。我们的眼睛,除了看衣服、食物、楼房、旅游景点、数字,还能看到什么呢?星星,看不到;露水,看不到;寂静,看不到;心跳,看不到;呼吸,看不到……看不到。看不到。看不到。看不到。所以我们只配火化,一生的重量轻于一斤猪肉。

情人眼里出西施。这是一句感情色彩非常浓郁的话。感情能改变眼睛所看到的色彩,对某些事物进行篡改。匕首成了温柔刀。口腔成了陷阱。情人的眼睛是天上的月亮。玫瑰永远不凋谢。雨滴是伤人的泪。折别的柳枝会在手上发芽。

我们相信了这样的真理:恋人的眼睛是世界上最洁美

的湖水。我们也相信了这样的谎言:恋人的眼睛是最洁美的湖水。伤情的是离人泪,动情的也是离人泪。想想看,临别的火车即将启动,呜呜呜,鸣笛声在深夜的站台回响。相别的恋人挥手相望,火车慢慢移动,恋人的面容缓缓退到黑暗的中央。而玻璃前总有一道目光追随着远逝的身影,恋人眼里的那一湾湖水肆意流淌。假如走的那个他,永不再出现,她却日日降临于他的梦境,那么他就是一个抓不住春风的人。假如她不来送行,只告诉他,临走之前去看看江水汇流和翻涌,那么她就是一个被旧时光描绘的人。他和她的眼睛里,储藏的东西是一样的,一样的温度,一样的流淌,一样的闪动,一样的晦暗。

最阴晦的离别,是彼此知道此后不再相逢,但不言说,只用眼睛看着对方,说许多祝福的话语,声音低沉,一次一次地挥手。这个时候,她若淌下眼泪,一定会烧伤脸颊,嗞嗞嗞嗞,冒烟。那么他一定会留下来,他们一生的轨道会改变。他背转身去,快速走了,消失在另一个拐弯口,狭长的巷道有纷落的人迹,有雨伞吹翻在地,路灯忧伤地照着,天依然黑而高远,世界一片虚无。他看到世界一片灰烬堆积。他情不自禁地失声恸哭。她已在另一个岔口。或许她能听到哭声，或许她听到的是长长的沉默，或许她听到玻璃杯落地的碎裂之声。她的眼睛再一次出现在他清晨梳洗时的镜子里，他注视她，像注视自己。他因为长夜失眠而肿胀通红的眼睛，已经丧失闪动的功能。他知道了留给自己人生最后的答案。

体温、瞳孔、心跳，是否正常，是医生观察一个人是否死亡的常规方法。濒临死亡的人，瞳孔已经不能聚光和散光。瞳孔仅仅是物理镜片。东湖妈妈死的时候，只有五十岁，患喉癌备受折磨而死。东湖离婚三年，小女孩四岁。他妈妈在床上不吃不喝四天，一直流着浑浊的泪水。东湖拖着小女孩陪妈妈在外求医三年多，最终还是不治。东湖去北京取了药回来，妈妈已经无法言语。东湖把小女孩领到床前，喊："妈妈。"妈妈被人搀扶起来，摸摸孙女的头，手再也没离开。潮水从她身上瞬间退得无影无踪。多少次，东湖和我谈起他妈妈的死，他都说："我一辈子都忘不了妈妈的眼睛，生病时，看着我，像是一种哀求：死神，应该放过一个善良的人，放过一个心里装着有深深担忧的人。妈妈死的时候，眼睛睁得铜铃一样，我叫了一声'妈妈'，跪了下去。妈妈的眼里滚出了泪水，合眼了。"

人死，眼睛的功能是先于其他感官功能丧失的，重新回到混沌的世界。他要见到最想见的人，才合眼。他了无牵挂，会离去得安详，像沉睡。我胆小，没见过死人。我祖父祖母去世，都是我三哥料理入殓。我惧怕那种沁入骨髓的安详。我父亲也是胆小的人，从不看死人。我祖母去世前三个小时，我守候着，她的眼睛有黄白色的液体，一直淌。她把手放在我手掌上，一句话也没有。她的眼睑轻轻盖在眼球上，和熟睡没区别。我二姑和三姑开始失声抽泣。我祖父在另一个房间里，叫："荷荣。荷荣。荷荣。"祖母八十六岁，像一棵风蚀的老枫树。房间里的烛火在摇曳。祖母的身体开始下沉，下沉，沉入冰冷的湖水。她所看到的世界一片漆黑。

每一个人都会死。我不惧怕死。我只希望死得有尊严一些，死得不挣扎。

当我老了，我独坐在书桌前，关了灯，轻轻地闭上眼，回想在一生多变的命运之中，是什么使我暗自战栗和无尽牵挂呢？哪一双眼睛让我常常彻夜难眠呢？这双眼睛留给我什么呢？是一滴眼泪，还是一粒坚冰，抑或空空的眼神？

"冬,大雪。路上拥挤着空空荡荡的黑暗,人迹寥落。列车在不知疲倦地奔跑。我靠在硬卧车窗前,紧紧地盯着窗外一闪而过的灯光。雪光漂浮,像大海摇晃虚幻的景象。有一双眼睛,贴着车窗移动,长长的睫毛在扑闪,它和我隔了一块厚厚的磨砂玻璃。"我打开灯,写下了这些。我放下笔,把镜子拿过来,照见自己水分不多的脸和干涸的眼睛。我的眼睛因长年的焦虑,显得空茫。我已看不见人,被一个不知所终的影子堵塞。我的眉毛发白,接近死亡的慈祥,使我的眼睛看起来,有枯井一样深,不时涌上寒凉的人世之气。我找出那本书,重新把那些美好而破碎的文字读一遍。我画下了当年在院子里栽种的黄梅花,画下屋顶上消散的炊烟,画下手镯和项链,画下眼球,画下玫瑰,画下没有挥别的手,画下宝蓝的颜色,画下羞涩的乳房……这些作为记忆的遗嘱,将留下最后一根火柴,给记忆取暖。

据说,人死的时候,最后合眼时,会有一个最放心不下的人出现在眼球里,一生之中最美好的片段会滑翔而来。这个人这个片段,将是死者恪守至邈远无影无息的秘密。被死亡带走的秘密,没有影像没有形体没有颜色。但他能闻到秘密本身的气味、温度、血流。那时他已无法言语。作为这个秘密的唯一保管者和参与者，他要把钥匙交出来，伸进窄小的锁孔，打开一个神性的房间。让一个将死之人慢慢哽咽或无咽，他的喉结缓缓而费力地蠕动，他把储蓄在体内最后的水放闸到一条幽暗的河流里。他浮木一样漂移。他石头一样下沉。他的眼球里出现了海市蜃楼般的往昔：

这是一个寒冷沉寂的下午，雪渐渐停了，风轻轻地拍着玻璃窗。你穿棉质的布裙，围一条长围巾，坐在窗前。他第一次听到了江水在你心房翻滚的声音，滔滔而来。你说："我已经没有眼泪了。"他看见你的眼睛，像冬天的天空。他抚摸你的头发，把你抱在怀里，说，爱你的白发。他知道，涌出来的泪水是痛，涌不出来的泪水更痛，泪水往体内流的时候，夹带着砂砾，有粗糙感和刀刮感。泪水由百分之九十八的水分、百分之二的血液盐分及其他成分组成。你把挤压出来的盐分又带了回去，像把剔出来的毒又再次注入静脉。你的眼球有深深的凹陷感——火山运动后，火山口塌陷，最后形成湖泊，沧海桑田——所容纳的生活给他巨大的投影，每一缕光都有斑驳的折射。他触摸到了湖面静止又咆哮的风，灌入他心脏，不断回旋交错，掀起漩涡。薄薄的风声，犀利，刀片一样刮。他的手捕捉住了你浑身的震颤和幸福的痉挛……

现在，他带着秘密去了乌有之乡。他将以梦为马，嗒嗒的蹄声，响彻于死寂的长安街，他再次独行。他的体温化为乌黑的墨水，洒在陈旧的书桌上。他多么安详，仿佛一生从未有过遗憾，仿佛他曾经美好的相逢其实从未发生。最后送走他的人，看不到他曾有过悲伤。他的眼睑紧紧地把世界关闭在一个芝麻大的瞳孔外面。三月的油菜花，一条河的上游，从来就是虚幻的桥，墨迹中彼此热烈的呼吸，念念不忘的深夜耳语，对另一个人命运的牵挂，不知疲倦的唇，大雪中紧紧拥抱的黄昏，低沉的略有破碎感的声音，这些曾交织在他体内形成的淤血，彻底从他身体上流走，消失在时间的漏缝里。

我们再也看不到他的眼睛。他的眼睛紧紧地嵌入了一个坚果壳里。

泪　水

用泪水去掩埋你，掩埋在我的泪腺里。这是一个潮湿的洞穴，四季恒温，柔软的，幽暗的，滋养的。像母体的子宫。

一生之中，人会流多少泪水？我不知道。一滴泪水，包含多少痛苦或欢乐？我也不知道。泪水，是上帝赐给人的喑哑歌谣，是一粒液态的星光。从旅途出发，至破旧的终点站台，泪水与我们相伴相随，是内心投射给眼睛的影子。谁能说，他的一生不曾有泪水满面的时刻？不曾有暗自垂泪的默然伤怀呢？我知道的是，一生中流出泪水的重量和他（或她）悲伤的重量相当。

流泪是与生俱来的，和吃饭、排泄、出汗、叹息、微笑一样。很多陆生动物和海洋动物，如大象、鲨鱼、鳄鱼、山羊等，都有流泪现象，这是为了排泄体内多余的盐分和其他可溶的有害物质。人类是唯一会哭泣流泪的物种。人流泪，是表达情感、发泄情绪的一种表现方式。与生俱来的悲伤感，是人的宿命。上帝多美妙呀，创造相逢也恩赐分离，给予生也索取死，把健康放在我们的左手也把疾病放在我们的右手，去天堂的路上经过地狱……

泪腺上涌的液体，在眼眶打转，溢出，沿鼻梁侧沟滑下，漫溢唇角，滴落在地，发出清脆声响。这是泪水曲折蜿蜒的线路图。两行泪水在下颌汇合，多像两个人跋涉了千山万水后的重逢。一滴泪隐藏在眼里，要多少年才会溢出？最终滴落下来，几秒钟完成？"我听见你毫不犹豫地喊出我的名字，我的泪水不可控制地哗哗直流，湿透了手机。"他对临面而坐的她说。这是十五年之后的再次相遇。中午，他通过电信局查到她号码，他给她电话："你好。"她打断他的话，直呼他的名字。他说，十五年啦。他听到了电话那头的哽噎声。他们约了晚上在咖啡厅见面。咖啡厅的灯光有些暧昧，空落的大厅只有几个人在上网。他们选了一盆龙舌兰的桌景，坐下。他说，这么多年，你过得好不好。他端起水杯，水杯在晃。她拿出纸巾，擦眼镜。她穿深色的羊毛高圆领毛衣，她把手伸到桌面上，说，手冷，这么多年，手没热过。他说，应该有一个人焐热你的手。她说，不会啦，不会有的。你这么好的人，怎么不会有呢？他说。

“我一生最大的错误，就是没有嫁给你。我再也遇见不到像你一样对我这么好的人。我不会嫁人啦。我用余生去爱去珍惜那段感情。”她说，“我们还能一起喝咖啡，我已经很知足。”

“我结婚之前，你为什么不告诉我这些呢？我们分开之后，我等了你三年，希望有一个电话给我。三年，你一个电话没有，我死心了。你当年那么决绝。”他说，“十五年啦，我过着平静的生活，过着很多人羡慕的生活。但没人知道我的人生有残缺。”

“我一直怕你怨恨我，怕看见你责问的眼神。那些年，我活得十分挣扎，没有你悉心的陪伴，我很难支撑下来。我多想嫁给你，但我不能。我不能嫁给你，只有把你逼走。你过新的生活。你幸福地生活，是我期望的。你去了广东。我心力交瘁，我盼望你回来，但我又不能说出来。我天天一个人坐在床上，质问自己，这一切又是为了什么。

我知道，我一生爱不了别人了。我想流泪也流不出来。”她说，“这么多年过去了，我成熟了。我感谢命运，命运把你安排进我的一生，你一直住在我心里，赶也赶不走。我也不会赶走。”

……泪水在各自的脸颊上流淌。泪水并不是晶莹剔透的，也不是浑浊黏稠的，没有夹带体温，那么冰凉。泪水，带走的是什么，带不走的又是什么。

“我不好，天天流泪。”今天早晨，我收到你的简短来信。你嗓子坏了，正在医院里看医生。嗓子，是人体的报警器，悲伤的情绪容易损害声带。我知道这个医理，但我没说出来。该悲伤时，尽情悲伤吧，让泪水痛快地流。人生难得纵情悲伤。我沉默地站在阳台上，手中的烟很快燃到了尽头。蔷薇满墙攀爬，血红的花炽烈。这个春天，我院子里，有太多这样奔放的花，像不怕死的火焰，争先恐后地奔赴转瞬即逝的绚烂。茶花，海棠，梨花，桃花，报春花，开得夺目，凋谢得无声无息。我似乎病态地迷恋上了这种自然现象，仿佛光迷恋黑暗。它们是这个春天巨大的隐喻。我回到桌前，默默地翻开你送给我的书，但看不进去，眼睛迷蒙，我似乎听到大雪飘落的窸窸窣窣之声，火车鸣呜呜,繁杂的人在车厢里浪笑或低语……一条铁轨在南北延伸,在浙赣大地的丘陵和高山之间,就像一行冰冻的泪水。火车向南。在深冬的夜晚,一个孤单的人靠在车厢里,看窗外的大雪,去一个陌生的城市。漂浮的灯光,是一群浮游生物。差不多有十二年,我没有一个人坐过火车,我熟悉火车——它是一个黑暗的内脏,对于一个承受煎熬的人来说,内脏塞满瘀血、腥腐,眼球盛不下它的伤痛——在青春茂盛之年,我坐着火车漫游整个南方大地。火车继续向南,在最深的黑暗处被吞没。我在摇晃的灯光里悬浮,一缕烟尘在悬浮……

向南,终会向北。这是一个答案。这是一个相互肯定又相互否定的陈述方式。我知道,泪水会带走养分,过多的流泪会使人干涸。在初始,你化为我血液里的养分,给我心率、脉动,现在,泪水把养分悉数交还给你。我和你同样干涸,像秋季两条断流的河流,只剩下乱石成堆杂草丛生的河床。你曾抵住我的额头,对我说:“我的眼睛已经流不出眼泪。”我用唇堵住你的唇,不让你说。一个没有眼泪的人,是一个悲伤重于体重的人。你的眼睛深深凹陷在眼眶里,泪腺被命运的淤泥塞满。我捧着你的脸,我想起渔网,被河水拉扯得网线脱落的渔网。我迷恋这种鱼腥味,太阳暴晒渔网的鱼腥味。

你不知道的。我以为,我可以是一个修补渔网的人,在一个并不宽大的院子里,我用尼龙线一针一针地缝,把松开的结再打结实,把脱下来的线连接起来。我细心地缝补,安详地翻晒,我心甘情愿,满怀幸福。你不知道的。泪管是一条地下河,当身体涨满春水,地下河哗哗哗暴涨,咚咚咚的水声多么悦耳。

“4月,是一个残忍的月份”。(S.T.艾特略语)蔷薇花毫不顾忌我的体悟,甚至觉得我的伤怀多么无辜和多余。前些时间,一个朋友问我:有没有这样的动物,一直生活在黑暗中,视力全无,但眼球仍存在。我说有呀,但没说动物名称。我脱口而出的,是这种动物叫“我”。我像一条盲鱼,无意识地游进了溶洞里,适应了溶洞的水温、食物、气味和湿度,再也游不回来,视力消退,以至全无,成了一条盲鱼。继续在溶洞里潜游,我身上的杂色褪尽,全身透明,那样,你能清晰地看到我的肝脏、翕动的肺叶、盘结的肠、有节律跳动的心脏,我的耳朵退化成鳃,手脚衍变成鳍,眼睛盲化成洞穴。那样,我完全失去哭泣。

哭出来是真实的。哭不出来更真实。每天中午，我坐在斜斜的草坡上，看蔷薇什么时间爆蕾，什么时间盛开，什么时间凋谢。这是时光给我的谕示。我尊重凋谢，如同尊重盛开，所有的伤悲都是生活这块抹布上拧下来的水分。

在眼睛里种一盏灯。陈旧灰色的墙壁上，灯发出光晕，夜晚柔和起来。让我们照见芭蕉叶顺滑而下的雨水，水沟里扭着胖乎乎身子的泥鳅，屋角边苍苍的棕树，乌桕树上的鸟巢，豆荚里嫩青色的菜虫。让我们照见破败不堪的手，渐白的发丝，深夜里两个孤独人的拥抱，在断墙榕树下渐渐远去的背影。

在深处的冬夜，我尝试把灯安放在你触手可及的地方。灯光可以照见我，同样可以照见你。我们紧紧拥抱在一起，不是互相取暖，而是人生的交叠。（不要取笑我的幼稚）"……我不想再漂泊了，即使再苦，我也要去尝试。我已经老了……"我的脸，被你遥远的泪水滴穿。我的手太小，张开，只有杯盏一般大，泪水很快盈满，溢了我全身。

人在伤心难过或者过于激动高兴时从眼睛里流出的液体，叫眼泪，味道略咸。我从来没品尝过喜极而泣的液体。我甚至分辨不出，你滔滔的泪水里，属于我的，是哪几滴？但我分明感觉到，你泪水流淌在我脸颊上的那种冰凉，终年积雪融化成溪流的冰凉。种在你眼睛里的灯，没有亮过，黑魆魆的，你体内的黑暗淤积在灯里，一缕光很快被扑灭。

“我搬家了，在你住过的地方隔壁。”你说。你挂了电话，我泪流满面。这是一种纪念还是偶然？这样的地方，我没有机会再去。它是我的第二个墓穴，清冷，冰雪覆盖。它是多么的荒凉。在通往它的路上，我曾久久伫立。我抱着你，像河流抱着山谷。我不可以松开手。你就是降落在我手心的柳絮，我一旦松开，你就被风刮走，无影无踪。事实上，所有拥抱的手，最后都是要松开的，这是每一个人与生活达成的妥协，是每一个人命运的结局和谜底。我掩面而去。人至中年，我明白，令人流连之处，就是安葬之处。我瞬间失聪，目盲。泪水从墓穴深处爬了出来，从一条紧挨血管的秘密涵道里，爬出来，它爬得疲倦，千里迢迢的路在一秒钟内爬完，它的热度在一秒钟内降到冰点，后半生的泪水提前排放殆尽。这多好，我身体的比重急剧下降，变轻，像个气球。

人在入睡时，眼泪停止分泌。但在梦境里，分泌量不会减少。我选择在梦里分泌，谁也看不到，你也不知道，自己也不知道，静静流淌，悄无声息，只是醒来，才知衣襟尽湿。抄录一则《记梦》。

夏天，我和你去我外婆家。外婆家在西山的一个山坳里，门前有一个大院子，院子里有柚子树、枣树、柿子树。枣子已经熟透，挂在树上很是讨人喜爱。院子有一圈石头垒的围墙，围墙下有一个陡坡，陡坡下有密密的柳树和洋槐。那是河滩，溪流弯曲而过。我说，我给你洗洗衬衫，下埠头到水里洗衣。你站在围墙上，说，要站在我身边和我说话，看我洗。你穿一件白色的衬衣，牛仔裤，穿一双运动鞋，你长长的头发束起来，盘了一半在头上。你从围墙上跳了下来。我扔下衣服，把你接住，说，你怎么这么傻，很危险的。你俏皮地笑了起来，说，一点都不怕。我抱着你，沿溪边草径回外婆家。你抱着我脖子，那么甜蜜，相互亲吻。外婆看着我，美美地笑。我流了很多眼泪，滴在你脸上。醒来，抽了一支烟，我眼泪不可控制地流。很多年，我都没有流泪，我以为那已经是一条干涸的河流，我以为泪水的源头已经枯竭。

外婆已经去世二十二年，我也二十二年没有去过外婆家,我不知道那个大院子是不是还在,那片密密的树林是不是还在。但你永远在,虽然我们不曾相见。

你说我痴迷这个梦,越不出这个梦。你不懂,对于一个尽失眼泪的人,眼泪有多珍贵,它是我皎洁的珍珠,像月亮分泌的光。

一滴眼泪,就是一粒真情。人在悲伤时,不可以抑制泪水流出。因为泪水能把产生抑郁的有毒化学物质排出体外,减轻心理压力,淡化悲戚情绪,益于健康。但也不可以常常流泪,过多的流泪会伤害眼球。人在流泪时,眼内压会短时间内急剧增高,造成青光眼乃至失明,也由于情绪过于低落和波动过大,肠道抽搐。人可以悲伤,但不可以绝望。

我习惯了深夜的沉寂和漫长。我温和地生活。每天早晨,我六点起床,喝温开水,再去探访院子里的植物。露水在叶片上抖动,风一吹,滚来滚去,太阳出来,一部分被蒸发,另一部分被经脉吸收。紫竹,才三天,地面上全是拔节的笋,毛茸茸的笋衣多像一件破棉袄。一棵腕粗的樟树,在去年春天,死了,被窨井渗出来的积水烂了根,可上个星期,在树蔸上又发了一根笔直的小苗出来。小山冈上前年冬栽的桂竹,有一株没到三个月,叶子全落,主干枯黄,昨天我去看时,发了三根笋,尖尖的,看起来和小宝塔一样。上个月,翻修院子的旮旯时,工人不小心把爬墙虎的根系全挖了,整平,铺上肥土,撒了串串红、指甲花、蜀葵等花籽。我很是痛心,爬墙虎把整面墙体爬满了。秋天的时候,叶绿素褪去,叶子由绿转紫再由紫转黄,最后灰白色,焦枯,凋谢,这个过程由每一天去完成去转变,每一天的色彩都不一样,尤其在霜降之后,变化尤为强烈。根系挖了,我以为爬墙虎死了,可春雨来临,嗞嗞嗞,墙面上泛了油绿的盎然。原来爬墙虎每一节都有根须,紧紧抓在泥尘里,汲取养分。

每一个物种都有神奇之处,具有修复生命的巨大力量。人也一样。

植物有痛,不言。人有痛,在情绪里表达,流泪,哭泣,自己折磨自己也折磨他人。植物比人隐忍。也许是,人始终在选择,在失望和希望的不断交替中挣扎。我看过绝望的人,在结婚前一天上吊自杀。他因失恋而患上自闭症,在家里关了两年,不看电视也不看书,坐在沙发里或站在窗前或躺在床上，也不说话。他母亲整天以泪洗面。他拒绝药物和心理医生。他眯着一双眼，脸上是发青的白色。他的指甲很长，头发也很长。他不哭，只是眼角每天汪了水。他母亲给他说了一门亲事，见了几次面，定下了。在结婚前一天，他在婚房里，用裤脚绑在灯具上，悬绳自尽。没有遗书，没有遗言。桌子上有摊开的白纸和一支取出笔帽的钢笔，纸上一个字也没有，只有一片水迹，一朵一朵漾开的水迹。

不要去流连身后的光，因为前面还有光。学会遗忘、学会放弃、学会修复，在我二十八岁时，这些认知成了我的人生守则。痛失一个人，带给自己生命的戕害，我深有体悟：只有出口没有入口，容纳不了光，龙卷风不停地卷起七丈高，吞噬一切。大多数人，在不为人知之处，有这样的疆域，近似于无限深的泪腺，近似于荒草掩埋的枯井，近似于空空的棺椁。是的，我一直把你深凹的双眼，当作灯塔，那里有光源，照在我浇灌的植物上，照在我手中的册页上。我不会懊悔不会质询。世上的东西没有那么多为什么。温和地活，直面自己直面他人，宽爱自己也宽爱他人，不勉强自己也不勉强他人——这个世界上，没有什么事情值得我大惊小怪的。当我们需要寻找理由做一件事情时，实际上，已无做的意义。

是的。这并不意味着我是一个无动于衷的人。我要保存好自己最后的一滴眼泪，留给你。假如你已没有眼泪，把我的这一滴，分一半给你。你把它含在眼里，湿润眼球除去灰尘杀灭病菌，在你最后的时刻，你再把它还给我。

听到了杯子的碎裂声。我早上站在阳台时，听到了，噼里啪啦，细屑一地，碎声尖利，有长久的撕裂感，也把我吸进的空气炸开，灼痛口腔，造成溃疡。你手中的杯子没几个了，你悉心擦洗，清洁，小心翼翼，但还是摔在了地上。不知道，我摔碎时，会不会有响声，响声是不是刺耳。碎了的，其实是不重要的，无论碎声多响，多刺耳。但生活会给人错觉，回头看看，有一些杯子一直完好存放在柜子里，只是自己以为它碎了，把灰尘抹去，还是亮亮的。

懂得碎裂，我才格外珍惜，手中有的，都是美好的。其实我属于容易动情的人。在很多时候，我暗自热泪盈眶。在秋天的旷野，看见起伏的芦苇、枫叶与气流摩擦出的火焰，潺潺羸弱的溪流，又一年将逝，我热泪垂流。母亲在河埠上，迟缓地洗衣，水拧不出来，费力地用脚踩，水溅在母亲的裤脚上，我看见衰老，最终不会放过我最爱的人，我热泪涟涟。被生活细部的触须所缠绕时，被一闪而逝的景象所俘获时，被所爱之人轻轻抚摸时，于多年之后的再次偶遇时，我热泪盈盈。生命尚且美好，我的内心尚可充盈。我对生活抱有热度。

友人饶同学和我交谈有关爱的话题时，他说起了一则旧事。1993 年，他在乡间学校教书。有一个女子和他相悦。那个乡间叫长田，学校在丘陵下的河边。他还是二十出头的小伙子，女子比他还小几岁。饶同学和一个同事合住一个小套间，前厅是个小厨房。同事每天早早睡下。女子来和他相会。他不想让同事知道，相会地点选在小厨房。冬天，长田的雪把整个原野都覆盖了，呼呼的北风吼叫。他们在厨房里烘一钵炭火，又不敢说话，在桌子上用笔写。写好的纸条在触手可及的桌面传递。炭火烤着两张脸，红彤彤的。看完纸条，各自莞尔。写了一个冬天的纸条，烤了一个冬天的炭火。之后，他们都没有再相见。即使天再冷，饶同学都不烤炭火。他怕烤着炭火在失神的瞬间，会浮现一张脸，开满桃花。他有过几次恋爱，但那种甜蜜、温情、羞涩，从指缝间溜走了。在各自成家多年后，他们有了一次偶遇。他们谈到了那个短暂的冬天,泪流满面。爱是泪水浇灌的植物。这种植物,根系发达,深深根植在心灵隐痛、柔软、干旱的部位。它对泪水有渴望和依赖性,否则会枯萎。这种植物,即使不再生长,叶子焦黄,当它遇见浇灌它的水,又会复活。和苔藓差不多。苔藓生在台阶上,干枯,发白,一粒火星就燃烧起来,可几场雨水淋下来,苔藓张开每一个细胞吸水,慢慢发绿,细蔓舒展,蔓尖翘起来,在地上攀爬。它的枯萎完全是一种假象,或者说,它从来不曾死,只要一滴水,生命的姿态就发生改观。

我眼里最后的一滴,留给你吧。

呼　吸

只有胸腔里的空气，是属于我的。其他属于我的，我逐日交还给世界，把衣服交还给棉花，把床交还给树木，把粮食交还给谷仓，把路交还给野草，把爱交还给恨，把我交还到你怀里。最后，我把唯一的，带着我气息的空气，也交还给世界。（冰凉的，浑浊的，带腥味的）空气，最后的一缕，我将追随它，无影无踪。

在空气没消散之前，我在你心里种一粒火。火来自深山的木炭，木炭来自硬木。硬木在山谷郁郁葱葱，发涩的树叶像天空飘下来的信函。火埋在厚厚的山岩层，有坚硬的壳，紫褐色。我们都不知道，种下的是火，还以为是一粒坚冰。火苏醒了，那是因为我的呼吸，催开了芽胚。芽苗弯弯曲曲，钻出土层，嫩嫩白白，细细的芽叶张开两片，羞涩，娇美，如水里的游月。

你就是那个开出花朵的人。火的花朵，雪纷飞起来的绚丽。火盛开，需要多少年，我不知道。火会盛开多少年，我也不知道。我知道，大雪也不能使火的花朵凋谢——只要我的呼吸在，一切都在。这是又一年的深冬，冷雨一直在下。窗外的梧桐厚朴已然凋敝，落叶碎烂。茶梅却喷出血浆一般的花。你抱火在雪地行走。空无的雪地，一只黑鸫飞落在一枝枯枝丫上。它不停地扑打羽毛，细细的雪粒烟灰一样飘下来。枯枝积着厚雪，像山峰连绵。

大雪是这样形成的——我站在山巅之上，呼一口气，喷出的热气变成满山的白雾，罩住了山野，低气温迅速把白雾封冻，成了颗粒的晶体，晶体抱紧晶体，像火把抱紧火把，像水抱紧水，更大的晶体犹如降落伞，在山际垂降，弥天曼舞。石埠桥掩埋了，昨夜的脚印掩埋了，苔藓掩埋了，草垛掩埋了。树白了，墙垛白了，月光白了，门槛前的台阶白了。仰望大雪的人，头发白了。

仰望的人，是那个漫长等待的人。是熟悉我呼吸的人。

我们彼此呼吸。我们彼此交换体内的热流。

呼吸是指机体与外界环境之间气体交换的过程。有些生物体可能没有心脏,可能没有血液,可能没有大脑,可能没有消化系统,可能无光合作用机体,但所有生物必须呼吸。不呼吸,机体很快腐烂。

腐烂是所有生命的终结。是的,我们的一生,像一根藤蔓,贴着地面爬,贴着墙脚爬,贴着树干爬,弯弯绕绕,追寻着阳光,爬出不同的图案和长度,而谢幕曲在洪荒时期已经完成。生命的意义从来就没有,假如有,向死而生是唯一的答案。人的呼吸过程包括三个互相联系的环节:外呼吸,包括肺通气和肺换气;气体在血液中的运输;内呼吸,指组织细胞与血液间的气体交换。我们通常说的呼吸,是指外呼吸。

呼吸,瞳孔,脉搏,心跳,体温,是我们通常观察人体的五个基本生命特征。一个人出现了死亡的表象,我们首先观察呼吸现象。呼吸停止,再看体温、脉搏和瞳孔——呼吸停止可能是休克。休克即外呼吸暂时停止,也可能造成永远停止。我发生过严重休克。一次,半夜上卫生间,怎么也站不住,摇摇晃晃,我扶墙挨着马桶坐下来,坐了十几分钟,我又扶墙回卧室,跌倒了。大概过了半小时,苏醒过来,才感觉地板冰凉。休克,知觉没有反应,大脑黑暗一片。休克，是离死亡最近的生命体验。

我们出生，最先与外世界交流的，是我们的呼吸，缓慢、均匀。母亲抱着初生的我们，脸贴着脸，感受我们的呼吸。和煦的，温热的，毫无杂质的呼吸，母亲会终身记取，无论我们走到哪儿，千里万里，天涯海角，母亲都能听到我们的呼吸，哪怕我们已经酣睡。我们呼吸到的第一缕空气，我们无从记忆，这喻示着，终究一生，记忆作为追随我们围绕我们飞行的星球，也会熄灭——我们呼吸到的最后一缕空气，我们同样无从记忆，我们去往另一个洪荒旷野，只是不再被放逐；我们去往另一个黑暗峡谷，只是不可结伴而行。我们的起点，我们的终点，都有一道闸门，尽责的看守，是我们呼吸的空气。

所以，我们必须感谢风车。一架风车，相伴我们的一生。我们的体内，有一架风车，在匀速、平缓地转动，呼呼呼。有一只手，在不停地摇，摇，摇，把废气摇出来，把新鲜的空气摇进去，保持体内顺畅地通风。正常成人安静时呼吸一次时长为 6.4 秒为最佳，每次吸入和呼出的气体量大约为 500 毫升，称为潮气量。当人用力吸气，一直到不能再吸的时候为止；然后再用力呼气，一直呼到不能再呼的时候为止，这时呼出的气体量称为肺活量。肺活量就是风车单次最大的摇风量。

风车也把哗哗流水摇出来。一条忘川之河。

逐水而去。我想听你匀细的呼吸，苔藓饱吸水分一般。你说了很多很多话。我想握住你的手，紧紧地，不松开。“天怎么暗得这么快。”你说。“这么多年过去了，人老去了，歌声依旧不老。”你又说。我说，神也会老，你的呼吸依旧。你的呼吸，有阳光的味道。你呼在我脸上的热气，有海潮的浩渺，淹没我。我辨识出了冬日的川峦苍莽，隐约的余晖照耀。大雪的早晨，我从街口离开，去往另一个地方。凄冷的雪光略显刺眼。我曾在这里拥抱你。这里有我热爱的山河，每一寸都爱。茫茫的白雾，使得街头看起来，像一个无人的码头。我一个人走在街上，《昨日重现》又一次响起，轻悦悠扬，在我身后回荡。我忍不住回头。我忍不住停下脚步，蹲在一棵老树下，静静地听。我的脸上有了厚厚的霜冻。我摸摸自己的脸，粗粝，麻木，曾在脸上残留的另一只手的温度，被严寒取代。我突然明白，人是怎样老去的——内心不停地下着冷冽的雨，雨声稀稀落落，冷不丁地吧嗒下来，敲击着隐隐作痛的地方。

我摸摸自己的唇，那么冰凉，风一阵阵地跑过。“你来的时候，我已经老去。”似乎你站在街的另一头，在对我说话。我怔怔地望过去，只见一只雪地鸦从合欢树上飞起，瞬间没了踪影。歌声在街头盘旋，起起落落。你的呼吸，在我耳畔又清晰起来，像走了无数的码头、穿过了很多街角、和坏嗓子做了无数次的斗争，把你体内的温度带给我。

我把一条河剩余的水流量，给了你。

河也因此窒息。河的窒息，会不会是这样的：源头干涸，水流一日少于一日，羸弱下去，露出嶙峋的河床，水慢慢渗透在沙层里，完全断流。河床上开始长出苔藓，长出地衣，长出地丁和酢浆草……长出河岸上的落日时分，和坐在河边默默吸烟的人。河不会再呼吸。这使我想起清朝时期的一种死亡方式：躺在床上，湿纸盖住口腔和鼻腔，呼吸开始急促，再盖上一张，湿纸被呼出的气体鼓起来，又盖上一张，四肢抽搐，脸部痉挛，续盖一张，眼球暴突，还添盖一张，人没了声息。这是另一种形式的溺水——风车停止了转动，最后一道闸门关闭，河道废弃，杂草疯狂丛生。

人至中年，我知道有很多东西，我们才开始真正去面对，甚至直面死亡。我们去面对的，都是我们无力改变的。

一缕空气，多么重要。一架风车，不能有丝毫的停歇。尽管我们只保管了一缕空气，却是生命的全部财产。我们不要再去轻言死，当我们看一眼这个茫茫人世，我们作为个体，还有什么比生更重要。我曾以为，我是个不畏惧死的人，我会平静面对这个戴着魔鬼面具的人，事实上，不可能。早晨的太阳从山梁缓缓升起，木荷的树叶闪着淡光，我自由地呼吸草木的青涩味，呼吸溪水翻卷的湿气，呼吸田畴里空荡荡的风，我是个幸福的人。我贪恋生。我贪恋爱我的人，贪恋仇恨我的人，贪恋牵挂和被牵挂的人。

我贪恋嘴巴长疱疹的人。我贪恋脸上长青春痘的人。我贪恋围巾上有雪花的人。我贪恋穿平底鞋的人。我贪恋有植物气息的人。我贪恋梦中相会的人。我贪恋滚烫的肉体，也贪恋灼热的呼吸。我珍惜给我玫瑰的人，也珍惜给我伤疤的人。是呼吸把我们缠绕在一起。埋葬我爱的人，会在爱中复活和永生。我所赋予的，都是你日夜想接受的。我所想的，都是你所想的。我要灌满你空荡荡的部分，填塞你剩下的全部。——爱是最好的珍惜。

在你心里，我种下火种。一粒火。向日葵般盛开的火。冷水会在火上，一遍遍地烧开，冒出呼呼呼的蒸汽，让人辗转难眠。蒸汽会在我们身体里翻腾,转千弯翻千浪,红铁会淬火,熔岩会落地成泥,长出满坡的植物,牛羊成群,雀鸟齐飞,蜂蝶如涌。月亮慢慢爬上山坡,橘色。潮水,无边无际的潮水,那么汹涌,从我脚底往上漫,漫上脚踝,漫上膝盖,漫上腰际,漫上胸,漫上肩膀,漫上我额头。这是月亮的呼吸,我无法阻挡。大雪纷飞,吞没的,只是背影。

冬日暖阳。我一个人留在家里剥洋葱,煮湖鱼汤。我有片刻的恍惚。我的火炉一直在旺旺地亮,水壶噗噗噗地叫。我听到了自己平缓匀细的呼吸,像大海平静地起伏,海鸥在落霞中飞翔。我阳台上的衬衣,还有往日的气息。门角里,有一双旧鞋,鞋面上还有往日的泥尘。我肩膀上的白雪,始终不会融化。半卷诗集,还没读完。一封信,还有一个熟悉的地址没写。我们曾隔案而坐,迷蒙的台灯斜照着窗外的深蓝黄昏。你冷绝、高孤的脸,你冰凉的手,都令我迷恋。一句相同的话,我曾一遍遍地说,不厌其烦地说。我忘记了来路,也忘记了去路。你告诉我,你的水仙花,昨夜已凋谢,一并凋谢的,还有冷雨:思君令人老,岁月忽已暮。我望望窗外,荻花轻轻飞,浮在空气里,像一个梦,那般美好,远古。我怅然若失。我听到了你千里之外的呼吸。沧海更远,远山逝去。

除了胸腔里的空气,我没什么可以给你的。我一个人深深陷入垂降的暮色中。我屏气静听自己的心跳,跳得那么孤独。火在炉里,盛开成一张脸的模样。

思　念

我想你的，每一天。我不告诉你，你也知道。雨水刚过，花园里的草，一节节地疯狂生长。我请来割草工人，割草机嗞嗞嗞，草被吞进去，吐出草屑，碎碎的。蔷薇在矮墙上，沉沉地趴塌下来，一朵朵粉艳的花挂着。要不了几天，草又长出来，在墙边的斜坡上，在回廊的侧边，在我的窗前，在池塘边。草，那么疯狂，不顾一切。草沿着雨水曾经走过的足迹，继续蔓延。这是草对雨水的思念，和对寂寞的追寻。

我坐在陋室里，点一支蜡烛，在读一本诗集。天上所有的星星都落进了池塘，但池塘一点儿也不拥挤，恰当的缝隙让星光多一份光晕。没有落进池塘的星星，落进了我眼里，但我眼睛一点儿也不拥挤，苍穹那么浩瀚，恰好可以镶嵌在我眼球里。星辰每天夜里,会来到我的花园,它们不约而同,不惊扰我。它们交相辉映,织出一张瓦蓝透明的天幕。婆娑的疏影,投射到我书桌上。我拨弄它,它也不移动,我用水浇洗它,它也不流走,我用火烧它,它也不退缩。我看着疏影,浅淡淡的,它把星光驮到我面前。诗集没读完,蜡烛烧完了。蜡烛的一生,只有一个前半夜那么长。蜡烛没有灰烬,只有萦萦的尘烟,风吹吹,尘烟散了。

散了,去了另一个国度。那里有大海,有金黄的落日。我想起你,在另一个国度,照耀我的星辰也照耀你。我遥望的星辰,你也在遥望。你在一个人吃饭。你在一个人去码头的路上。你一个人溜达公园,荷叶凋谢,锦鲤沉潜在干枯的荷叶下,秋风袭人。夕阳下,你在一个人看海浪,一层层卷来,又慢慢退去。你在洗脸刷牙。你在咳嗽。你在吃止痛药。窗外的风,呼啦啦地响了一夜,你也听了一夜。你一人在他乡想寻找属于自己的故乡。你一个人坐四十分钟的公交车去上班。你一个人去拥挤的超市买两斤面条,一个茶杯,半斤豇豆。雪来了,沙粒一样撒下来,你一个人在走,迎着雪,围巾裹着头,撑开的雨伞被风挤压得变形。你一个人走过了十字路口,我曾从那儿离去。

1876年,莫斯科,娜蒂契达·冯·梅克夫人在朋友家里,听了一首钢琴曲《暴风雨》。这位富翁的遗孀,自此为这位穷困潦倒的作曲家的才华倾倒。梅克夫人和作曲家柴可夫斯基开始通信,但他们始终没有约定见面。梅克夫人从来信中得知,这位音乐家,是一个工程师的儿子,是一个学法律的学生,是著名音乐家鲁宾斯坦的学生,是一个三十多且没有停靠港湾的人。梅克夫人一直在资金上支持柴可夫斯基的生活。他们彼此吸引,在一个城市里,热烈地通信,纸上,能触摸到对方留下的气息。柴可夫斯基写了《第四交响曲》《第五交响曲》。这是他们爱情的见证。1878年冬,她从度假地佛罗伦萨写信给他,请他到莫斯科郊外,离她家不远的一个村子里,她已准备了一栋房子。柴可夫斯基每次取信,都要经过梅克夫人的门口。梅克夫人有一次坐马车上街,和柴可夫斯基的马车相遇,柴可夫斯基撩开帘子,向梅克夫人致意。回到家里,柴可夫斯基写信给梅克夫人,说,我没算好你马车出行的时间,真是抱歉。梅克夫人对这次的见面倒很高兴。"它使我确信你就近在我的身旁这样一个现实。"她回信这样说。有一次,梅克夫人很想听柴可夫斯基弹奏钢琴,请柴可夫斯基去她家里。柴可夫斯基在一楼弹奏，梅克夫人在二楼听，始终不见面。1891 年，柴可夫斯基去美国演出，艺惊世界。此时，梅克夫人因财产纠纷，住进了精神病院，最终在病榻上悄然去世。1893 年 11 月 6 日。柴可夫斯基得了霍乱，在彼得堡他哥哥家，溘然长逝，终年五十三岁。在生命的最后时刻，他把亲人赶出了房间。其中三位亲人把耳朵贴在房门上，听到了柴可夫斯反复呼唤着梅克夫人的名字："纳杰日达、纳杰日达……冤家……"这一天正好是他《第六交响曲》首演后第九天。

事实上，柴可夫斯基一生生活在痛苦之中，他和安东尼娅·米露科娃的婚姻，是他一生摆脱不了的噩梦，并严重摧毁了他的健康。他致信他哥哥安纳托利说："有时候我真的很希望能够被一个女人温柔地触摸与疼爱。我常幻想被一个慈爱的女人所拥抱，我能够躺在她的腿上亲吻着她……"在梅克夫人离世后，柴可夫斯基终日沉浸在悲痛的思念之中，他把《第六交响曲》命名为《绝命书交响曲》。

曲终人散。这是一个耳熟能详、摄人心魄的爱情故事。也或许，只有音乐的圣徒，才配有这样凄美婉转的爱情。在十三年里，隔街生活，每个星期都通信，情意绵绵，热切，汹涌。梅克夫人想念柴可夫斯基的时候，就听他的钢琴曲，有时坐在卧室里，听四十多个小时。柴可夫斯基想她了，去她家，看她的书房，收藏，摸摸她写信的笔。

另一个疯狂的人是苏联的茨维塔耶娃。1926 年 5 月 9 日，她第一次致信德国诗人莱纳·玛利亚·里尔克："我爱您——胜过世上的一切。"命运留给了里尔克最后的生命期限。12 月 29 日，里尔克死于肾脏衰竭和白血病。51 岁的里尔克，在这一年，完成了他一生中最高峰的作品《杜依诺哀歌》和组诗《献给俄耳甫斯的十四行诗》。两位诗歌大师，隔空交火恋爱，火山一样喷发。8 月 2 日，茨维塔耶娃致信道："莱纳，我想去见你……我想和你睡觉——入睡，睡着……单纯的睡觉。再也没有别的了。不，还有，把头枕在你的左肩上，一只手搂着你的右肩……还有：要倾听你的心脏的跳动。还要——亲吻那心脏。"她在信中说："我不活在自己的唇上，吻了我的人将失去我。"那时，茨维塔耶娃是一个中年妇人，三十四岁，带着两个孩子，一日三餐没有着落，颠沛流离，四处流亡，丈夫生死不明。他们相约见面，可茨维塔耶娃身无分文，里尔克也病入膏肓。约期又延迟至来年春天。9月6日，里尔克最后一次致信茨维塔耶娃。“春天？这对我来说太久远了。快些吧！快些！”他以无限惋惜和痛苦的口吻，结束了这封信。年终，里尔克离开人世。茨维塔耶娃闻讯后，写了一封悼念信，信中说：“你先我而去……你预订了——不是一个房间，不是一幢楼，而是整个风景。我吻你的唇？鬓角？额头？亲爱的，当然是吻你的双唇，实在地，像吻一个活人。”这一年，茨维塔耶娃写下了《来自大海》《楼梯之歌》《空气之歌》。茨维塔耶娃一生感情丰沛，经历跌宕起伏，里尔克离世十五年后，她在绝望中自缢身亡。她始终念念不忘这个从未见过面的情人，她写下《我想和你一起生活》：

我想和你一起生活
在某个小镇
共享无尽的黄昏
和绵绵不绝的钟声

在这个小镇的旅店里——
古老时钟敲出的

微弱响声
像时间轻轻滴落

有时候，在黄昏，自顶楼某个房间传来
笛声
吹笛者倚着窗牖
而窗口大朵郁金香
此刻你若不爱我，我也不会在意
……

我们也不会忘记里尔克自己写的墓志铭："玫瑰，噢纯粹的矛盾，欲愿，是这许多眼睑下无人有过的睡眠。"

在我有限的人生里，我不知道，我是否还有机会这样去思念一个人。

李商隐是唐文宗开成年间的一个低级文官，秘书省校书郎，社会动荡不安，朝廷倾轧，李商隐花下问情，是一个痴缠的人。在《无题·飒飒东风细雨来》中，一句"春心莫共花争发，一寸相思一寸灰"，使人断肠。在历来古诗词中，我以为这是最入心的相思诗句。似乎是一个沉郁的中年人，踯躅于茫茫街头，四顾于市，满目空茫，春天的花从树梢上冒出来，心上人在哪儿也不知道，哀伤不绝如流水。他写给妇人卢氏的《夜雨寄北》却也温情恬美："君问归期未有期，巴山夜雨涨秋池。何当共剪西窗烛，却话巴山夜雨时。"晏殊是北宋婉约派的一个开创者，十四岁被朝廷赐予进士，性刚简，自奉清俭，擢拔人才，范仲淹、欧阳修均出其门下。他的《玉楼春·春恨》，我觉得是最伤情的思念了："绿杨芳草长亭路，年少抛人容易去。楼头残梦五更钟，花底离愁三月雨。　　无情不似多情苦，一寸还成千万缕。天涯地角有穷时，只有相思无尽处。"人生短促，聚散无常，人各天涯。

昨日读《辛弃疾词集》，至夜深。他的《菩萨蛮·书江西造口壁》算是一首痛彻心扉的思念词了："郁孤台下清江水，中间多少行人泪？西北望长安，可怜无数山。　　青山遮不住，毕竟东流去。江晚正愁余，山深闻鹧鸪。"淳熙三年，即公元1176年，辛弃疾任江西提点刑狱，站在郁孤台上，仰观俯察国破的山河，悲壮苍凉。"山深闻鹧鸪"，乡愁的美好、温暖，却再也看不到了。

思念是最温暖人的东西，也是最愁人的东西。"戍鼓断人行，边秋一雁声。露从今夜白，月是故乡明。有弟皆分散，无家问死生。寄书长不达，况乃未休兵。”杜甫作《月夜忆舍弟》是乾元二年（759）秋，于秦州。这年九月，安史之乱中，汴州沦陷，山东、河南都处于战乱之中。颠沛流离中的诗人杜甫，看到山河破碎，思念生死不明的兄弟，悲痛欲绝。2012年，我去四川，到杜甫草堂，凭吊诗圣。草堂葱茏，树木参天，回廊曲折。我想这个草堂不是当年杜甫的草堂，杜甫流离时期，食不果腹，衣不蔽体，跟一个叫花子差不多，连一床被子都没有，睡在稻草上，盖不起地主庄园一样的草堂。杜甫一生勤奋，抱负远大，凄苦愁郁，胸有大爱，写诗1400多首，《杜甫诗全集》分八卷，共512首。我最喜欢的，是他的思乡诗、思情诗。如《春望》：“国破山河在，城春草木深。感时花溅泪，恨别鸟惊心。烽火连三月，家书抵万金。白头搔更短，浑欲不胜簪。”如《闻官军收河南河北》：“剑外忽传收蓟北，初闻涕泪满衣裳。却看妻子愁何在？漫卷诗书喜欲狂！白日放歌须纵酒，青春作伴好还乡。即从巴峡穿巫峡，便下襄阳向洛阳。”

南唐亡国之君李煜，感怀故国，悲愤至极，写下《虞美人·春花秋月何时了》：“春花秋月何时了，往事知多少？

小楼昨夜又东风，故国不堪回首月明中。　　雕栏玉砌应犹在，只是朱颜改。问君能有几多愁？恰似一江春水向东流。”满腔恨血，喷薄而出，令人不忍卒读，曲折动荡，如怨如慕，如泣如诉。

除了偶尔几声轮船的鸣笛声
一切寂静
我找到了一个打火机，手串和一块
写着诗句的树皮
在很久未动过的抽屉里
抬头时
我看见了夜空的一颗星星
它是那么亮
它凝视着我
我们互相凝视着……
当我想起你
温和的夜
松脂滴落
蕨在生长

诗人颜梅玖写的这首《温和的夜》，思念如童话般美好。

前几日，我写《光阴记》，友人指尖读了，给我短信：时间让两个相信的人，相知，相爱，相拥；也让两个相信的人，疏离，分别，仇恨。这不是时间的错，而是两个人相绝，过于决绝。

决绝，就是不原谅别人，也不原谅自己。何况，如今这个时代，又有几人去在乎一份感情呢？快餐时代，连诗歌都变成微诗了——车胎破了，立马换另一个，谁还会去修补呢？但美好的情愫始终在。人的美好情愫，是一种黏液，像胶水，甚至可能是万年胶，不到灰飞烟灭那天，是扯不开的。

吃面疙瘩的时候，会突然想起某一个人，想起和她在一条寂寥的街上，一个小店里，吃海鲜面疙瘩，亲昵地说话，沉醉地望着她的脸，街上灰蒙蒙的灯光扑洒下来，给人温暖感……

坐上火车的时候，会突然想起某一个人，想起深夜去看她，坐了一夜的火车，大雪飞扑，如诗人王妃写的《小

雪·夜》:

那座城在千里之外。

只要你想起,所有的街灯就亮了……

那个人在明亮处,带着七分醉意

你追着、跑着,急切地喊他的名字

他转回身来

却找不到你的影子。

入夜了,会突然想起某一个人,很想给她打一个电话,以前每天在睡前都给她打电话,说很多甜蜜温婉的话,直至她入睡,可是现在,已经有一年没打了,心里空落,惆怅起来,摸摸手机,又放回口袋。

去成衣店买衣服,会突然想起某一个人,想起她穿衣的颜色,布料,想起她穿衣服的样子,想起以前给她买衣服,走了三五条街,买了几件,送给她,却没一件是合身的。

看到一条河,会突然想起某一个人,想起和她因河结识,落霞满天。

收到一封信,会突然想起某一个人,想起她坐在公交车上读信的样子，读完了，泪流满面，车窗外，下着淅淅沥沥的小雨。

路上遇见一个老人在走路，会突然想起一个人，想起她老了的时候，会是什么样子，那时，会去看她，看她是否还像年轻时那样，任性，善感，头发是否全白了，是否还穿绑带的鞋子。

想起一个不再相见的人，就是迷恋她生命的一束光。哦。这就是思念，和人一起衰老，让人深深地孤独。

气　息

在深寒之夜,我闻到了千里之外的气息:落叶在大街上窸窸窣窣,江口涌来的风呜呜作响,你紧紧裹着大衣,低低地咳嗽,略显哆嗦的身子弥漫一种淡水的味道——深山雨林送去湿润的气候,五月栀子花开,六月木槿爆蕾,七月荷花连连,八月美人蕉嫣红,九月雏菊绽放,接下来,是漫长的冬季,柳树落叶,蔷薇满地,梅花在最后一刻,举树盎然,大雪在我出发的那一瞬间,落满了我的头发和肩膀。

——当我想起已然渐渐远去的青春,那种荒蛮得近似于雪月的气息,通过你传遍我全身:润滑的舌头,柔顺的头发,温热的鼻息,低头时娇柔的眼神,它们混合在一起,形成一股旋转的气流,夹裹着我。今夜,我以梦为马,到海边去,踽踽独行,追寻一条河流,在大地蜿蜒,漫游,看三江汇流。出发时，是初夏，鸢尾花盛开，到海边时已是深冬，草木枯黄。在沙滩上，我用树枝写下一个人的名字，沿海岸线，一直写到夕阳西下，等暮色中的潮水涨上来，把名字抹去。站在海岬上，看海鸥掠过，任冷瑟的海风侵蚀我，剥蚀我的肉，只剩下骨头，剥蚀我的骨头，只剩下我的灵魂与爱。太阳普照大地，也将普照我。我沿海岸线走，马和我一样，瘦骨嶙峋，在船只停靠的地方，我不走了。我养花，喂鸟，喝酒，坐在一块礁石上，从早到晚，仰望蓝天。星星的抖动也不能使之倾斜的蓝天，是另一块海平面。我做大海忠诚的儿子，娶大海的女儿为妻，在山巅上盖茅草房，在后院里，种上各种兰花，春兰、四季兰、蕙兰、川兰、墨兰、寒兰、莲瓣兰，各季弥漫葱郁的花香，门墙上爬满了夕颜。把马养肥，削木成舟，谷酿成酒，带上成群的儿女，再次出发。

我以梦为马，到你那儿去。一夜千里，像歌咏的闪电，嗞嗞有声，从天的北边一闪眼奔向南边。它奔跑的时候，群山一起奔跑。我骑着它，像骑着凤凰，捧着花枝。蝴蝶随风追逐。我嗒嗒的马蹄，有开不败的古莲花。我不再抱你去天涯，而是绕床三匝。你能听到马的响鼻，酣畅，心急火燎，到你那儿。在你门房的右边巷子里，我开一家杂货店，里面有蜡烛、盐、布匹，有鸡蛋、粽子、腊肉，有火柴、墨水、信纸，在货柜上有你随手可取的散酒、烟、刀子。我在门口凿一口水井，厅堂吊一个火炉，每晚的脚盆盛上温水，三天把被子翻晒一次，自己压榨薯粉丝，用上好的油炸豆腐和花生米，在白粥里放上蛋羹或葡萄干。我就是那个细致于生活的人。我信仰粮食和蔬菜，信仰你。我依据你的气息，纵横苍穹，不会迷路，也不会流连其他的过夜之处。赶在天亮之前，和乌鹊一起，栖落在我曾去过的院子，击水而歌，踏竹而舞。

那气息来自一个古墓般的睡眠。在幽深的树林里，有伽蓝菜、指甲草、虎耳草、绣球、蛇莓、石斑木，各样的花香接踵而至。“我活在一个人的梦里，我害怕那个人会随时醒来”（萧穷语）。“我从不做梦，梦是不可靠的。”另一个人这样说。我迷恋睡眠散发的气息：相对而言属于暂时遗忘，也可以假寐般沉浸于或忘怀于某一时刻，裸露在不可以被窥视的时候，轻轻合上眼睑，微微绽开唇，侧身（一个拥抱的姿势），言辞是多余的，窗外的风或细雨或暴雪也是多余的，手风琴里吹出来的呼吸声有雨水舒缓的节奏，长长的腿有两条河流缠绕。指尖弹出的空气，越过山峦、丘陵、平原、盆地，带来海盐、江鸥、玉兰花、叹息混杂的气息。我可以一千次穿越同一条河流，但不能从一股空气中突围而出。

人是一种非常神秘的生物体，每个人都带有奇异的气息。这种气息甚至不会因为岁月的流逝而流逝。可能我们到了耄耋之年，但有一种东西从孩童时代贯穿了始终，只是我们发觉不了。可能我们颠沛流离，面目全非，但身上始终有一种根性，根系发达，遍布全身。婴儿能从一万个妈妈中找到自己母亲的怀抱。恋人能从拥挤的剧场中一眼认出熟悉的背影。上楼时漫不经心的脚步声；一个喷嚏；半碗剩饭；一行潦草的字；一个语气词；人群中瞥过来的眼神；十年后一张没有落款的明信片祝词；半盒潮湿的烟；空空的蜂蜜罐；盖腿膝的小包被；一个不再使用也依然保存的电话号码……一个相同的夜晚。

火车的气息。海鲜面疙瘩的气息。一件纯麻外套的气息。把气哈进耳朵的气息。手贴近脸的气息。火熄灭的气息。手牵手并肩走在深夜大街上的气息。舌苔的气息。树叶落在河边上的气息。

旅馆的气息——阔亮的大厅，下坠的吊灯，长长的走廊，空荡荡的电梯。拐角有一棵菖蒲，一株大叶爬山虎爬到窗户下。“我们捡拾亡灵的麦穗在/屋顶上，在怀念下榻的乡村旅馆/马车深陷进它的跑动里/我们拆掉秋风的第三级台阶/那儿，一个灰白色的影像慢慢/流出来，像是隔代的遗传。”（张作梗《秋天，我们捡……》）

拥抱的气息——山梁般的肩膀，河水摆动的麻布裙，略显冰冷的手，雪崩这时开始。我拥抱你，紧紧地。喷泉从我们的脚心往上冒，从口腔喷出来，是十月的鸡蛋花树。北极和南极在一支红伞下停靠下来，一群海鸥在盘旋。旋转而下的楼梯，一个吹笛人坐在扶手上，笛膜嘟嘟嘟，四十四只鹦鹉和四十四只火烈鸟，分两次飞出来，到处都是绿色和红色的火焰。

火溶解在火中的气息——火团嫣红，花冠的形状，外圈绿茵茵，空气在噼噼啪啪，灰尘扬起来，有了一股翻卷的风浪，上升，再上升。我的四肢僵硬，抽搐，血液凝固。我听到了呼救声：幸福很快过去，到来的孤独更漫长更深切。上升得越快，熄灭得越快。火熄灭了，灰烬也没有，剩下的是两个人的余生。

——噢，我们。一个车站，有多少车进站就有多少车出站，进站的车来得那么慢，出站的车却那么快。我总是傻傻的，只知道站在空空的站台，看着车子离去。我甚至不知道去握住那只挥别的手。或许是因为，挥别的手，是握不住的。

孤独的气息——晚上，我在简陋的房间里，一刻钟烧水，一刻钟洗脸刷牙，一刻钟搓洗衣服，一刻钟洗澡，一刻钟把被褥焐暖，一刻钟等一个人在21点10分准时回到另一间简陋的房间里。我用一分钟和这个人说话，也可能五分钟，也可能半小时，也可能两个小时。我感觉到了另一个房间的人，相同的气息：在翻书，在写字，在烧忘记按时吃的晚饭，在吃止痛药，在不断地抚摸一只猫，在咳嗽（门窗瑟瑟发抖），在磨牙，在半夜醒来抽一支烟，在喝早上泡的冷茶，在对着窗外发呆。我和这个人，像两股气流，在气温急剧下降的晚间时分，形成了一股东南风，在各自的屋顶上，降雨。

遗忘的气息。下落不明的气息。失踪的气息。

——我一直在写一封长信。在一盏风吹摇动的电灯下，我画了一条河的写意画，画了一个三角的入海口，画了一座幽灵山庄。我写不下一个字，词不达意。我没办法把吸进肺腑的空气，确切地描述出来。深秋的味道。碎叶莲的味道。星光涨满天色的味道。冰在阳光下融化的味道。黑美玉的味道。这是我迷恋的全部气息，隐藏在我的胸腔里。

气息：呼吸时出入的气；气味。（《现代汉语词典》）

气息还可能是一段记忆中不可磨灭的影像，在某一时刻以幻觉的形式显现；也可能是令人铭刻的情景遗留下的一撮灰烬；也或许是一股熟悉的气流再次袭击了当事人；也会是一种声音的回响一个梦境的勾连，引起内心的共鸣……被捕捉到了。比如我，一个人走在街上，熙熙攘攘，从步行街到中山路，路过电影院、半岛咖啡，和许多熟悉的人打招呼，在报亭买了一份早报，在豆浆店喝了一杯豆浆，买了四张随机福利彩票，溜进书店淘了两本书，我显得从容，怡然，有条不紊，实际上，我已经感觉到有一股气息从进入步行街时，就笼罩了我。这股气息有一种茉莉花味，清新，可人，但有轻度的伤感，像重感冒之后尚在恢复之中。

我感觉到有一个人,一直跟在我身后。我停下来,她也停下来。我在喝豆浆,她在另一个店里转悠。我在淘书,她在门外故意整理衣服。气息以影子的方式存在。我进了半岛咖啡,选了一个有紫罗兰盆景的位子坐下来,叫了一杯咖啡一杯温开水。我喝温开水,把咖啡摆在对面的位子。我知道,隔不了喝一杯水的时间,那个影子会在对面坐下来,默默看我一会儿,搓搓手,浅呷一口咖啡,眼皮也不会抬一下,轻声道:"你知道我一直跟在你后面,还故意走那么快。"气息一下子有了显影,如冲洗出的一张照片:腮帮鼓鼓(长期牙疼的缘故),围了一条棉质围巾,眼镜有薄薄的水雾,厚唇涂抹了殷红的唇膏,脸有了松弛感,头发披肩。我并没认出这人是谁。玉兰油的香味和低沉的嗓音却把我带入一个十五年前的咖啡厅。在灵山路拐弯处,有一个古式的咖啡店,只有一个大厅,用木板篱笆隔成三个小茶桌,木板篱笆爬满青藤。门口挂一块木牌,用颜体写了五个大字"清新咖啡厅"。每天傍晚五点,我准时出现在靠窗户的木桌边,要一杯水,看书或约会。这个咖啡厅什么时间关闭的,我不知道,现在是一家麻将馆。我记得最后一次在窗户下落座。那是 1998 年 3 月,阴雨绵绵,南方潮湿的寒气有一种万物已腐万物催生的况味。雨水一直没停,激烈,让人亢奋也让人伤感。在那个下午。我坐了一个多小时,她才来,打一把浅绿色的小伞,穿浅蓝浅灰相间的毛衣。其实,她没进门,我知道她来了,玉兰油的香味从飘进窗户的水珠里,散发出来;哒嗒哒嗒哒嗒的脚步声从小巷子传来,以四分之二拍的节奏,伴着雨滴的和声;一种暖烘烘的栀子花香味,比脚步声早一点出现,比雨点晚一点,来到我身前。我们做了简单的对话,又从门口,一个往左一个往右,从此各散。和一个人相遇是不要言辞的,和一个人分别同样不需要言辞。我一个人在江边走来走去,来来回回。路灯渐渐亮了。灯光照在江面上,蒙蒙的,仿佛铺上了一层雾气。桥头上,有一种灌木,开了满树的白花,碎碎的。我叫不出花的名字。此后的十余年里,问过许多人,也不知道它的名字。花密密的,一朵压一朵。到了晚上十点,雨倾泻而下,江面嘟嘟嘟冒出雨泡。花谢了满地。在一个人暗自忍受另一个人离去时,花谢得特别快。回到宿舍,已是深夜。我全身湿透。洗了澡,坐在桌边,写了一封信,一直到天亮。我把信烧了,赶往火车站登上一列最快离开上饶的火车……生命是分好几次死的，一次一次地死，最后一次死叫结束。实际上，我们始终没有再坐下来喝一杯水。但我确实能感受到她的气息，在某一个突然的瞬间。有一次，我在仙乐斯十字路口，也是一个人，低着头，边走边看一本美术书，突然感觉到玉兰油和脸部油脂混合的味道，带有明显的个人特性，我抬头望望，她从侧边小巷子转过来，手上拎着一袋荔枝，头上扎着卷卷的黄假发。我们怔怔地站着，恍惚了几秒钟，各自走了。

有一天，我们终究会老去，会和一个人又一个人做深切的告别，熟悉的和不熟悉的。人是以告别的方式去生活。人生的减法算式在最后，只剩下孤零零的一个人。一个人去散步，一个人钓鱼，一个人看电视，一个人吃饭，一个人去看看离别经年的故园，一个人在树底下晒太阳，一个人喝冷冷的酒，一个人静静安睡。离去的人都会留下抹不去的气息，在早晨的露水里，在吹进窗户的寒风里，在一件破旧的棉袄里，在一双藏了几十年的鞋子里，在皱褶起伏的信纸里，在书扉页凝固的签名里，在一首纪念诗歌里，在一服中草药方里……在一张远程车票里，在一张宾馆发票里，在水龙头的喷水声里，在飘落的雪花里，在一棵衰老的黄梅树里，在一床棉絮里——这是一个老人的宇宙。

我早上起床修剪花枝，上午去清理一口水井，下午在阁楼上独坐，晚上又开始从头阅读一本发黄的诗集。我哪儿也去不了。我的双腿因年轻时过多的奔袭而疲惫不堪，它现在已经完全把道路放下了。我的眼睛灌满了星星，想从中辨析一张张脸，退去了海潮的脸，其中有一张是传说中的女妖。我的耳朵失聪了，充斥了雨珠滑落树叶的声音，细细密密。事实上，我在三十年前已衰老了——当我从陌生的南方归来，我的头发被风吹散，我的执着近似一种苍白。我不曾耽搁的是，留意那个遥远城市的气象预报。气象预报会传来所有关于一个人的气息。一个不曾来过的人，一个永远不会来的人，如今在哪儿呢？我抖抖索索地摸出钥匙，打开密盒，取出四个相框，用衣袖擦去玻璃上的灰尘。照片中的人，还是一副羞赧的模样——恬静地站在木门前，长发飘逸，脸饱满，眼神迷离。——我去过很多次那条街道，街两边有香樟树，黄昏后，人迹寥落。在十字路口，有一个面馆，黑色的门漆，抛光的黄木桌，我坐下来，喝了一杯水，像是等一个人来。可能是我每次去，都是冬天的缘故，显得瑟瑟发冷。我裹紧了大衣，朝一个临街的大铁门走去。我摸摸锁，摸摸门栅，又返身回来。在斜对面宾馆四楼的一个房间里，我独坐了一会儿。熟睡后的被褥还有温热，杯子里的水还没凉，换下的衣服还没洗，玻璃门后的水龙头嘶嘶嘶嘶淌水。我似乎听到“死了死了”的尖叫，叫了三次，一次至少四遍。我感觉到一双手穿过了我脖子，像一条河流缠绕了河滩。接下来，是热热的鼻息，夹杂一股四月的青草味。再接下来，是……告别。我一转身，头发开始像树叶一样簌簌脱落，唇长出苔藓，额头有落日沉降，手指腐烂，脸上盖了厚厚的霜。

每一天，我做的第一件事是梳理自己的羽毛，每一丝绒毛里，都残留着南方的气息。冬天瘦弱的躯体里飞出了大雪。噙在眼角的湖泊那么冰凉。轻轻地呼吸。

这么多年，我一直是一个耽于梦境的人，荒废于白昼的人。我热衷于自言自语，热衷于镜子的反面——潜藏的人，从不和我相见。这是我造梦之所：一个自来水龙头（梦是地层里冒出来的，被一个阀门控制，拧紧，造梦人会停止呼吸），一张矮床（一头从不走动的犀牛，它倦于奔跑，它的背上落满黄昏时的乌鸦，等待梦降大泽和月亮的咆哮），一个暖水瓶(不断地更换瓶内的液体,每次的结果都由热变凉),四个空空的房间(我们必须懂得虚无的意义,这是生命的奥秘所在)。在这里,我静静地感受那股永不消散的气息。

悲　伤

零下 10℃。我站在窗前，看见大雪一朵一朵碎下来。雪和细雨冰冻了空气。蔬菜顶着雪团，挤挨在菜地里。雪白的田野，交错的阡陌有稀稀的人影在晃动。窗玻璃蒙了白白的水汽，蜿蜿蜒蜒，冰结了一层霜花。我抬头看看日历，是 2018 年 1 月 4 日。这是严冬最冷的一天。安徽、江苏、山东、湖北等省，普降大雪。江西部分地区雨夹雪。

我想起了五年前，也是这一天，大雪覆盖了南方，山梁、河滩、屋顶、田畴，全是皑皑积雪。我从异乡坐火车回到我曾生活的地方。我不知道火车在大雪中飞奔，是怎样的。我临窗而坐却一动未动，微弱的灯光照见扑簌簌而落的大雪。雪绒毛球一样，旋转而下，密密集集。夜光中，雪是金黄色的。雪落下来，像鲣鸟纷纷钻入海水里，扑腾水花，有生命的动感。火车在浓密的夜色中前进，黑暗的大地在迅速后退消失。广袤的白雪也被黑夜抹去了影迹，似乎大地根本没有雪来过，或者雪化为水，渗入了泥土。隐隐的更替的村舍，不时有灯光在夜河飘荡。大地成了茫茫的海，无边无际的海。火车像海中一条飞掠的游鱼，或者是一只孤独的海马。我一直靠在窗口，看看窗外，一夜不曾入眠。在南方冰凉的大地之上，我构成了这个隐喻世界的一部分。雪密集地下，似乎要浇灭夜晚的灯光，却被黑夜完全抹去了光影。雪，最终是要融化的，最终在大地上消失。雪花之舞蹈，是瞬逝而去，像蝶亡。“蝶亡。”我轻轻念了出来。人的一生无论多漫长，其实都是极其短暂的。

雪在我瞳孔里纷飞。

我听着冷雪，在窗下。窗外一圈一圈地白。我想象在另一个城市下雪的街道，狭窄，有两个“丁”字形街口。街上冷清，夜晚，有更深的冷寂，街灯闪烁迷离。有一个人每晚坐九点半的公交车，从街口下来，裹着狐狸毛领的大衣，雪在脚下扑哧扑哧作响，大街有了回声。街口，我熟悉又陌生。我不知道，街灯是不是换了，原来的街灯发出霭黄色的光，照在脸上，像扑满了旧日的灰尘。雪似乎消融得特别快。街上的积雪在反光，白白的，但不刺眼。雪上留下了我们来来回回的脚印。但脚印也很快消失了，不是因为脚印消融在雪里，而是被雪又一次覆盖了。

现在，我都不记得雪飘零的样子。但我记得脚印，影子覆盖积雪一样，被积雪覆盖的脚印。这几天，我做了相同的梦——我们去一个遥远的海上捕鱼。我撒网，收网，亮晃晃的太阳照得眼睛生痛发酸。奇怪的是，收上来的鱼，没有一条是活的。直条条，腹部雪白，头呈三角形，尾鳍像蒲扇，水晶球一样的眼睛瞪着，让人心里发毛。每一条鱼看起来，似乎是冤魂。我从梦中醒来，有一种溺水的感觉。

记忆，在某一天，会成为一个人独坐时的幻觉。这样的幻觉也多次在我眼前闪现。我常常陷在这里。尤其在冬天，窗下听雪。

前两天，看了一则微信，让我觉得冬天更适合离别的人。微信是这样的。

……

女:鞋子收到了,好漂亮,好舒服。

男:拍照看看。

女:(穿在脚上鞋子的照片,两只鞋子并排)。

男:喜欢吧?

男:暖和,养脚。

女:很喜欢。

女:很喜欢(抱抱表情包)。

男:我自己也买了。

女:我不知说什么才好。

女:跟上次的那一双相似。那双鞋底都漏了,我也没舍得扔掉。

男:是的。相同的品牌。

女:那一双,我也想修补一下。

女:鞋底磨漏了,鞋子还好好的。

男:质量好。这个牌子,之前给你买过两双。

男:不要补了。

女:还可以穿的。

女:我很喜欢。

男：好。

男：本想给你买大衣，不知道尺寸。

女：傻，我有的，你给我买的那件，还很新。

男：也没看到你穿。

女：经常穿啊。

男：没看过。

女：你又没看见我啊。

男：有合适的再买。

女：我喜欢那个狐狸毛领，很暖。

女：不要啦。

女：我衣服够穿了。

女：（红心抱抱表情包）

男：我知道了。

女：（大衣照片，灰褐色）

女：都洗白了。

……

冬天了，不等于离别的人会相见。下雪了，也不等于春天会来得更快一些。迟缓的，离去的，近乎死亡时的回首。我想起了诗人李小洛有一首叫《这封信不寄给谁》的诗。一个坚持在早晨写信的人,是一个迫不及待遇见早晨的人。而我每天早晨,坚持折叠旅程票。我去过的地方,我都留下一张旅程票,机票、船票、汽车票、火车票。每一张旅程票,都是我路上的标记。我不知道,为什么会坚持折叠旅程票。每一次在高铁售票大厅,我专注地看着车次显示牌,找那个终点城市。G2348、G1434、G2364、G2334、G2344……而实际上,我去往的却是另一个临时确定的城市。想去的城市,多年未去。而每次在高铁站,我忍不住找车次,想买一张票,去那个城市的海边……

怎么可能会有终点的城市呢?怎么会不知道信寄给谁呢?我不知道的是,我还会去哪些地方呢?多少年之后,还会有同样的大雪呢?慢慢落下来的大雪,逃窜般纷飞。

前两天,我听到了一个老人的故事。一个近乎神经病患者的故事。老人七十多岁,是一个退休多年的小学教员,他毫无征兆地向家人提出,要离家出走。乌黑黑的天下着大雪,他戴上圆帽,拄着拐杖,背一个四十多年前用过的军绿色书包,他对他的儿子说:“我要去找一个人,说不定什么时间回家。”儿子说，你找谁啊。老人说，找一个杳无音讯的人，我答应过她，老了的时候，我去找她。老人的行动，遭到了全家人的讥笑，也遭到了小镇人的讥笑。家人守着老人，不让出门，可执拗的老人，还是溜出门了。

寻找一个杳无音讯的人，其实就是寻找终点的城市，其实就是坚持写没有收信人的信。

其实就是站在河边，看湍急的流水。

其实就是想知道大雪最终是怎么融化的。

或许，这就是人为什么悲伤的原因。

午休后，我沿广信北大道，往罗桥文家走，荒芜的郊外剩下不多的积雪。远处的灵山灰蒙蒙的，阳光冷涩。我站在铁路边，看火车呼啸而过。呼啸之后，是冗长的寂静。铁轨在发光。芭茅在矮坡上被风无力吹拂。剥光了植被的山冈，像长久冰冻了的动物尸体。来回走一圈，烂橘一样的夕阳，罩住了大地。我突然无限悲伤。

我一直在吃药。呋喃唑酮片，一天三次，一次一粒。联邦阿莫仙·阿莫西林，一天早晚餐后两次，一次四片。艾司奥美拉唑，早晚餐前两次，一次两粒。我把开水倒在碗里，看白汽袅袅散去，水温下降，我喝一口水吃一粒药丸。药吃完了，坐在沙发上，我突然无限悲伤。

大寒之后，我做油淋鱼。我早早去了八角塘，等卖信江河野生鱼的人。她只卖野生鱼。她破鱼腹剐鱼鳞，剁头切块。我把鱼提回家，洗净，抹盐，放在箆箩里晒。晒了三天，鱼块干涩，鱼肉收缩收紧，鱼皮变得死黑色。我把鱼块蒸熟，晾干，收入玻璃罐，泡上熟油，浇上花椒粉姜丝辣椒，盖上盖子密封。鱼块在熟油里浮沉。我看着玻璃罐，突然无限悲伤。

冬夜，冷雨绵绵，风呼啦啦地吹，读自己写的《纪念日》：

……

“在最需要相遇时，我们去相遇
一生都不会忘记。”当我说出
指尖穿过的头发渐渐发白
衍生一片野地。你就是那个沧桑的人
你就是那个不再降临的人
我怀抱的梅花也不再散落
……

我突然无限悲伤。

博物学家说,人是唯一在悲伤时会流眼泪的物种。可我很少流泪。只是我眼睛常常被什么灼伤,看不清眼前景物,模糊,向我走来的人,面部有厚厚的阴影,重叠。“我的眼泪都流干了,这十几天,我天天在哭。”在清晨,一个朋友的电话,把我惊醒。我说为什么。朋友长久地沉默,尔后说:“雪真大,快遮没了膝盖,头上全是雪。”我也长久地沉默。我眼睛模糊了,雪的影子落满了清晨街头的脸,像生命的碎片。

“你要我写的诗,我一直没写好。我会写的。这是一首非常重要的诗,不能轻易写。”在入睡前,我看到一则手写体。手写体像一则遗嘱,爬满了蚂蚁,或者躺着冻死的蜜蜂。我莫名悲伤。

液体变成蒸汽的过程是这样的:阡陌的小路,金盏花一朵朵地衰败。细密的雨一直在下。低矮的山冈像一个个稻草垛。我们在平畴走。天冷了下来,暮色如水流漫过沙层,翻卷云涌。我们找了一间破旧的屋子,留宿。风呼呼地灌进了窗口,你紧紧地抱着我,蜷缩在我怀里。你羞赧地看着我,微微仰着脸。你的嘴唇在颤抖,冷雨中的莲花一般。我不停地抚摸你的头发,如雨水敲响钟声……

电影院售票处,我买了《芳华》电影票,广播里循环播放《当爱已成往事》:

往事不要再提

人生已多风雨

纵然记忆抹不去

爱与恨都还在心里

……

我怔怔地听着,听到电影散了场,我还捏着电影票。走出电影院,冬雨从南往北,遮蔽而去,密密麻麻。

大货车经过楼下街道时,咕咕咕的轮胎摩擦着沥青路面,我窗户的玻璃瑟瑟发抖。我被玻璃的抖动声,扰醒。我坐起来,望着石灰水一样的夜空,我的身子也瑟瑟发抖。我起床读索甲仁波切的《西藏生死书》。《在死亡的镜子中》篇章中,我读到:“世界上最伟大的精神传统,当然包括基督教在内,都清楚地告诉我们:死亡并非终点。”我想到,我还活着,几成虚无,多么悲伤。

我不知道我为什么那么轻易去悲伤。在通往终点的路上，在零下10℃的冬天，其实我的悲伤多么无辜，多么多余。也许，之所以悲伤，是因为看着光在消失，而光源一直在眼前，加重了我内心的黑暗。像寥廓，埋在地下。

孤　独

灯光和黑暗不断交织，山川退隐又闪现。雪花被无形的手，繁忙地从空中搬运而来。我望着窗外，夜色扑朔迷离。列车的呼啸声被巨大的寂静淹没。我用手指蘸茶水，在桌面上画一个人的肖像：饱满的唇，流水般的头发，百合花一样的脸，羞怯的眼。我细细地看，笑了，用纸巾抹了，又画一张。画了无数幅肖像。我又画一条街：凄清的晚灯，一个丁字路口，两个人，影影绰绰的街树。我继续画，画一个餐馆：矮矮的吧台，一个窄小的楼梯，小厅里两个人面对面坐着吃饭。雪一直在下，扑打在车窗上。有的雪花冻结在玻璃上，像一只只白蝴蝶的标本；有的雪花慢慢融化，水被风吹得变形，掠走，玻璃上留下的，是雪水的影子。我怔怔地看影子，密密麻麻的影子，叠印着我模糊的面影——车厢里的暗灯把我投射在一张冰冷的玻璃上，我抚摸那些白蝴蝶，水汽浸湿了手指。单调往复的，哐当哐当的车轮声，碾压我胸口。

回到我生活的城市，我发现自己被一种虫子蛀空了。虫子什么时间钻进了我身体，浑然不知。先是一只，爬过我皮肤，绒绒的触毛留下不易察觉的黏液，皮肤开始发痒，红肿，灼热，生痛。我无法入睡。我把干花装进瓶里，倒出来，又装进瓶里；车票按日期，排列起来，夹在一个纪念册里；数天上的星星，一圈一圈地数。虫子日日夜夜地繁衍，扩散到每一个细胞里。我不知道它怎么繁衍，我看不见它，摸不到它，但时时感觉它在噬咬。这使我想起一根木头，搁在一个角落里，也从不去看管它。过了一年，去取老木头，轻轻的，像一团棉花。怎么会这么轻呢？看看地上，全是木齑粉。木质被虫子蛀出了一堆齑粉，木头成了一个木壳，扔在水里，浮了起来。噢，木头已经失重。这是一种以木质为营养物的虫子，怎么进去的呢？从哪里来的呢？怎么繁衍那么快呢？

整个下午，我坐在屋檐下，哪里可以去呢？我想了好久，不知道去哪儿。雨一滴一滴从瓦檐滴下来，落在一个水缸里。雨滴一次,缸里的水面漾漾地扩散一圈波纹。雨又滴下来,波纹推动着波纹,消失了。一圈一圈波纹不知疲倦地扩散。一个圆心,两个圆心,三个圆心,无数个圆心。波纹印着波纹,看得我有些眼花。雨珠亮亮的,吧嗒一声,沉在水里。水缸里养了一条红鲤鱼,不知是哪年养的,却依然保持着原来的体型和颜色。鲤鱼在缸底,游来游去,嘴巴不停地翕动。它能听到雨声吗?它能看见波纹吗?它能看见我吗?

假如没有下雨,我会去门前的山坡上走走,一直走到湖边的岔路口。在岔路口的第五棵树下,我可以看见一条路从转角弯过来。我辨认从路转角走来的人。我对人不好奇,对来的人也不感兴趣。对我而言,所有的人,都是陌生人。我想辨认的是其中的一个,是不是穿着麻布长裙的,是不是戴海伦太阳镜的,是不是说话声音略显沙哑的。我在山坡转来转去,直到落日追逐地平线。落日架在一个圆形火炉上,被群山抬走。可我还没看到那个我所要辨认的人。

我请来园丁修剪花圃。园丁是个老头,肩上扛着一个电锯,背包里还藏着三把剪刀。他站在桂花树下,把新发的枝丫剪掉,把剪口贴着树皮磨圆。我跟着他,看着他剪。他端着电锯,给冬青篱笆剪新绿的枝头。电锯呼呼呼,青色的木屑从齿轮里飞出来,啪啪啪,打在我身上。暴晒半日,剪下来的枝叶干涩收缩。我给花圃浇水,也给干涩的枝叶浇水。枝叶却再也不返青,而是霉变发黑,不几日,霉烂了。我把烂枝叶堆在一个土坑里,自然发酵。这些枝叶,曾给我很多欣喜,抽绿的新枝,初开的花蕾,曾让我凝视——可这么快就霉烂了,因它无法供水,无法实现光合作用。我给一个远方的人去信:你不要拧死你的水龙头,也不要关了你所有的灯,每一滴水,每一缕光,对我是多么重要。

每天我都会整理一遍书桌,用纸巾擦洗。木质的书桌便油亮起来,漆黑的光从桌面浮上来,像浓缩的大海。我铺开红信签纸,记日记。专注地对着信纸,我却写不了一个字,不知道从哪儿写,也无事可记,呆呆地发怔。在月入窗口之前,我例行写下:一天即将过去,街道上,人依旧那么多,看起来却空荡荡……

街,那么空荡荡。我上街,急匆匆,似乎急于赶路,急于到达要去的那个地方,其实不是。没有我急于去的地方，也没有我急于见的人。我是为了急于赶回来，静静地坐下来，喝一杯热水，和自己好好相处。我常常站在阳台，面对阳光朗读："千山鸟飞绝，万径人踪灭。孤舟蓑笠翁，独钓寒江雪。"我似乎在面对一座寒山，与之融为一体，我的双脚便注灌冰水。又读："花间一壶酒，独酌无相亲。举杯邀明月，对影成三人。"明月下，我和酒的烈焰融为一体，血液里游动火焰。继续读："两个黄鹂鸣翠柳，一行白鹭上青天。"我看见白鹭从额际飞过，飞过斜斜排在河边的柳树，落在一个池塘里。

池塘里，开满了荷花。我仿佛离不开这个池塘。在傍晚，在清晨，我来来回回地踱步。荷花被一蓬荷叶托举，火把一样。晨露还在荷叶上，风轻轻吹来，水珠在滚动，晶亮的光折射着阳光。若是雨天，雨珠啪啪啪，清脆，明亮。我爱雨天。雨水从城市的上空，飘飘洒洒，雨势一阵阵，乌黑黑。我站在凉亭里，看着雨水从荷叶上滑溜溜地落入池里，咕咚咕咚。假如是夜晚，会更美妙些，什么也看不见，只有哗哗的雨声，和雨水一起，淹没大地。这种声音，来自液体，来自一个高远的边界。这种声音，绵长，细腻，有一种浸润感。

不像是一种事物在垂落的时候发出的，不是撞击或碰撞发出的,像是遥远的回声,发自时间的内部,或发自事物本身的破碎。像离别像消失像寂静。像我搂着自己。这样的声音,给我充塞感,堵住我的喉咙,也堵住我的耳朵和眼睛。

更像黄昏时分,一个人从小巷离去时的脚步声,吧嗒吧嗒,慢节奏,迟缓又决绝。我望着这个人,从眼前离去,我痴妄地目送。我想离去的人,回头看我一眼,记住我多雾的眼神,记住我垂落的双手,记住我淋湿的脸,长裙卷起层层灰尘。脚步声在回荡。

小巷更空。列车来来回回穿过。大海兀自汹涌,浪卷着浪。

浪的尽头,有一条路,通向一座古屋。我居住在这座古屋里。我用古老的手工铁壶烧水,读残卷的书。晚上,在一盏灯下,用火柴棒拼搭一座高塔,或者在羊皮上刺字。我把布面油画挂在旧墙上,把时钟固定在一个时间:离去的,停止的,回忆的,如灰烬般的脸。这个时候,我厌恶一切的声音,除了蟋蟀的;我厌恶一切的气息,除了墨水的——蟋蟀足够歌唱一夜,墨水足够悲伤一生。

一生,人最终是和自己好好相处。人最终是以自我救赎打捞自己的,终究不可原谅的人,是自己。有一天,原谅了自己,我们会抱紧自己的影子,安睡或去往他乡。

当我习惯了一个人,待在一个无人的地方,我常常问自己:“内心的大钟被谁敲响,而甘愿寂然?”一个人吃饭。一个人睡觉。一个人散步。一个人看蝙蝠在晚空飞来飞去。一个人坐在阳台上等日出。一个人翻看纪念册。一个人在咖啡厅看书。一个人在湖边采集标本。一个人在环形的跑道上想象时间的形状。

一个人老去。像院子里的一棵树。最后,我回到古屋里,躺在摇椅上,抱着一只猫。我的脸长出树皮。我的手指有了青苔的颜色。我等待一个神的来临。神戴着骷髅的面具,头发全白,披草质大氅,眼睛深凹像两个墓穴,锋利的牙齿像鲸骨,说话的声音犹如洪水暴发。我等神拥抱我,把我从肉身里拔出来。古屋的时钟开始慢慢转动,再次计时,当啷当啷的钟摆声把我唤醒。我迷迷糊糊,看到一列火车停在我窗外。噗噗的蒸汽萦绕在旷芜的雪野。这个时候,走下一个人,我目送离去的那个人。我踉踉跄跄站起来,可双脚支撑不了干瘪的身体,我颓然。我抬起手,想握住这个人的手,看看这个人的手是不是依然熟悉,可我的手只能在胸口挪了挪。我的头靠在枕袋上,努力地扭过来——我看清了这个人的眼,眉线略长,眉毛浓黑,曾经羞赧的眼神多了一份空茫。我突然明白,在很多年前,我坐火车离开的时候,带走了一粒种子,种子在我身体里发芽。发芽的种子变成了虫子,以血为营养物,大量繁殖,每天蛀我。

空茫的眼神,我多么熟悉,在一个海边的夜晚,留给我一束月光,使我通体透亮。这个时候,我要告诉这个人,我每天都去分岔口的山坡上,远远地看着路弯口,辨识来来往往的人,等那个不再看望我的人。我要告诉这个人,我每年都会去那个我坐火车离开的城市,去那条狭长的街道,在晚灯初歇时分。我要告诉这个人,松脂滴落的不是泪水而是琥珀。我要告诉这个人,我一直居住在你搬走的屋子里。在那个屋子里,我依然保留着两双筷子两个碗,两个水杯,床始终空出另一半,台灯随时拧亮,被子一个星期晒一次,37码的棉拖鞋一直摆在进门的右边,沙发上的抱枕我从来没换过,头梳还在墙镜下的木匣子里,翻开的书还是翻开的,红色的雨伞还放在门后,药盒里的咳嗽药我每三个月换一次,另一支牙刷我也挤同样量的牙膏,太阳镜我始终备了一副墨色一副蓝色的……噢，原谅火车。

坐火车离开之后，我才知道，再也没有一个比你更让我挚爱的人，再也没有一支比爱更让我悲伤的歌。

幻　觉

去遥远的北方，我带上了干粮和水壶，带上了燧石和食盐。我沿着往北的山梁走，进入深深的峡谷，插入土里的拐杖，开出了枝叶，草鞋腐烂在向阳的南山。高高的山巅，把太阳推向天边。我的脚踝长满了青苔，我的布囊灌满了风声。我到了海岸，沿着弯曲的海岸线，寻找到了古莲之乡。古莲在一个人的手掌上盛开。她穿着玫瑰红的毛衣，黑色的长裙，她的脸上有一帘雨幕……

我靠在床上瞌睡的时候，有了这样的幻觉。幻觉把我带走，带我到不曾去过的地方。那个地方，遥远而真实地存在。我熟悉这条路，熟悉这个地方，我似乎去了无数次，驻足停留。驻足在一个乡间的院子里，空无一人，原来的菜地疯长着荒草。风从斜斜的屋顶，一阵阵地刮下来，吹着我的脸。在院子的空地上，陈旧的椅子还在，水井里还翻出热气，一双皮鞋还摆在窗台上，纯棉的围巾还没收进屋里。我站在窗下，看见屋里的台灯还亮着，翻开的书还没合上，床上的被褥叠得整整齐齐，仿佛离开的人，很快又会回来。我见过这个离开的人，我久久地摩挲着这个人的手，温软的手让我感到些许苍凉。这个离开的人，生活过的地方，我想再去生活；走过的路，我想再走一遍；喝过的井水，我想用以浇淋全身。

“生命的奥秘在于拥有梦境和幻觉。”这是作家沙爽说的话。或许，沙爽也是一个时常出现幻觉的人。这两年，我经常出现幻觉。我一个人坐在长途火车上，一个人在异乡的旅舍，一个人在山中，幻觉会出现。仿佛有一个人在敲我的窗户，手指轻轻地叩，当当当，我扭头一看，却发现无人在窗前。轻叩我窗的人，是谁？在我一人独处的时候，悄无声息地来了，穿着灰色或褐色的麻布裙，有时穿着黑色棉大衣，脸上浅浅的笑像剥开的石榴。我敞开了双手，迎接。有时在人群中，我也出现幻觉，在熙熙攘攘的街上，看见一个拎宝蓝色皮包的人，穿中长的披风，披风被风吹成一朵喇叭花。

幻觉是指没有相应的客观刺激时所出现的知觉体验。人和动物,都会有梦境,但我不知道动物会不会有幻觉。幻觉是一种主观体验,主体感受与知觉相似。精神有障碍的人,体质下降的人,更易产生幻觉。

在很多特定的情况下,人会产生幻觉。如喝醉,如注射镇痛剂,如嗑食某些镇痛药物。图案、颜色、封闭的空间,都能致幻。还有致幻植物,吃了或闻了气味,人很快产生幻觉,像是到了另一个世界。英国著名侦探作家阿瑟·伊格纳修斯·柯南·道尔在《福尔摩斯探案》中,写到"魔鬼草",侄子把魔鬼草放在叔叔房间的壁炉里,叔叔闻了之后,产生幻觉,看见了一群群魔鬼,惊吓而死。魔鬼草,学名叫紫茎泽兰,属菊科,茎紫色,被腋状短柔毛,叶对生,卵状三角形,含有毒成分,会对神经系统造成伤害,原产地在墨西哥,云南也有分布。巫师把紫茎泽兰制成汤药,给病人喝,实施巫术,让病人进入迷幻的世界,缓解暂时的疼痛,得到心理慰藉。

玉豆蔻,天仙子,曼陀罗,都是花中的蛇蝎美人,不但名字美艳,花色也妖娆,却是致幻植物。曼陀罗又名闷陀罗、颠茄、洋金花,是世界上最早应用于医疗中的麻醉剂。

汉末医学家华佗（145—208）创制了“麻沸散”。《后汉书·华佗传》载：“若疾发结于内，针药所不能及者，乃令先以酒服麻沸散，既醉无所觉，因刳破腹背，抽割积聚。”华佗所创麻沸散处方后世失传。据考证，麻沸散主要有效成分是曼陀罗。川藏高原、云贵高原，盛产曼陀罗，先人用曼陀罗泡酒，称洋金花酒，给病人喝，以减缓病人的痛苦。小说家古龙有一本名头不是很响的武侠小说，叫《三少爷的剑》，我十分喜欢。他塑造了两个名头很响的人物，一个叫燕十三，一个叫三少爷。燕十三隐居湖畔，向濒于毒发的三少爷，讲述了麻沸散的故事：华佗所创麻沸散处方失传后，一个郎中决定以身试药，再创麻沸散，十几年后，药成了，试药人即郎中、郎中妻子、郎中女儿，一个耳聋眼瞎，一个疯癫，一个身体变形。我喜欢这个小故事。

先民敬重巫师，觉得巫师通天理，无所不晓，也畏惧巫师，巫师有法术，像个命运之神。巫师最厉害的法术，可以叫人快乐地死而不自知。巫师给人喝一种菌汤，喝了的人，快乐无比，下河，手舞足蹈，如云端漫步，溺水而死。事实上，菌汤里有致幻菌，喝了，人会产生幻觉。

有一种疾病，叫幻觉症。幻觉症是以在无明显意识障碍的情况下出现大量持久的幻觉为其主要特点的一种疾病。幻听和幻视较多见,但也可伴有其他幻觉,主要是言语性幻听。也有幻味。

我在学校工作时,有一个高中学生,进校时,成绩比较好,过了一年,成绩下降很快。他坐在教室里,觉得班里的同学都带着一把杀猪刀,要砍杀他。他会突然从座位上跳起来,夺门而逃。

饶北河流域,有这样的习俗:屠夫咽下最后一口气之前,在屠夫的床前,摆一个木桶,木桶里放一把尖刀,亲人作唤猪状呼噜噜叫,屠夫才会合眼。这个习俗,流传好几百年了。习俗来自屠夫临死时的忏悔:杀生太多,最后会像畜生一样死去。屠夫临死,会产生杀猪场景的幻觉,猪嗷嗷嚎叫,尖刀捅进猪的咽喉,血飙射出来。徘徊死亡边缘的屠夫,无比惊恐,精神紧张,睁大圆眼,手足无措。亲人端来杀猪桶,尖刀扔进桶里,屠夫安静了,咽下最后一口气。乡人以艺为荣,但鲜有人学杀猪,杀猪是最简单的手艺,乡人不学杀猪,怕自己临死了,还被当作猪。

小区里,有一个二十多岁的姑娘,每次入睡,会听到有人撬房门。她给自己的房门加了三把锁,睡觉时里里外外反锁。她觉得还不安全,加了钢筋的门闩,却还是入睡不了。螺蛳刀撬门锁的声音,吱咯吱咯,她坐起来,喊:“谁撬门呀?”无人应答。她拿起电话报警,警察来了,看看门锁,看看监控,没外人来呀。接连三天,半夜报警,警察都来了,还是没发现外人来。极度的不安全感,让她产生了幻觉。

嗜酒所致的精神障碍,铅中毒所致的精神障碍,反应性精神障碍,精神分裂症等患者,均易产生幻觉。尤其是精神分裂症患者,大多会出现言语性幻听,别人交头接耳,他会觉得别人在议论自己,而因此发生争吵、背后诅咒或暗地报复等行为。

有些幻觉症患者十分恐怖。最恐怖的,是幻觉杀人。镇里有一个这样的人,一年会发作一两次。他会突然从家里跑到街上,抖着双手:“杀人啦,杀人啦。”第一次发作,村里人不知道他患了幻觉症,以为是真的,拉着他问:“杀谁了,谁杀谁了。”他奋力挣脱,面目狰狞地说:“血,全是血,地里全是血,身上全是血,手上全是血。”村人进他家,看看,除了老祖母睡在摇椅上,无人。村人里里外外看,还是无人,骂道:“不像话,这样的玩笑也可以开的? 会吓死人的。”

梦游不是幻觉症，但幻觉会产生梦游。梦游是睡眠中自行下床行动，而后再回床继续睡眠的怪异现象，也叫迷症。在神经学上是一种睡眠障碍。梦游症，即睡行症，起身离床，行动迟缓而单调，缺乏目的性。梦游者一般不知道自己梦游，像没发生一样。作家把迷茫的人，比作梦游者。诗人北岛写过一首诗，叫《八月的梦游者》。诗云：“八月的梦游者/看见过夜里的太阳”。我村里的赤脚医生，叫鼻涕胡，他说过，梦游的人，你不能叫他，你叫他，他会惊吓而死。我一直信鼻涕胡这句话。事实上，他这句话是伪科学。我见过因幻觉而产生梦游的人。我在福建工作时，当地一个村人，每次睡觉，都会有一条狗，乖顺地磨蹭他的脸，噜噜噜地轻叫，叫一会儿，狗便跑到柴垛睡觉。他喜欢狗磨蹭他脸的感觉，他喜欢听噜噜噜的狗叫，他跟着狗出门，抱着狗睡觉。其实，他院子铁门紧锁，哪来的狗呢？他每天在自己柴房，睡一会儿，才回到床上。

曹操不梦游，但利用梦游症患者无意识的病理杀人。在《三国演义》第七十二回中写道：

操恐人暗中谋害己身，常分付左右："吾梦中好杀人；凡吾睡着，汝等切勿近前。"一日，昼寝帐中，落被于地，一近侍慌取覆盖。操跃起拔剑斩之，复上床睡；半晌而起，佯惊问："何人杀吾近侍？"众以实对。操痛哭，命厚葬之。人皆以为操果梦中杀人；惟修知其意，临葬时指而叹曰："丞相非在梦中，君乃在梦中耳！"

政治家没什么不可以利用的，利用梦游杀人，不犯法。

老爸给我讲过一件村事。村里有一个守山林的人，在夜里，常会听见有人把刀在磨刀石上来来回回地磨，磨好了，穿上草鞋，进山砍木头。他怕村里的木头被人偷，跟着磨刀的人，进山，蹲在石岩洞口，等砍木头的人下山。这是守林员的梦游，徒步去两里外的石岩洞，蹲一个小时，又回家睡觉。他自己不知道。

有很多艺术家，在致幻的情况下，会有高超的艺术表现。酒是致幻的催化剂。致幻时，情绪饱满，想象力丰富，超凡脱俗，欲死欲生，达到飘飘欲仙的境界。在艺术史上，我们知道，很多艺术家嗜酒。李白、张旭、苏东坡，自不必说。荷兰后印象派画家文森特·威廉·凡·高（1853—

1890)嗜酒如命,色彩疯狂,以至于最后把自己耳朵割了下来。英国唯美主义艺术运动的倡导者奥斯卡·王尔德,视喝酒为创作的重要来源。他说:“除了诱惑之外,我可以抵抗任何事物。”又说:“生活里有两个悲剧:一个是没有得到我们想要的;另外一个是得到了。”这是一个生活在悖论之中的人。绝大多数嗜酒者,对酒精很依赖,或是对醉酒不醒状态很迷恋。这是一种疾病。

我不迷恋幻觉,但我迷恋的很多东西,和幻觉很相似,比如爱情,比如遥远的日落,比如星辰,比如思念。我不知道我为什么会迷恋这些,并因此陷入深深的孤独。一见你,倾我心,或许,高远的,美好的境界,是另一种幻觉,引领我。

耳　朵

距耳朵最近的另一个世界，是我聆听到的另一个人的心跳。我静静倾听，靠在起伏的山峦上，瀑布在溶洞里湍急鸣响，鹁鸪鸟在灌木林高一声低一声，咕——咕——咕咕，在傍晚时分，发出求偶的欢愉声。我匍匐在熄灯的青春谢幕曲里，听心脏吧咚吧咚响，听血液嗞嗞嗞地环流。我要把灯盏递到你瘦弱的手上，把我胸中的热量渗透你每一寸沧桑的山河。你是知道的。心跳声多么悦耳，那是阳光在经脉里滋养，是一朵玫瑰悄然的爆裂，是一滴雨融合另一滴雨，是一株藤蔓迎春在苏醒。“这是一个吊在火炉上的冬季，半弧形的自来水管弯曲在天花板底下，把暗藏在深处的孤独一滴一滴地摔碎在地上。天灰暗下来，像我的下半生。我张开耳朵，把每一滴水声，收集起来。你的每一句话，每一次短促的呼吸，都被耳朵这个容器盛放在隐秘之处。窗外，窸窸窣窣，来自天宫的信使，它踉跄的脚步声显得疲惫，它不能再漂泊，它需要停下来，哪怕停在一根摇晃的电线上，哪怕一停下来就融化得无影无踪，就像践行一个誓言。然而，我倾听的心房，被一只有力的手擂响，绷紧的鼓一样，激越，鼓点滚滚，海浪滔天。”当我在年迈之时，记起那个虚在时光暗影里的记忆，除了悲伤，还会有什么呢？那个世界曾与我是多么近，仿佛是同一个世界，或一个世界与另一个世界重叠。

耳朵：听觉器官。人和哺乳动物的耳朵分为外耳、中耳、内耳三部分。内耳除管听觉外，还管身体的平衡。

（《现代汉语词典》商务印书馆 2002 年增补本第333 页）

我对这段注解非常恼火。一个具有神性的器官，通往天地万物的身体隧道，捕捉空气振动的弦，被注解得冰凉、木讷，缺乏智性和情趣。想想看，没有了耳朵，人会处在一个什么世界？没有深夜窃窃耳语，没有低低磁性的绵柔细语，没有清清冷雨泼洒瓦楞之声……是的，耳朵，是树枝上的叶子，感受风的震颤；是镜泊里的水，抚摸鱼的游动；是草尖上的露水，触摸时光的滑走；是一个管子，里面空空，外面也空空，却充盈了灵魂。失聪会是一种什么境况？涓涓涧流从山谷蜿蜒没入灌木丛中，淙淙之声消失了；风掠过树梢，看到了风的体形，呜呜呜之声消失了；大雁南迁，岁月又一次轮转，雁鸣之声消失了；情人的呢喃消失了；《命运交响曲》消失了；唱诗班里的赞美诗消失了；呼唤消失了……消失了。是默片世界，是沉寂世界。

耳朵能听到最细小的声音，是母亲头发脱落于地的声音。头发在空气中，和尘埃一起，缓缓下降，摔在地上。地面会沉闷地颤抖，轰然之声在地层传递，即使千里，也会上传到子女的脚上，沿血液汇进耳朵，声音扩大，在某一瞬间，令人晕眩。我听到了——母亲躺在平头床上，头发开始脱落，堆积一地。头发碰撞着头发，像呼唤声与应和声穿越千山万水在一棵树下汇集在一起。母亲的脸像一片龟裂的大地。我拉着你的手，跪在床头，在母亲耳边说："对不起，妈妈，我离家这么多年，是为了照顾我心爱的人，我不想让她受苦。你看看她吧,你还没看过她呢。”我们的小孩多么顽皮,在拨弄他祖母的头发,一点也不像我那般胆小——醒来,原来是一个梦。我看了时间,是 2013 年 1 月 7 日凌晨 2 时 20 分。我靠在床上,喝了一杯热水。我想起你和瘦弱的母亲。我草芥一般在外生活二十多年。每次回老家,母亲能在灶房里听出我的脚步声。她颠着身子,把我的行李提进她的房间。她的耳郭长年枯焦,像被火烘烤的树皮。母亲一直耳聪目明。中午或傍晚时分,她习惯坐在灶房里打瞌睡。在我轻轻推开房门的刹那,她随即唤起我的小名。耳朵是心灵的大门,我想是的。2012 年 9 月中旬,我从安徽回家,到家时已是深夜 12 点多。我叩木大门叩了十几次,母亲都没听见。我就趴在窗口喊,母亲才知道我回家。她似乎有些歉疚地说:“从去年开始,耳朵有时都听不到声音了。小偷进来了,都听不见。”母亲 75 岁了,昏暗的灯光下,她身子挪动时略显摇晃。她听力下降也就是这半年的事儿。我每说一句话,都要对着她耳朵。她侧起脸,哦、哦地应和,还不时地说:“我知道的。”老年人听力减退,与肾中精气衰减有关。我心里有些难过。母亲给我说过多少话,我跟母亲说过多少话,我不知道。

小时候，我嫌她絮絮叨叨，应她一句“我知道了”就跑得无影无踪。离开家，很少和母亲闲聊，觉得看母亲一眼就够了。当我想对母亲说“我爱你”，却怎么也开不了口。上次回去，我陪我父亲喝了点酒，我抱着母亲的脖子，大喊：“妈妈，我爱你。”母亲笑起来，说，傻孩子，都四十三岁的人，还这样。父亲咧着嘴笑。是的。在我们能说的时候，能听的时候，我们要把最想说的亲密的话儿说出来，给亲密的人听。不然，我们说不了听不了了，会懊悔。我拿起电话，拨起你的号码，我想说很多话。但我还是放弃了。你入睡了。你怕冷。你正蜷曲着身子独自取暖。或许你也在此时醒来，和我一样呢。我多么希望你此刻就在我身边，让我抱着，在你耳边轻轻说话，说一些反反复复却始终也说不厌的话儿。我要舔舐你的耳垂，让你半月形的耳朵紧贴我的脸。我要一直说亲密的话儿，说到我心力衰竭。而事实上，最亲密的话是沉默，心有灵犀。当你回眸时，额头抵着额头，你羞赧地低首微笑。窗外的雪在慢慢融化，滴滴答答的水珠在窗檐冷冷地敲。我想起南宋词人蒋捷的《虞美人·听雨》：

少年听雨歌楼上，红烛昏罗帐。壮年听雨客舟中，江阔云低，断雁叫西风。　　而今听雨僧庐下，鬓已星星也。悲欢离合总无情，一任阶前，点滴到天明。

在中医里，耳被称为窗笼。《灵枢·根结》："少阳根于窍阴，结于窗笼。窗笼者，耳中也。"《灵枢·脉度》说："肾气通于耳，肾和则耳能闻五音矣。"肾为藏精之脏，肾精充沛，则听力聪慧；若肾精亏损，则耳鸣耳聋。耳包括外耳、中耳、内耳。外耳包括耳郭、外耳道；中耳包括听小鼓、咽鼓管、鼓膜等；内耳由一系列复杂的管腔组成，亦称迷路，有骨迷路和膜迷路之分，内耳迷路中可分为耳蜗、前庭、半规管三部分，耳蜗与听觉有关，前庭与位置（平衡觉）有关。

窗是打开，笼是关闭，耳就是人体与外部世界保持通畅的心灵走廊。当外部世界使人绝望时，人会自闭于草庐。草庐结不了人境，选择自戕。把壁柱上的铁钉拔出来，击入耳鼓，血迸泄如瀑，脸部和衣襟上全是殷殷的血液。明嘉靖四十四年即公元 1565 年，书画家、文学家徐渭（1521—1593）在牢狱里，以极端自戕的方式，向他痛恨的时代发声：唯有死亡，才能埋葬腐朽。他活够了，被羞辱够了，他成了那个时代的残渣——他用铁锤击入肾囊，再次表达抗争——然而，命运再次跟他开了玩笑：活着比死更可怕，还是过更可怕的生活吧。出狱后，他以卖画为生，73岁时死在木板床上，连草席都没有，只有一条老狗蹲在床边，看着他慢慢没了呼吸。徐渭不想再听了。他不需要耳朵。耳朵给予他无限痛苦——欺骗、污蔑、阴谋、戕害——小小的耳朵已经容纳不下这个无限深的世界了，只有把耳朵堵塞起来，堵塞的最佳方法就是失聪。他选择了生锈的铁钉，把铁钉从一个王朝腐烂的肉体里拔出来，击入另一个血液翻涌的肉体。哗、哗，鲜血喷射到肉柱上，喷射到牢狱的墙上，喷射到大写意的宣纸上，喷射之声在四百年后仍隐隐传来，那么衰竭，嗷嗷之痛，像锉刀在磨刀石上反反复复地磨拭，把石头磨出沙，把刀口磨出光。血在宣纸上凝固成墨色，层层叠叠，耸立起来，像他的芭蕉，耸立在暴风骤雨中，生机勃勃又无限愤怒。在 1997 年初秋，我造访绍兴前观巷徐渭故居时，檐雨潺潺，晨雾从瓦上慢慢飘过。我看到那灰白的围墙，因为雨水的湮迹，十分古旧，其本身就是一幅大写意画。浓淡交错，意蕴绵绵，像千年不干的血液在流动。我听到他耳鼓破裂的声音，和庙宇坍塌时一般强烈。

听觉是对世界的一种确认方式，也是对自我的确认。耳朵是个解码器，把外界的声音信号解码成神经信号，翻译成我们可以理解的词语、音乐和其他声音。对于一个音乐家而言，耳朵是生命的神祇。可上帝之手用冰冷的酷刑使德国路德维希·凡·贝多芬(1770—1827)遭受痛苦。1796年始，他被这种酷刑折磨，耳朵日夜作响，内脏作痛。他避免和人接触。1815年秋天，贝多芬只能用笔交谈。他写信给韦该勒时说："……我简直痛苦难忍……我时常诅咒我的生命……普卢塔克教我学会隐忍。我却愿和我的命运挑战，只要可能；但有些时候，我竟是上帝可怜的造物……隐忍！多伤心的避难所！然而这是我唯一的出路！"1818年他写道："我差不多到了行乞的地步，而我还得装着日常生活并不艰窘的神气。"49岁时，写下了他命运的誓言："……我的一份命运真是艰苦至极。但我听任命运安排，只求上帝，以它神明的意志让我在生前受着死的磨难的期间，不再受生活的窘迫。这可使我有勇气顺从着至高的神的意志去担受我的命运，不论它如何受苦，如何可怕。"写下这封信时，他57岁，八天后，大风雪中，雷电交加，他咽了最后一口气。“一只陌生的手替他合上了眼睛。”（引自敦煌出版社1994年5月第1版《巨人三传》，傅雷译）一个伟大的时代消失了。他的一生是一种受难。他的肉体是一块生铁，在世俗的铁砧上，被重磅的铁锤，日夜炼打。音乐是人类的空气，人类所有的情绪在音乐里都有全面的抒写，愁苦、悲怆、郁闷、欢乐……音乐是我们心灵的符号。贝多芬的音乐有一部分是愁苦的，有永恒的哀伤在，但大多数作品是描写田园的恬静和幽美，他的音符时而如清澈的溪流时而如激荡的大海，给人以阳光和力量，让我们向命运发起不屈的挑战。他给上帝以嘲笑。

癸巳年正月，我坐在老家的旧屋里，读傅雷译的《巨人三传》，唏嘘不已。贝多芬终身爱而不得，是一种什么样的遗恨呢？我想起另一个音乐巨人——彼得·伊里奇·柴可夫斯基和他旷世的爱情。伟大的俄罗斯作曲家柴可夫斯基（1804—1893）在弥留之际，独守死神。他不愿亲友看到自己被霍乱折磨的痛苦。他临终一直在呼唤一个人的名字：“纳杰日达，纳杰日达……冤家……”他万分疲惫，痛苦不堪。

耳朵是他们爱情的鸟巢，而鸟巢是由音乐编织的。只有伟大的心灵，才配伟大的相爱。是的。在我17岁那年，我就记得这个故事，童话一般的故事。拍打我们肩膀的，不是风，是爱。抚摸我们头发的，不是手，是爱。我们是否彻夜地为另一个人牵肠挂肚？我们是否为另一个人点亮身体的星光？假如我没有，我从不曾来过这个世界。我以忠实的生活忠实的爱，证明自己不曾浪费蔬菜、清水和不断更替的昼夜。

在壬辰年冬季，耳朵成了我赖以度过长夜的隐秘杯盏。每夜品杯盏里酡红色液体是必须的。液体具备了红酒的特质：悒郁的，暧昧的，微醺的，甜美的。液体经过了十五年的窖藏，而身体就是那个橡木桶。我空空荡荡的心里，荡漾着这样令人沉醉的液体，淡淡的酒精味有一种芬芳，不知不觉，沉醉于此。我差不多晚上十点，准时回到房间里，给你电话。我的房间是如此的简陋，一张床一张书桌，两个开水瓶，一个简易衣柜。十五瓦的节能灯在摁下开关的刹那，会嗞嗞嗞作响，光忽暗忽亮。我感到你就在我房间，每一堵墙的石灰缝里，填塞了你低低绵柔的声音。在光所能照到的地方，都能照到你。在光所不能照到的地方，你羞涩地站在门后，扑闪的睫毛挂着一帘冬雾。我听到了你洗刷之声。你又咳嗽了，那是阴虚引起的肾火上升，你惯于熬夜，惯于长夜包裹自己。我听到了你翻动书页的声音，《洛丽塔》你看第三遍了，哦，洛丽塔那般令人心碎的勇敢，你阅读时默然的神情像一片花瓣轻坠。我们多少次说起命运这个让人捉摸不定的词，给我们厚厚的阴霾、瓢泼大雨、狂暴的冰雹，命运在你的牙齿上咯咯作响，你用牙齿撞击牙齿。我听到了你电钻轰轰轰钻击墙壁的声音，再厚的墙，你也要钻穿，给自己一个窥视外界的洞，即使外面也是一个灰暗的世界。我听到了你黏稠的呼吸，花香一样，细雨一样，冬雪一样。你把水龙头打开，哗哗哗，喷射出来的，是一股泥浆，覆盖了我。我听到了你的钨丝在燃烧，没有焦味，没有烟，没有火苗，烧得那么平静，近乎绝望的平静。我听到了风刮过你的脸庞，把存留的热气吹散……

你上床休息吧，天太冷。我已经催促第三次了。我做你的保姆吧，我是优秀的厨师，会湘菜会粤菜，早晨采购食材，上午煲汤。我懂医理，知道什么季节食用什么菜蔬。在你寡欢的时候，我会朗诵阿米亥的诗歌。这样的保姆多全面呀。

夜深了，让我坐在你身边，默默陪伴你，给你烧水，给你冲一杯南山咖啡，把你第二天要穿的皮鞋擦亮。你说，那该多好。

那是脚踝。那是唇。那是发髻。那是手。那是眼睛。那是耳朵。那是额头。那是脖子。那是……都是你的。

每天早晨，我要你静静地坐在我面前，我给你梳头。

让我慢慢拉开你长裙的链条，进入另一个房间：温暖的，潮湿的。

夜太长，窗外的大雪已经刮两天啦。我病入骨髓，我必须去找一个秘密的人治病。你给我一服药吧。

没有良药，砒霜可以取代。我们去虚拟的小镇生活吧，假如没有，我独葬荒山。去一次旅行吧，假如不可成行，我愿意幽闭于你挖的深穴里。如此牵挂和被牵挂，是多么痛苦。

……纷乱的人世，我们每一天所走的路都是那么漫长。这些时间，我出现了幻听。我疑问自己是不是老了。我总觉得有一个声音塞满我的耳鼓。这个声音像一个影子，跟着我。即使在半夜，我也能感觉到声音的存在。我翻身起来，靠在床上，点一支烟，喝水。声音时而低缓，时而急促，时而悲戚，时而叹气。幽怨的声音。酸楚的声音。无奈的声音。门推开的声音。洪水灌入的声音。树枝折断的声音。离群大雁孤鸣的声音。一个人匆忙拐过小巷的脚步声，吧嗒吧嗒，沉重，有力，长长的回声显得孤立无援，伴随着噼噼啪啪的滂沱大雨。泪水滑落脸颊时，刀刮一样的摩擦之声，嘶嘶嘶，有撕裂感。巨大墙体瞬间坍塌的轰然巨响。灰尘降落在额头上，像坚硬的时间刺入肉质，像一种无望陷入眼眶，它们的声响和蜻蜓翅膀断裂的声响一样。

幻听是一种歪曲或奇特的听觉，并没有相应的外部声刺激作用于听觉器官。引起幻听的原因有心理因素，如精神过度紧张；身体某种疾病，如听觉中枢障碍或精神病；药物作用，如吸食或注射过量麻醉剂，吸食大麻及错食致幻物质，药物过敏等。大脑错误地从记忆中提取声音信息，并放大导致幻听。人在临死前，多半会出现幻听，会听到有人叫救命声，会听到故去的至亲或好友亲切的叫唤。我们作为常人，也能听见至亲或过于牵挂的人，在临终之前的叫唤或脚步声。我外婆老去的前夜，我母亲睡到半夜，听到我外婆推开厨房，打开橱柜，摸出碗，倒茶壶里的水喝。我母亲叫:“妈,你怎么半夜来呢。”我外婆应答:“兰花,你的水很寒,把我牙齿冻掉下来了。”我母亲打开灯,什么也没看见,厨房门关得紧紧,只是茶壶塞落在桌上。我母亲号啕大哭,坐到天亮。大姑故去时,我祖父也出现了幻听。祖父在厢房里午睡,听到大姑说:“爸,这是一缸谷酒,把你几年喝的酒都备在这里。”“一床新弹的棉被,给你放在壁橱里,还有两双鞋子一件棉袄,都压在被面上。”大姑又说。祖父撩开蚊帐,只看见窗缝里漏出来的细光,叫我父亲:“快去看看烂铜的娘,可能不行了。”父亲到了大姑家,大姑拉着我父亲的手,什么话也说不了,张着嘴巴,她的喉咙有一股东西在滑动。我父亲什么也听不到,只是他手中捏着的另一只手,渐渐冷却,变成一块冰。

当我现在独自坐在窗前,看见海棠花像大海的浪花一样咆哮枝头,辛晓琪的《领悟》在耳边彻响:

……

当我看到我深爱过的男人

竟然像孩子一样无助

这何尝不是一种领悟

让你把自己看清楚
被爱是奢侈的幸福
可惜你从来不在乎
……
只是我回首来时路的每一步
都走得好孤独
多么痛的领悟
你曾是我的全部
只愿你挣脱情的枷锁爱的束缚
任意追逐
别再为爱受苦

春天的雨水嗤嗤嗤嗤地渗入草根,我听见了。野麦草灌浆的声音,有寂静的澎湃,我听到了。水鸟没入水面时的水波声,我听到了。树上,黑鸫的雏鸟拍打翅膀的声音,我听见了。我听见了,烛火跳动的怦然声,笋破土的拔节声,忍冬草复苏时的吼叫声。风压过芦苇。河流穿过涧石。漆黑的月光拍打窗户。电锯在一棵樟树的腰上,来回奔跑。电流在电线里剧烈奔跑的脚步声。一群小学生坐在操场边的花坛上唱歌。我要做一个布道自然的人,我要把自己潦潦草草的一生,完完整整地交还给大地。一个四十多岁的人,不可以有自己的悲伤,即使有,也是滑稽的;不可以掩耳盗铃地活;不可以相信耳朵,甚至不可以轻易去获取。

在医院工作时,我曾和一个医生深切地交谈过自杀的问题:最残忍的自杀方式是什么?最仁慈的自杀方式是什么?他说,最残忍的是割腕,最仁慈的是服用安眠药。割腕的人,看着血从自己的脉管里,无声地,顺着下垂的手,一滴一滴地淌,直至血液循环停止,逐渐窒息,耳朵失听,眼睛失视,肉身从沉重的地心力里脱离,进入一个漂浮的世界。而服用安眠药,只需静静躺在床上或椅子上,看情人旧日的短信,开始昏昏而睡,不再醒来。当然,我反对任何形式的自杀。不是说生命多宝贵,也不是说蝼蚁苟且,而是解决问题的方式多种,出口有多个。但结束一段个人史,我会选择割腕的方式,看自己黑色的汁液能流多长时间,窒息时会不会有呼吸。我不想过于美好的事物,在某一瞬间死去。我体验到,窒息是从失聪开始的:没有电话,没有短信,更别说面对面说话。人的绝情,先从声音拒绝——谁还浪费没意义的口舌呢？谁不是过客呢？既然是过客，没必要回头打招呼。谁管谁痛苦呢，都没关系了。我们开始诅咒自己的耳朵，当初听到的那些动人的话，怎么像地上的烂树叶，一把扫进垃圾窖。我们暗地里扇自己耳光，啪啪，左甩一下右甩一下，憎恨一个人至心死。我们吃一堑长一智，告诫自己：恋爱时说的话不可以当真，都是可以赖账的。我们亮出藏在怀里的刀子，往对方心脏部位捅，捅得酣畅淋漓，捅得精疲力竭。互泼口水，彼此诬蔑。我们就比谁心肠更硬吧，比谁更歹毒吧，比谁怨恨更长久吧。

对不起，我习惯一个人在房间，看自己黑色的汁液在一页纸上，扭曲地游滑，形成一个不规则的图案。汁液阴干后，留下的渍迹会成为枯叶蝶。汁液流出来，有一种寂寞的声音，和岩石裂开涌出泉水的声音相似，和寒风缠绕指尖的声音相似，和肌肉痉挛的声音相似。声音灌进耳朵，令人晕眩，令人瑟瑟发抖，最后无知无觉，连喊叫的机会都没有。

在汁液没完全流失的时候，我要爱上切斯瓦夫·米沃

什①,他在诗歌《礼物》中说:

> 这世上没有一样东西我想占有。
> 我知道没有一个人值得我羡慕。
> 任何我曾遭受的不幸,我都已忘记。

我要把春天带到我的果园,让去年枯萎的草早日发芽,昆虫适时地在枝丫上慢慢爬,让要腐烂的快些腐烂,让死去的尽早埋葬。我要把没说完的说给你听:我会好好生活,波澜不惊,你也要这样。

我没说出来的,你都懂。你也什么都不要说,我明白。彼此不要说抱歉,不要说谢谢。我也不会说:"为什么人生只有一个这样的冬天。"我知道越美好的东西越易逝。你看闪电多美,像带电的肉体,惊悚战栗。我知道,学会遗忘是人生非常重要的必修课,忘记美好比忘记痛苦更重要——在这个最后通往死亡的黑暗车站里,人群拥挤,我仍然要衣冠整洁,愉快地平静地接受命运赐予我的一切,

---

① 切斯瓦夫·米沃什:生于1911年,卒于2004年,波兰诗人、翻译家。1980年作品《拆散的笔记簿》获诺贝尔文学奖。

无论是悲伤还是幸福，是我的，我都愿意紧紧拥抱。

一架钢琴有八千多个零部件，闭着眼睛一一触摸，再调出精准的音律——这是件不可能完成的事。患先天性白内障的调律师陈燕，却把不可能变成了可能。她用耳朵辨析微妙的玄灵世界。她的心灵与神相通。我不知道，人的一生由多少个零部件组成，是否每一个零部件都不可或缺。我可以确定的是，每一个人都可以缺少，每一段记忆的胶片可以剪下来，无非是人生不堪，千疮百孔。在青春期初始，我多迷恋教堂，听牧师在陋室里弹钢琴，看信徒做弥撒。在我们匆忙短促的生命里，每一个人都是一架钢琴，需要调试，需要一双手为之演奏，需要一个用心灵去倾听的听众。你和我，就是演奏者与听众。所以，我愿意把耳朵交付于你。所以你的悲酸你的孤单你的漂移不定，我感同身受。

牧师问我："你恋爱过吗?"我说，想，但没有。"哦，你是幸福的。"牧师说。那时我还是青涩的人。我说，我以后会好好恋爱的。"哦，那你会更幸福。"牧师又说。那是一个阴雨绵绵的下午，在清冷的钢琴室里，我和牧师交谈了起来。我迷恋教堂，肃穆，清雅，圣洁。牧师是个50多岁的男人，戴一副眼镜，穿深黑色的长袍。他送了一本《圣经》给我。他的语音混杂着鼻音，声音富有磁性，有时他还会用英文唱《受难曲》《弥撒曲》。他说，人的一生可以有三个爱人，一个属于生活，一个属于精神，一个属于肉体，最幸福的人是三个爱人合而为一。爱一个人，就是为她去受难，为她播撒温暖的光，让她永不枯萎。牧师又说。教堂在荒凉的山坡上，远远看去，像是被遗弃的废墟遗址。秋天的时候，有一种细白细白的荆条花开满山野。芭茅在低矮的山冈随风起伏，一下子把人带入迟暮、悲凉的心境。而春天不一样，杜鹃花一坡一坡地招摇，路边的迎春花来得更早一些，喇叭状的花朵一直垂挂到水沟边的矮墙上。这本《圣经》我随身携带了三年。

在梦境一般虚幻的河流上，我听到了你慌乱的心跳，听到你把自己从阴影中搬运出来的喘气声。我的耳朵把你的命运一滴不剩地装了进去，再塞上软木塞。我相信了牧师对我的告诫。他给了我生命的启示录。现在趁我还没失聪，趁你还没失去冬季的记忆，你把这些朗诵给我听：

我活着，从不抱怨命运，虽然常常被它捉弄

我爱生活,爱瘦小的植物也爱洞穴里的昆虫
此后十年,二十年,三十年都不再相遇
我却无法放弃惦记

读到这里,请你停顿下来,做个深呼吸:今日,你看见光,也看见了黑,你听到的世界如谜般神秘,祝你一切如愿般美好。你读完了,我牙齿已经掉了一个,那是不祥的征兆。我迅速进入了失聪的后半生。这一生,我开始觉得漫长,我多希望快点衰老,像一只蝉,秋后用空空的躯壳在树皮上打坐,把幸福的或不幸的,统统省略掉。你已那么遥远,你的心跳,无论我怎样靠近,都无法听到。

唇

一

唇交叠在一起，是迎接的仪式，爱的仪式，是《天鹅湖》的序曲部分，是花朵未开时的展枝时刻。举行仪式的地方，将是我们无法忘却的教堂。那样，当我们目盲的时候，有了盏灯照亮心房。我们无措的时候，会有一双手伸过来，紧紧相握。所有的路途，都将成为黄昏时分的林荫大道。

我也坐上你的列车，投入另一片陌生地，沿途的寒雨带来满山翠绿。

“你要，我给你。”“你一直在看着我，一直离我那么近，一直握着我的手，我知道你很坚决的……幸福的。”漫长的隧道……旋涡,下沉……一只风筝在一只手上,升上去,飘飞。

一个雪人在玻璃箱里移动,唱歌,无声地唱歌,美声唱法。雪人赤足,在跳芭蕾,转身,空气裹在她身上。今天凌晨3点,我醒来,出现了幻觉,似乎听到一个声音在说话,轻轻地,之后是自来水悬顶龙头开阀的喷水声,一双手伸过来,羞涩的眼神看起来像一支摇曳的蜡烛。我喝了一杯开水。湖边有鸟声。我不知那是什么鸟声,唧咕,唧——咕,唧——咕咕,三声,西边叫,东边也如此应和三声。连续三个清晨,都有同样鸟声。我披衣而出,站在阳台上。一片氤氲了蒙蒙水光的湖,停泊在浅浅的月光里。微凉的风,在脸上荡漾。灌木和地衣植物散发一种酸奶的味道。湖畔,扁舟系于树下。我感觉到了露水悬挂在睫毛上的重量。鸟一直在湖畔叫,清脆,悠长。无人之夜,沉寂的深山,峰峦叠嶂。一对鸟儿在浪漫地欢愉,求偶。它们最后会飞到同一棵树上,在同一个干茅草和枯枝编织的鸟巢里,翅膀紧挨翅膀,身子叠着身子。它们用露水清洗眼球,用喙梳理对方的羽毛。梳理左边的翅膀,再梳理右边的翅膀,梳理头部,梳理脖子,梳理腹部,梳理清晨薄荷味的时光。我默念耶胡达·阿米亥《游记》里的诗句：

> ……我的双手伸向一个不属于我的过去和一个不属于我的未来：以这样的双手难以爱，难以拥抱……

湖沉陷在群峰间。从何处来，去往何处。

可能我们的一生都小于尘埃。终其一生，人强烈的如尘埃般的悬浮感决定了人的本质是孤独的，无论你身边有多少人喧闹，人群中的孤独是人的宿命。所以，我们需要爱，也需要被爱，需要两个灵魂像两条命运的河流汇聚在一起。

假如有一天，我沿着这条大道去你那里，我所爱的人，我也将带上桑蚕、灯油、足够的粗粮细粮，和三大木桶泉水。一直站在你院子前的台阶上，听雨沥沥地打在我的伞布上，像打在江中乌篷船的舱篷上。那已是初秋，过了水蜜桃采摘期，青豆开始饱满。我是一个贪婪的人。我要你把所有的青豆给我，让我没日没夜地剥，青涩的豆肉堆在碗里，只留一个豆荚做种——一个素食主义者把自己当作祭品，供奉到佛龛上。我不期望未来多美好，不期望活多久，不期望别人多爱我。我期望活着的每一天，都活好。去往何处，是不知道的。我现在站在湖畔的阳台上，当一个人孤独时，世界再大，都只是一个人的世界。一夜将尽，又是一天。“我播下又收获星星/来喂养我的爱人”（引自伊凡·哥尔《我苍老于渴望》）。远山如墨，苍穹浩瀚。事实上，我也不想知道去哪儿。灯黑之处，不是我所能看见，河水慢慢上涨，我浮起来，漂走。随后，你也跟我来。

在没漂走之前，让我幽居在你的天宫里，养鸟，写生，做一个尽责的看守。

唇是人体的念青唐古拉山。

二

当我读“chún”时，觉得那是一个和恋人紧紧偎依的美好时代，我的眼里瞬间弥漫起巴山秋雨。吻，是女人定情之物。吻，是她心灵密码锁的解码器。她允许心爱之人的钥匙，插入她紧锁的门，把秘密的花园打开。她将引导他，观赏她的蔷薇花，观赏她精心修建的草圃，观赏她的泉水池,观赏她的花朵。分岔的小径,在花园里,幽静,绿树成荫。——小径将通往她桃花开放的心房。

德国有一门学科,叫吻学,专门研究人接吻。为什么人喜欢接吻呢?接吻可以改变身体的化学成分,相互摩擦嘴唇、交换唾液,改变了从大脑释放到血液中的后叶催产素的水平。这种催产素是一种荷尔蒙,可以让人感觉更加亲切更具幸福感。从人体物理学的角度来看,接吻总共造成二十九种肌肉动作,包括十二种唇部及十七种舌头移动的动作,能增加生理上的运动机能。流行性感冒肆虐的时候,大部分的人都赶紧戴起口罩,但是在寒冷的西欧,人们不但不戴口罩,并且也不放过任何接吻的机会。另外,接吻的时候人的心跳加快,血液循环加速,新陈代谢的速度也比平时要高。女性在瞬间释放荷尔蒙,会容光焕发,精神饱满,像暴雨来临。唇,是指嘴的边缘红色部分。口唇部位于面部的正下方,是吞咽和说话的重要器官之一,也是构成面部美的重要因素之一,可产生丰富的表情,形态特别引人注目。嘴唇分为上唇和下唇,闭在一起时只有一条横缝,即口裂。从解剖学的角度,唇可以分为唇珠、唇峰、白唇、红唇、唇红缘、口角、人中峤、人中凹、鼻唇沟。

女性把唇视为比较重要的器官。唇不仅仅是她脸部美的主要体现,也是她精神面貌和情感的载体。一个女人,假如她的唇苍白、干燥、脱皮,她的内心状态会是怎样呢?一个唇发黑或发青的女人,内心又会是怎样呢?一个唇经常起泡的女人,内心又会是怎样呢?

当一个女人,仰起脸,第一次和她心爱的人接吻,从某种角度说,她事实上已经把自己献上了爱的祭坛。她的心情是微妙复杂的。欲拒还迎,既胆怯又热望,忐忑不安,最终不管不顾,迎接了她人生的第一次蝶变。

三

有一个荒凉的山冈,在县城的郊区。山冈有几排呈“凹”字形的矮房子。这是一个单位家属用房。五月初夏的黄昏,空气中有火花爆裂的硝烟气息。泡桐粉白的花,油油的,像涂抹了一层唇膏。他在院子水井里洗澡。温热的井水散发着水汽,白白的,有苔藓的味道。她在房间里,坐在床沿上,凝神望向窗外。窗外是一排高大的泡桐树。

这是一个细雨和月光交织的夜晚。他和她说了很多话，至于说了什么，已经完全忘记了。细雨在泡桐叶上，滴答滴答，脆脆的水珠从树叶上滚下来，也滴答滴答。月光也滴答滴答，白白的一片。他们什么也不说了，沉默地坐着。一个坐在床沿上，一个坐在靠背椅子上。她开始不停地叹气，哎，哎，哎，哎。她的叹气声像一根根火柴，擦在他粗糙的脸颊上。

他看着她的唇，石榴花一样殷红，热烈。他深深吻了她，像火焰缠绕着火焰。两支燃烧的火把，照亮了深夜。这是他第一次亲吻一个女孩子。是的，他十八岁了。他的内心有了从未有过的恬美。他感觉自己的唇上，留有玫瑰的香气，夹杂着蜜蜂蜇过的轻微肿痛，和油茶花的甜味。她的唇珠饱满，棱角分明。泡桐的雨滴，一夜未歇，月光朗朗。当他的唇离开她时，他有了长久的晕眩，微醺的晕眩。——初吻，开启了他的另一个时代，蒙昧的青春来临。他一次次地告诉自己：这一生，再也不会去爱上另一个人。他的心房被她完全填满。

事实上，两年之后，他们不再见面了。很多年之后，当他们在街头偶遇，她已经是一个临近中年的妇人。他几乎不认识她了。她穿一件睡袍一样的裙子，头发盘成一个冰激凌的形状。她的唇,灰暗,失去了血红色。他下意识地摸摸自己的唇。他没办法把这两个人的唇,紧密地排列在一起。他也没办法把十五年前的,他遇上的花朵一样的唇,和她放在一个记忆的镜框里。

生活会把一个人身体里最宝贵的东西,一丝丝地抠出来,像一片锋利的指甲抠下伤口的痂壳。像砂布抹去圆木上粗糙的皮屑。生活会把人还原,还原成生活原本的模样。而之前的模样,会成为假象。

四

歌手李煜唱过一首《唇》。唇是女人的第一道心锁。唇是女人的第一道紧闭的大门。

维斯瓦娃·辛波丝卡[1]六十多岁时,还在写"我的唇在颤抖",像一个少女。她是多么具有持续的爆发力。看她七十多岁时的照片,她优雅地抽烟,喝咖啡,眼睛有强烈的光束,唇还是那么饱满,圆润,涂着深色的唇膏。两条弧形

---

① 维斯瓦娃·辛波丝卡(1923—2012),波兰女诗人,1996年荣获诺贝尔文学奖。

的唇线，像两条海岸线。唇角和鼻唇线，形成一个斜三角，让整个灿烂的笑容展露无遗。只有旺盛生命力的人，才能写出征服人心的诗歌，才能写出《桥上的人们》《万物静默如谜》。看安娜·安德烈耶夫娜·阿赫玛托娃[①]的照片，她的唇珠像山峰，有延绵感，丰厚，有高贵和纯真的气质。她示人的照片，几乎都是抿嘴的，上下唇交叠，给人深沉的忧郁和缄默的印象，这与她的诗歌，是完全相吻合的。她写出了《安魂曲》，仿佛她的忧伤是整个俄罗斯的忧伤：

……宣告判决……当即泪水夺眶，我已经远离了一切人，

仿佛有一种挖心般的剧痛，

仿佛是被粗野地推倒在地，

可依然前行……步履蹒跚……孤孤单单。

……

——阿赫玛托娃《安魂曲·献词》

---

① 安娜·安德烈耶夫娜·阿赫玛托娃（1889—1966），俄罗斯文学史上最著名的女诗人之一，有“俄罗斯诗歌的月亮”美称。

五

记得二十年前，在信江桥头电影院，看《义胆红唇》，是周润发、恬妞主演的。印象很深的是，在午夜街头的电话亭里，男女主人公痴情缠绵地接吻，电话在荡来荡去，秋千一样。这是他俩第一次接吻，也是最后一次。他俩都泪流满面，因为即将到来的，是生命的告别。我当时二十来岁，看得荡气回肠，热血喷涌。恬妞性感、妖娆、妩媚、狂野、率真的形象，也一直深入我心。

最让人悲伤的，是人的老去。一个人，所有人，老去会是既定的旅程。而更多的人，身体没老，心灵已经老了。一个对唇没有欲望的人，已经是一个埋头于具体生活的人。是一个没有奢望的人。是一个不细腻的人。是一个荷尔蒙很少激活的人。我想，无论是周润发还是恬妞，现在都演不了这样的角色了。美好的吻，是人生最绚丽的色彩。缠绵，狂热，火星四射。

唇赋予人或激情澎湃或细腻绵长的幸福，温润的，甜蜜。她醉心于他，她恨不得把他嘴唇咬破，永远不想松开，像两片极强的磁铁，吸在一起。

六

口红是唇的美丽衣裳。是唇的另一层皮肤。小资的女性,差不多都爱口红。口红是唇膏、唇棒的一种。口红能使唇部红润有光泽,能滋润、保护嘴唇,增加面部美感,是女性必备的美容化妆品之一,突显出女性的性感、妩媚。口红主要成分是蜡,油,软化剂,香料,色素等。在还没有化工产品的时代,女人用胭脂作面部、唇部妆饰。胭脂又称燕脂、焉支或燕支。古人把一种称为红蓝的花朵,在石钵中反复杵捶,提炼鲜艳的红色染料,阴干,配以重绛、石榴、山花及苏方木,制成稠密润滑的脂膏。

有些女性,出门前最重要的一件事情,是化妆。给自己的唇,抹上一层云霞,一下子精神焕发,自信心倍增。

谢默斯·希尼[1]在《歌》中写道:

> 一株花楸如涂了口红的少女。主道与旁路之间
>
> 桤木在湿淋淋的远处挺立于灯芯草丛。

---

[1] 谢默斯·希尼(1939—2013),爱尔兰诗人,1995年获得诺贝尔文学奖。

这边是泥花，土腔土韵，还有不凋的蜡菊，音调精准，还有鸟鸣的这一刻，很接近生活的乐音。

七

一种初春开的花，叫金钟花。金钟也叫黄金条、迎春条，是一种落叶灌木。在初春时节枝叶垂挂，金黄色或绛紫色的花，从开芽的枝节处，如倒挂的钟一样，悬着。花朵有四片花瓣，中间拔出一根花蕊，豆芽一样。

蜂鸟来啦，嗡嗡嗡，拍打着羽翅。蜂鸟把长长的喙，伸进花苞里，呷花粉和花蜜。金钟花开，蜂鸟不知疲倦地呷食，直至花谢。

金钟花，是阴性之物。这让我想起扎头巾的女人。是多么相像呀。一个扎头巾的女人，在旷芜的野外，有独自的落寞和光阴流逝的惆怅。她的唇在绽放，蜂鸟翩翩而来。

安吉丽娜·朱莉是美国演员、社会活动家，因出演《古墓丽影》享誉全球。2015年3月24日，因她宣布已经切除了卵巢和输卵管，再次轰动世界。她的嘴唇，可能是世界上最性感的嘴唇了，像一朵完全绽开的金钟花。凝视她红唇五秒钟，地球会停止转动。她的唇部外露，丰厚，富有弹性，形成一个万有引力的旋涡。幸好我不是国王，否则，我会因为争夺她的红唇，而发动战争。

八

“这是一个暴雪降后的晚上。屋顶上，围墙上，树枝上，地面上，全是皑皑白雪。灯光下，细碎的雪花还在飘飞。人世间，浮在一团白的光影里。街上冷寂，人迹寥寥。她一手举着伞，一手拎着简单的物件。在十字路口，他抱着她的头，俯下脸，亲吻她。她扔下伞，揽着他的腰，忘情地接吻。细雪落在她的脸上，落在她的麻布长裙上。她的唇在嗞嗞嗞嗞地燃烧，她身体里的熔岩从两片唇里，喷发出来。街上偶尔路过的行人，脚底下发出扑哧扑哧的声音。他们在痴情缠绵，每一个吻，都是那么深，那么令人沉醉。他和她，像两块烧红的铁，开始慢慢熔化，铁水相互渗透。天地慢慢荒芜，人间消失。只留下这对情侣。他们的头上，衣物上，满是雪花。这一刻，整个世界是静止的。时间也不再流逝。两束燃烧的火把，在慢慢合拢。雪花像是一瓣瓣纷飞的唇印。”

多年之后，当我读到这里，我知道，我是这个世界上最奢侈的人。当我在一个小小的房间里，度过每一个细碎的一天，我明白，度过孤单的一生是一种必然。我下意识地摸了摸自己的唇，那么冰凉，孤绝，像一个冰崖。我越来越相信命运。与一个人的相识，与一个人的诀别，都是旅程上不断移动的坐标物。如同唇印，既像玫瑰花瓣，又像伤口，相遇的时候绽放，诀别的时候凋谢。而有一种凋谢，让人的一生都感到莫名的荒凉，并深深地陷于这种荒凉。

我遵从生活的安排。原谅我。放下这些，快乐生活。

声　音

一

两个回形的夜晚。一条南北的纵深线。被雨水打湿的信件。始终不会燃烧起来的河水，在十月之后，梧桐瑟瑟，落叶尽。围巾之歌，每到冬天，又会唱起。

你会忘记这些。或者，动人的歌谣被填埋。我一直坐在一间寂静的屋子里——我把眼里的水分滗干，把脸压缩碾平，再捏成衰老的样子——这让我多出一份平静和从容。我的神情会渐渐麻木，苍茫，像一抹山梁。让我久久地感受那一份冰凉。我听到了，你在打开水龙头，自来水哗哗哗地泻进水壶里。你洗脸，泡脚。你坐在床上看耶胡达·阿米亥的《诗：1948—1962》。你把台灯拧开，光亮一下子从地面浮上了天花板。风一直在窗外，抱着一团雨。雨沙沙沙，落在干涩的田畴里，落在抽苗的青菜上。雨先是来到我屋顶，叮叮当当，像一个补锅人，把洞口锉开，锉圆，再用小铁锤，击打圆口，时轻时重，富有节奏。补锅的人，是那么专注，戴着老花镜，低着头，腿上盖了一条围裙。补锅老人走了，什么时间走的，无从知晓。雨来到了巷子里，拥挤而孤独，像一群鸭子，撇开脚，在叭叭叭跑。这个时候，雨落在我窗前，模糊了我玻璃。雨线勾画出了一幅脸的图案。我看着图案，像是看着一个不说话的人。我听不到你声音，略显沙哑粗涩的嗓音，被雨声淹没。

在我一个人的时候，坐在屋子里，或站在河边，我多么想听到你声音。我一直以为河水湍湍的声响里，会夹带着你的声音，或者说，会把你的声音送到我身边。河水越过岩石，越过河湾，潺潺，汤汤，溅起激越的水花。我辨识不出哪儿有你的嗓音。大雁飞来了，在河湾的树林里，借住一宿。大雁是一种思念故人的鸟。它们整夜在呱呱呱地叫，四野充盈着故人的思念。大雁也没有带来你的嗓音。

这是一个沉寂的世界。

二

始于我二十岁，我热烈地向往远方，我觉得我是一个属于远方的人，要尽可能地走向远方。我要走到大地的尽头。坐上汽车，坐上火车，坐上飞机，一直消失在自己也不知道的地方。我安静不下来，我要不停地走，走向更远。像个浪子，像个货郎客，像个骆驼上的旅人。每一天，我都似乎听到一个声音：走向远方吧。这是一种召唤。仿佛只有把生命交付给远方，生命才可被称为生命。

我在寻找什么呢？我不知道。世界到底有多大，是需要脚步去认识的。我要从烦琐细碎的生活里抽身而出。直到有一天，我读了夏多布里昂（1768—1848）的《墓畔回忆录》、威廉·福克纳（1897—1962）的《我弥留之际》、艾米莉·狄金森（1830—1886）的《孤独是迷人的》。我由此改变。这是对我影响深远的三本书。他们给我提供了三个地理坐标，分别是圣玛洛德小岛、约克纳帕塔法县、阿默斯特镇。他们用相同的声音，不停地告诉我：回到出发的地方。

每一个人都是自己的故乡，也都是自己的异乡。这是一条河流的两岸,彼此眺望。这是两种声音的交织,撕扯。

这是一个内在的世界。需要我们用一生去内窥。我们面对这个世界,需要两副视镜,一副是望远镜,一副是内窥镜。

一个是召唤的声音,一个是回归的声音。

三

第一次听到你声音,是你在彩云之南。我一下子记住了你的声音。你的声音瞬间就消失了。这是不是一种暗示。我不知道这是不是所有事物的结局。是不是所有的事物,都需要一个结局。

今晨醒来,发现地上有一摊血,已经凝固了,黑紫色。血是哪儿来的呢?我把左手腕抬起来,旧伤口破了,血流出来,在我熟睡的时候,在静静地滴。手背上,手心上,全是干了的血迹。血流的声音,是自己听不到的。血也是很容易凝固的。

从十八岁开始断断续续地写作,近六年,几乎把绝大部分业余时间用于写作。我发现自己有很多东西要写,迫不及待地写，放下许许多多重要的事情，去写。为什么？写好了的，其实就是凝固了的血迹。

一个长期写作的人，不仅仅是有了对世界的发现，不仅仅是需要诉说，而是要把自己的声音、心中的爱和温暖，输送出来，从动脉里从静脉里，输送出来，在一张白纸上，形成一块血迹图案。

我总是幻想着这样的场景：在你寂寥独坐阳台时，在你寥落寻找皈依时，在你极度悲伤无所傍依时，在你无人陪伴缅怀往昔时，在你年老再也不想去海边时，你拿起这本书。你完全安静了下来。你从第一页开始看，看到一个老人去了你曾经生活的院子，老人俯身触摸你曾经留下的气息，你想起了在那么多年前，你和这个人相遇，那么短暂，相隔千里。你和这个人的相遇，每一个细节，每一句话，每一次动人的心跳，都留在你翻阅的指尖。是那么美好，转瞬即逝。一个下午结束，你读完了最后一页。你闭上了眼睛，却再也没有了泪水。你用手盖住自己的脸。你将至的中年，获得复活。你会听到来自远方的声音：最爱你的人，从来不是别人。

四

发声，是一个人活在这个世界上最基本的权利。发出声音，洪亮的声音，高亢的声音，低沉的声音是人的最基本权利。但不是所有国家，或所有时代，人都会有这个基本权利。这是战争爆发的基本元素。战争仅仅是为了侵略领土吗，仅仅是为了掠夺资源吗？答案显然是否定的。战争更多的是为了话语权。为了发声，有的人献出了生命。1963 年 8 月 28 日，在林肯纪念堂前，马丁·路德·金发表了《我有一个梦想》的演说，要求通过新的民权法，给黑人平等的权利，轰动全美。他是一个著名的民权运动领袖，遭到当局以及白种人的抵制，并对他进行了暗杀。1968 年 4 月，马丁·路德·金前往孟菲斯市，领导工人罢工后，被人刺杀，年仅 39 岁。马丁没有躲过对他的第四次暗杀。

马尔科姆·艾克斯是和马丁·路德·金齐名的另一位同时代民权领袖。1925 年出生在佐治亚州的一个黑人牧师家庭，原名马尔科姆·列特尔。他认为列特尔这个姓是美国白人强加给他的祖宗的，绝不是他们非洲人的原姓,原姓是什么是个未知数,所以只好名之为 X。早年他是街头混混,贩毒、吸毒、滥交、抢劫,无恶不作。后入狱,加入一个黑人组织,1952 年出狱后,为争取黑人的民主权利而斗争。1965 年 2 月 21 日,马尔科姆在纽约一家旅馆演讲时,三名匪徒忽然拔出手枪向他射击,把他当场打死。

与发声相对的是压制声音的发出。而压制异声,对独裁者而言,最好的方法是消灭发异声者的肉体。这样的方法,在人类史的前半部,是一个通律。没有异声的历史,是人的黑暗史。

五

一个女人的声音,不动听,我是肯定不会爱上她的。我的一个朋友这样对我说。声音是一个人内心的容颜,相当于心灵的诗歌吧。

我想起了一个盲人的故事。一个女孩二十来岁,花开叶茂,是一个盲人。一天,她去公交车站等车,她听到一个人在说话。她一下子迷上了这个嗓音。她请教说话的小伙子,手指有一个戒指,想脱下来,太紧了,不知道有什么办法。小伙子把她的手指含在嘴里，吮吸了几下，把戒指解了下来。盲女孩用手帕，把戒指包起来，送给了小伙子。小伙子怎么会收呢，说了很多拒绝的理由。盲女孩一直笑。一个说得很有神，一个笑得很有神。公交车耽误了很多趟，再没车来了。小伙子送她回家，女孩美美地笑，情定终身。

我一个朋友，在一个清闲的单位上班。有一次，他从一个同城交友网络，找到一个女人的电话。他每天中午吃了饭，靠在办公室的躺椅上，给她打电话。无话不谈。打了两个月的电话，彼此引为知音。他迷上了她的声音，低低的，沉沉的，有磁性。她的声音像一个旋涡，他沦陷下去，无法自拔。中午不给她打一个电话，不听听她的声音，他这个下午，简直是坐牢。他决定和她发展一段别有风味的恋情。有一次，他约她，晚上在“遇见”咖啡厅见面。他喜欢蓝色，请她穿一件蓝色的裙子。他喜欢看《知音》，请她拿一本《知音》，晚上八点咖啡厅门口会合。他去做了一个发型，上街买了一套衣服，像第一次相亲那样。他七点五十分到了，坐在车子里，看着咖啡厅门口。他看见一个女人来了，穿蓝色裙子，手拿《知音》，个子偏矮，脸胖得像个南瓜,身材有些臃肿,年龄有四十多岁。他当场把手机摔烂,开起车子就走了。他讲这个故事,受到我们挞伐和奚落。挞伐他没风度,侮辱女性。挞伐他这样的素质,还配不上南瓜脸的女人。

六

声音飘来的地方,是一棵树开花的地方,也是一棵树凋谢的地方。那里冬天结束之后,春天却迟迟不曾到来。有花开的声音,也会有花谢的声音。

可你从来不告诉我。不告诉我,你为什么来,为什么走。为什么来得那么快,走得也那么快。像阵雨。是的,从来不要为什么。阵雨浇落的地方,绿草明天会茵茵起来,泥土清新的气息扩散至全身,凉爽爽的,人有了复苏的感觉。这是一种暂时的复活。植物的筋骨咯咯咯作响,那种声音是多么迷人。哦。这就是你到来时的脚步声。有缓慢的节奏,松脆。

声音每次以340米/秒的速度,滑翔而来。我遗忘这个声音的速度,可能需要十年,甚至在我消亡时。我消亡,你声音也将消亡。声音是一个人的气质，是一个人的另一个心灵。我迷恋上了这个略显沙哑略带童真的声音，它是我钟爱的诗歌的韵脚。是屋檐羸弱的雨水流泻声。是围巾在寒风里的吹动声。是头发在我抚摸下的嗦嗦声。是你眼睛奔放异彩的缄默声。——一次次把我灌满，水灌进器皿里一样。我走路的时候，睡觉的时候，默想的时候，声音在我心脏的器皿里，晃荡，挤压，形成一股洪流。

在你年老的时候，我要去你那里。我要听听你脖子上的项链，珍珠轻轻磕碰的声响，月光一样的声响。我要拉着你的手，什么也不说。我苍老的手会贴在你的脸上，触摸你是否还会颤抖的唇，熟悉的声音又会来到耳畔，像干枯的河床漫溢了春水。我轻轻拍去你衣裙上的灰尘，灰尘飘落再也不会有声音。我用一个缺了齿的木梳，把你的头发梳得更顺畅一些，木梳会产生静电爆发的声响。你出门的时候，把你的眼镜、围巾、手套，收拾好。那个时候，你再也不会有牵挂。我也不会。我们再次默不作声，默默相互看着。也或许，你已经认不出我，头发落光了，脸像一块干干的泥胎，当我叫你小名时，你一下流出了往昔的泪水。也或许我不认识你了，你头发全白，坐在一个公园的角落长椅上，抽烟。我听出了你的声音，温婉的，水滴落在荷叶上一样的，和我第一次听见的，没什么差别。

我盼望自己快些变老。我已经以最快速度在变老，当我处于一个没有你声音的世界时。

七

这是一个咆哮的世界。我们的时代，异样的喧哗。

我愿意低缓地，说给你听，在独自的夜晚时分。虽然你已拒绝倾听。

你走了之后，这个世界一直很寂静。

头 发

一

“十年生死两茫茫，不思量，自难忘。千里孤坟，无处话凄凉。纵使相逢应不识，尘满面，鬓如霜。　　夜来幽梦忽还乡。小轩窗，正梳妆。相顾无言，惟有泪千行。料得年年肠断处，明月夜，短松冈。”夜读苏轼的《江城子·乙卯正月二十夜记梦》，每每嘘唏不已。这是一首催魂的词，让人肝肠寸断。东坡风流倜傥，乐观豁达，但他长情，妻亡十年，他还想起他夫人在轩窗前梳妆的样子。

梳妆，是女人最唯美的一帧剪影。可以想见的是，一个晚起的女人，在一扇木格窗前，对着一面铜镜，侧脸斜眼，挽起发髻，细细地梳妆，确是一件动人心弦的事。假如是雨天，瓦檐雨水潺潺，会是一个至情境界。窗外是一个花园，春天的杏花开得正盛，疏影淡雨，琴声漫溢，又会是一个烙入心底的佳境。“小山重叠金明灭，鬓云欲度香腮雪。懒起画蛾眉，弄妆梳洗迟。　照花前后镜，花面交相映。新帖绣罗襦，双双金鹧鸪。”温庭筠的《菩萨蛮·小山重叠金明灭》，是写梳妆最出色的一篇了。

一个女人，倘若连自己的头都不愿梳洗了，这会是一个什么样的女人呢？“风住尘香花已尽，日晚倦梳头。物是人非事事休，欲语泪先流。　闻说双溪春尚好，也拟泛轻舟。只恐双溪舴艋舟，载不动、许多愁！”李清照写这首《武陵春》时已经五十三岁了，在金华躲避战乱，夫君赵明诚早已和她阴阳相隔。李清照买酒的钱都没有，每日下午，到酒栈赊酒喝。花事荼蘼，秋风已残，这样一个头发干涩了的、鬓染微霜的老太太，已经倦于梳妆了。

二

头发是指生长在头部的毛发。头发不是器官，不含神经、血管和细胞。

头发主要是保护头脑。夏天可防烈日,冬天可御寒冷。细软蓬松的头发具有弹性,可以抵挡较轻的碰撞,还可以帮助头部汗液蒸发。一般人的头发约有十万根。头发是由含硫的角质蛋白细胞组成的,中间由胱胺酸等双硫链连接着,使头发具有弹性及伸缩性。头发从其横截面来看可分为三层:表皮层、皮质层、髓质层。

有人类文明以来,头发的审美价值,已远远大于实用价值。当代,美发、护发、生发,已是一个十分庞大的产业。拥有一头乌黑靓丽的头发,是绝大部分女性的梦想。去美发店做一个发型,用时可长达三个小时,一个星期做三次,每天早上还要花费半个小时,可以想见,一个精心梳洗头发的人,花在头发上的时间比花在吃饭上的时间还多。一个普通的女性,她可以不化妆,素面朝天,但她不可能不去梳洗头发。一个外在有魅力的女人,头发必然有足够的魅力。

在人的遗传基因里,头发和牙齿是极具遗传特质的。我是家族遗传脂溢性脱发,我二十六开始渐渐脱发,到了四十岁,头发很稀疏了。我父亲如此。我祖父也如此。我表哥水银,三十岁,头发已完全没了,和我祖父一模一样。

每次看见水银,我格外亲切,觉得像是我故去的祖父,又站在我面前。

人的头发为什么会一直长下去呢?世界有文献记录头发最长的人,是中国广西某公司女职员谢某某,2004 年 5 月 8 日测量时,头发长达 5.62 米。谢某某于 1973 年,13 岁时始蓄发。类人猿是和人类较为接近的一个物种,类人猿全身有毛发,可它的头发为什么不一直长下去呢?防烈日御寒冷,不能解释人的头发一直长下去的现象。从进化论的观点,人的头发,还是作为吸引异性的工具而发生了这个现象。凤头科的鸟,有一个美丽的凤头,在求偶的时候,鸟的凤头会颤抖,以此吸引异性的关注。凤头就相当于人的头发。

今年七月,我和友人夏先生去北京,出高铁站时,见前面一个长发披肩的女子,身材婀娜。那头发真是漂亮,一帘瀑布一样,甚是少见。夏先生说,我们一直走在她后面,不要到前面去,不要去看她的脸。想想也是,夏先生是个具有古典审美趣向的人。

三

一个女人是不轻易改变发型的。像她不轻易爱上一个男人。她的发型和她头发的光洁度,是她内心的影子。她珍惜这个影子。一个女人失恋了,所做的第一件事情,不是去找酒喝,不是去卧床三天,而是去重新做一个发型,或干脆把头发剪去一部分。剪断了的,再长出来,再长出来的,已不仅仅是头发,而是生命的另一种滋生,等待复原的,是一种难以忘怀的伤痛。这又需要多少时光呢?或许是一天,或许是一生。

失意的古人,把头发称为烦恼丝。三千烦恼丝,是剪不断理还乱的。我们把待字闺中女子的头发,叫青丝。青丝待闺,这是一个女人一生最美好的时光。

四

一个人的身体状况和精神状况,以及生活状况,都会体现在头发上。

头发干涩的人,会是什么样的人呢?

头发蓬乱的人,会是什么样的人呢?

一夜白头的人,会是什么样的人呢?

中年白头的人,会是什么样的人呢?

昨夜看友人苇杭(知名纪录片编导)的新书《光影过客》,在《雕刻时光》一文中写文学大师孙嘉瑞,读至“出身东北巨贾之家,就读于东京女子大学,但命运多舛。幼年丧母,少年丧父,青年丧偶,老年丧子……”我把书抱在胸前,点了一支烟,把灯关了。苇杭见她是十年前,一个耄耋老太太,孤身居家。我都不敢想象这个老太太的样子。我不敢想象她的面容,和她的头发。一个长期生活在大悲之中的人,或许得道成仙,满头银发。我一下子想起苏联时代的诗人茨维塔耶娃。1939 年 6 月,茨维塔耶娃带儿子返回苏联,巨大的厄运等着她。8 月,先期回国的女儿阿利娅被捕,随即被流放,10 月,丈夫艾伏隆遭逮捕,后被枪决。1941 年 8 月,茨维塔耶娃和唯一的亲人——儿子莫尔移居鞑靼自治共和国的小城叶拉堡市,诗人在此经历了一生最不堪承受的精神和物质的双重危机。诗人茨维塔耶娃期望在即将开设的作协食堂谋求一份洗碗的工作。但是,这一申请遭到了作协领导的拒绝。8 月 31 日,她完全绝望了，自缢身亡。在旧照片中，我看到她略显简短的头发，遮住了两边沧桑的脸，坚毅、迷茫、略带恐惧的眼睛，张望这个世界。眼神那么复杂，让人心碎。在里尔克即将离开这个世界时，她给里尔克的信中写道：“每一个人的死，都必定融入别人之死的行列，都必定在死亡之列中处在一个承上启下的地位。”茨维塔耶娃死了，俄罗斯的白银时代慢慢落幕。阳光照在她金色的头发上，熠熠生辉。阳光也像灰尘扑满。她圆圆的脸，简短的头发，是俄罗斯的诗歌符号。

1898年9月，谭嗣同、杨锐、林旭、刘光第、康广仁、杨深秀六人被害于北京菜市口。谭嗣同临刑时高呼：“有心杀贼，无力回天。死得其所，快哉快哉！”在临刑前，谭嗣同请求梳洗。他异于常规，没找人交代后事，也没去写遗嘱。他要静静坐一会儿，仰起头看看天，洗洗脸，洗洗头，梳几遍头发，扎成一条干净利落的长辫子——他不像是去临刑，而像是出一趟远门。他不需要遗嘱，遗嘱早就写在《绝命诗》里：“望门投止思张俭，忍死须臾待杜根。我自横刀向天笑，去留肝胆两昆仑！”去冠洁发，是一个义士的尊严。

五

你把头靠过来，靠在我怀里。让我像第一次遇见你那样，细细地抚摸你的头发。略显干涩的，发根渐白的头发，在我手指尖奔泻。坐在一个阔大的窗户前，我一句话也不说，只静静地抚摸你的头发，直至泪水滚出眼睛。你是那么美，美得荒凉，美得遥远，美得孤绝。

人体中，最易燃烧的是头发。你说。

噢。其实人体最后腐烂的是头发、牙齿、骨骼。但我没说出来。

整个下午，我一直在抚弄你的头发。你的头发一直垂到了胸前，你怔怔地看着我。你是那样的乖顺和恬静。你渐白的发丝，使我有些心酸。柔软顺滑的，头发在我的手里，发出涤荡的声响，像风摩挲着雪花。你的呼吸和心跳，沿着发丝，传到了我手里，又沿着血管，汇入我心里。

2015 年 7 月 24 日，我找出往日写的尚未成文的片段。

写这个片段时,是在海边。大海空茫。我记得临别时,对友人说:“你给我几丝头发吧,我保存起来。”友人笑了起来,说,现在这个时代,不时兴这个了,那是古人做的事。我又不是温庭筠。

“与你年轻时相比,我更爱你现在备受摧残的容貌。”这是杜拉斯在《情人》里写的。与青丝相比,我更爱手中渐白的发丝。

手

手是用来拥抱的。张开的双臂，是延绵的山脉，在大地的纵深处，缓缓延伸。川流不息的是河流，四季叠翠的是丛林。我们把手伸出去，尽可能地伸长，把手递给另一只手，在黑暗中递过去，在地窖里递过去，在即将告别的码头上递过去，在驶去的列车上递过去，让另一只手尽可能地握住。这样，我们可以把奔跑的群山抱在怀里，把翻滚的大海抱在怀里。在长夜中，我们把手举起来，踮起脚尖，仰望高空，我们的手可以触摸到蔚蓝的天幕，寂寥的星辰会成为戒指，我们把高远和无限的空旷抱在怀里。我要把手打开，把身体的落地窗打开，像苍穹打开门，我要拥抱一个在街头走失的老人，拥抱那个失恋的女人，拥抱我头发斑白的母亲，拥抱我每晚看《熊出没》的儿子，拥抱常常哽咽的人，拥抱在岔路口停留的人。夜已深，我最后拥抱自己，像孤独拥抱孤独一样，影子拥抱影子一样，我把自己抱在怀里，把生命中最陌生的人紧紧抱在怀里。我要把一生中大部分的空白，用双手去描绘。把五指张开，手是一朵莲花。如果你愿意，我把莲花戴在你头上。莲叶田田，鱼戏其间。我们轻舟夕阳，采莲，唱晚。把五指攥紧，手是一个拳头。掰不开的拳头，是一种仇恨，你会是我的宿敌。我爱上了这个宿敌。我会把手松开，有几粒种子在手掌上发芽。

我们爱上手吧，无论是纤细的、脂滑的，还是皲裂的、结茧的；无论是饱满的、柔绵的，还是嶙峋的、刚硬的。爱上拭去眼角泪水的手，爱上稚嫩的手，爱上残缺的手，爱上树皮一样的手，爱上在泥土里抄进抄出的手，爱上不会写字的手，爱上我们再也无法相握的手。

也要爱上从手中渐渐滑落的手。当你在雪夜的街角，左手撑伞，右手向我挥动，你不说再见，也不作告别，你只是轻轻地不停地挥动，挥动。在我回头看你的时刻，你的手像一棵散尾葵，在风中摇摆，摇摆。我是一件挂在树梢上的黑袍，被风一吹，呼啦啦地跑，被寒冷的空气托举着，晃着轻轻的身子，近似于漂浮。你就是那个不再降临的人，我没有说出。我就是那个不再消失的人，我同样没有说出。我没有挥手，只是不停地回头看你，看你在街角被浓密的夜色隐去，被纷落的大雪覆盖。我摸摸自己的唇，暴雨中的花朵一般颤抖。我摸摸自己的手，想寻找残留的温度，只有融化的雪花从手背滴落。我用手抱住自己的脸，抱住这面虚幻的铜镜。一股细流在铜镜上扭曲，蜿蜒。会不会发生这样错误的视觉：镜面开裂，缝隙蜘蛛网一样，照见的景物多么阴森恐怖。我一直抱住脸走路，抱住脸睡觉，抱住脸去了天涯，去了那个并不存在的小镇。

那是你私人的小镇。水鸟在白天是白色的，在晚上是黑色的。一条在灌木林游荡的江，在我去的时候，会搭一座木板桥。你站在桥上，意料之外地见到了这个唯一的小镇来客。客人或许头发花白，手上拄着拐杖，一步一步地挪动颠簸了大半生的脚。你站在桥头，手垂在膝盖上。对不起，我想象不出你那时的模样（你每次去河边浣衣，洗菜，坐在埠头晒太阳，河水会把你身体里的一部分带走，于是河流有了你的模样，悲伤，温婉，内敛）。我要喝你剩下的半碗酒，吃一盘昨夜的面汤，读两首有关河流的诗，在将熄的火炉里添加三块硬木炭。我要把这么多年写好而未寄出的信,交到你手上。你摩挲着信纸,反反复复。你用指尖阅读锈迹斑斑的文字。我感谢你沉沉若桅杆的手,不给我片言只语,不给我一尺光阴,以免我过于沉湎。我要告诉你,我从未有过怨恨,也从未有过奢望。我要告诉你,有一种命运叫遗恨,有一种温暖叫隐痛。你的小镇,在南方以南,在北方以北。小镇上,有汤圆店、竹器房,门槛上坐着一些手艺人。手艺人的黄昏,是安详、枯寂的黄昏,向下的埠头两旁种满了柳树和紫薇。我要在这里停留片刻,再一次体悟没有赠别的离去。我没有告诉你的是,这么多年,有一双手从你灵魂深处伸出来,像春天新抽的树枝,齐刷刷的新绿,包围着我,这是多么美妙的事情,我没有痛苦是因为我没有阴影。

这是一对幸福的孪生兄弟——左手和右手,一同创造一同感受冷暖,一同去爱一个人一同去恨一个人,一同索取一同赠予,一同生一同死,互不反对互不挣扎,相互对称互为镜像。它们相亲相爱,永不分离。近在咫尺远在天涯,这是眼睛和耳朵,长在同一个头上,却终身无法相见,是最为残忍的美学。而手,多好,左手冷了,右手会挨过去温暖，右手伤了，左手会去粘贴伤口。当我们悲痛的时候，左手会完全盖在右手上，静静地，像一对合拢的火把。

我们用手去救赎，也用手去杀生。昨天早晨，我提一袋衣服到干洗店，路过菜场，看光头阿四杀生。阿四是皂头人，四十来岁，穿一件深灰色没有拉链的夹克，衣袖磨出脱线的毛边。他杀黄鳝泥鳅，杀鹁鸪灰雀，杀野兔狗獾。黄鳝泥鳅装在脚盆里，大小分类，鹁鸪灰雀用网兜罩住，野兔狗獾用绳子绑住脚吊在竹竿上。他坐在小板凳上，一块小方板架在方桌上，木板上钉一个铁钉。他右手捏着黄鳝，狠狠地把黄鳝头向刀背上甩，啪啪啪，黄鳝蜷曲起身子，痉挛，左手把黄鳝头摁进铁钉。他右手拿斜角刀，左手摁住黄鳝身子，刀口从脊骨刮过去，分出两半，他的指甲把乌黑的血红的内脏，铲出来。剔骨，切段，塑料袋打包，被客人买走。他从网兜里掏出鹁鸪，摸摸捏捏胸脯，用大拇指和食指紧紧把鹁鸪的脖子扣死，鹁鸪拍打几下翅膀，爪伸直，僵硬，眼睑悄无声息地盖上。阿四把鹁鸪放进一个盛了半缸热水的小铁罐里，盖上盖子，使劲摇，哗哗哗。摇十几下，把鹁鸪取出来，拔毛，剪刀从肛门穿进去，剪开腹部，用指甲把内脏刮出来，剁头，去爪，切两半，用塑料袋打包。狗獾吊在竹竿上，身子晃动，眼睛深蓝色，闭一下睁一下，汪汪汪，耳朵不停地闪动。阿四用一根细绳捆死狗獾脖子，狗獾把四肢不停地伸直缩起，缩起伸直，腹部开始肿胀，后肢伸直，再也缩不起，爪张开，腹部漏气一样瘪下去。把狗獾放在小方板上，阿四用刀从咽喉处取进去，游进胸膛，乌黑的血在刀面淌，狗獾的瞳孔突然放大，仿佛它要看世界最后一眼才能合眼离去。可它没看到世界，只看到阿四的脸和一把斜角刀。阿四正在用牙齿咬住下唇，嘴角的烟亮着，眼睛盯着手中的刀。刀口薄刀背厚，巴掌大，刀头有斜斜尖细的角。阿四是个光头，手指细、短，指骨凸现，被乌黑的血裹着。大拇指的指关节暴突，微曲，始终保持着摁住动物头部的姿势。桌边有一块抹布，抹布上全是污血。阿四的衣服和抹布差不多。绿头苍蝇在阿四头上盘旋，嗡嗡嗡。他的背上落着几只，蹭着小腿，偶尔停在他嘴边。他用手拍打，苍蝇飞走，一会儿又飞来。阿四在菜场杀生已有十三年。他脸尖，窄额门，他塑料包里的纸币沾有血迹。不杀生的时候，他靠在墙角闭眼抽烟。他的手是我见过杀生最多的手。

旧金山佩奇街 273 号。据说这里是世界上最早的慈善临终关怀中心，创建于 1987 年。工作人员一般是志愿者，有医院护士、心理咨询师、宗教人士。这里没有医生也没有药物。工作人员的任务是帮助病人度过生命的最后时刻，让病人学会无恐惧无痛苦地离开人世。病人一般是重病患者，如癌症、艾滋病、糖尿病等患者。在患者进入临终关怀中心之后，志愿者最重要的一项工作是陪病人说话。他们像久别重逢的亲密友人。志愿者用手抚摸病人的手，抚摸病人的脸，一边抚摸一边说话。濒临死亡的人，特别渴望的，是有一双手安安静静地抚摸自己，心里的恐惧感会消散，浑身涌上温暖的水流。病人得到长期的抚摸，心绪平复，没有焦虑感。手的爱抚，在死亡面前，有了神性，有了光辉。手是人类最神奇的三大器官之一，与眼睛、大脑一样，充满智慧。一个人的手，去抚摸另一个人时，能把抚摸者的情感、血流量、心跳频率、过往的故事、岁月积淀下来的生命厚度，传递过去。世界上，最神奇的药物不是机器生产出来的，而是安静的抚摸。抚摸，可以使旧年的伤口复合，可以克服任何的恐惧，可以让空荡荡的心灵盈满春雨，可以让不再流泪的眼睛重新涨满秋水。抚摸，是心脏发出来的光感，是我们对这个日渐沉陷的世界做的仁慈的救赎。

在人体器官里，手成形得比较早。胚胎成长到五周左右时，手已经出现了雏形，像鱼鳍。发育中，手指慢慢成长，手指之间的蹼渐渐退化。到了十一周，手关节、肌肉甚至指甲发育完全。每只手有二十九块骨头，由一百二十三条韧带把骨头联系在一起，由三十五条肌肉来牵引，由四十八条神经控制手的活动。

劳动使人完全直立行走，把前肢解放出来，进化为手。手把人类从动物界中分离出来，成为人与动物的根本区别之一。这是查尔斯·罗伯特·达尔文（1809—1882，英国生物学家，进化论的奠基人，著有《物种起源》）的进化论。手创造了多维世界，有了音乐、文字、绘画，有了屋舍、坟墓，有了道路和公园，有了废墟和遗址，有了尼古丁和砒霜，有了刀和剑，有了核武器和太空飞船……有了占有和掠夺，有了家和国，有了你和我，有了药物与伤口。

手，也是人体器官中，构造相对比较简单的一种，由五根手指及手掌组成。与其他灵长目动物比较，人类可将拇指与中指、无名指、小拇指对合，而许多类人猿只能将自己的拇指和食指对合，这是人类创造未来世界的关键。而指纹和掌纹,也是人类特有的标识。终身不变的指纹和视网膜、身体磁场一样,是个体的独有识别标志。简单,不意味着不玄妙。在感觉器官中,触觉的奇妙之处在于,心灵对外部世界的感应,常常来自瞬间的情感与外物的高度融合。

指纹是由许多细小的颗粒密密麻麻地排列而成,小颗粒异常敏锐。我们用手去触碰物质,马上能感知物质的软、硬、热、冷,把物质基本的状态传递给我们。我们握手,把爱和温暖传递给了对方。盲人用手取代眼睛,失聪者用手说话。

手是生活的言说者,是命运的代言人。在肢体语言中,手所表达的最为丰富。

母亲站在门槛上,扬起手,是召唤。每一个人都不会忘记这声召唤,脆响,悠远。走失的人听到呼唤声,能扑向家门。千里之外的人听到呼唤声,抱头大哭。手不断地招,会把路途变短,把哽咽变长。我至今记得十五岁那年,我第一次离开小镇,母亲送我上车。车站拥挤着各色商贩,铅灰色的建筑使人心情沉重。车子缓缓驶出露天站台,母亲的手不停地挥动。我把头探出窗户,叫母亲回家。

人声嘈杂，母亲说了什么我听不见。她挥手，幅度很大，怕我看不见她。车子驶出很远，我仍然看见一只手在挥动。挥动。挥动。挥动。小镇渐渐缩小，只留下一只挥动的手。父母在，不远游。我恪守。

把双臂张开，把孩子抱起，摸孩子的头，摸孩子的脸，摸孩子的屁股。这是每一个父亲或母亲常有的动作。事实上，这是一种迎接的简单仪式。在我们一生之中，手从不停顿地迎接。我们站在产房门口，护士把新生婴儿抱出来，我们用手托住了赤裸的生命，抚摸婴儿身上的每一厘米肌肤，抚摸每一根毛发。我们走向山巅，雨滴带来绿野的呼吸，鸟声带来寂静山谷的呼吸，我们夸张地举起手，啊啊地呼喊，我们迎接朝阳喷薄的跃动。用镰刀迎接麦穗。用摇动的水桶从水井里迎接月亮。用纺车迎接布匹。用笛声迎接晚霞。用碗迎接米饭……用玫瑰迎接恋人的笑容……手迎接另一只手。

写一封信，是一种等待。手在等待另一只手的展阅。把信纸铺在桌上，抚平皱褶，人体的热度被墨水固态化，凝结在纸上，可能也和泪水混合在一起，另一张脸在纸上浮动，像月亮在海上漂浮。把书打开，读一个共鸣者的诗歌，也是一种等待。等待写诗的人,坐到桌子的对面,共话巴山夜雨。用手撑着自己的下颌,沉思往事中美好或悲伤的一瞬,也是一种等待,等待那一刻重新到来。

我不等啦。路太长,脚太短。你把手伸过来,让我牵着你的手漫游大地。去新疆,去云南。去古老的村寨,去没有人烟的大漠。去大海,去高山。我们去海之南,去地之北。把你的手伸过来,我不再放松你的手。在我坐下来,无所事事的时候,把你的手包在我手心里,反复摩挲,和你反反复复说不着边际的话。像一个痴呆的人,一句话重复说半天。我说的时候,眼睛贴着你的眼睛,和两片树叶一样,中间只隔了空气。——你一直都明白,这是一个多么细致的人。这是一个愿意把双手交给你的人。在门前劈木柴,在院子里种上各色的花草。早晨去井里打水,中午做各样小菜。把牙膏挤在你的牙刷上,把鞋垫烘干放进你的鞋子里。你出门的雨伞摆在门框外面。你的笔换上了一支笔芯。

一片云,在飘,我邈远地看。我每天出门前,在门口站上十几分钟。我把手扬起来,一次次地扬起来。以召唤的方式扬起来。但你不会看到。我的手干瘪了,一根枯枝一样，干硬，毫无水分，不再抽枝吐绿。我哀伤地回想，一生之中，我到底做了些什么。我的双手，从稚嫩饱满肉乎乎到瘦骨嶙峋失去弹力，在这时间的丛林里，穿越了哪些地方？我的双手埋葬自己的父母，也拉扯自己的儿女。我拉着她姊弟，去公园，去故园，去陌生的城市，走过我生活的每一条街道，每一座山冈。每次出远门，我都拥抱她们。我的双手，和我的双脚一起，默默地陪我度过一生。我要说的，手去开口。我不说的，手也去开口。

当我再也无力伸出双手，请你的手掌空出一个矮小的山冈。山冈下，有两条河流，像一条动脉和一条静脉，在手心汇合。山冈最好荒凉一些，只有茅草和呼呼的北风，泥土干燥一些，适合打洞挖穴。洞穴由你来挖，用你瘦小的手，慢慢掏。噢。让我静静躺下去。在土层松软的地方，你种上几株毛竹。我爱这种植物，常绿，中空，拔节，一生几乎不开花。它开花的时候，全身枯黄，芭茅花一样白艳艳，呈麦穗的形状，干涩，悲伤地摇曳，低着头。花期结束，毛竹会爆裂，水分尽失。它有着我相似的命运。那是多少年前，在一扇暗开的窗下，你坐在椅子上，你抱住我的头，不断地抚摸我稀疏的头发，你喃喃自语："等不及了。等不及了。没有时间了。”目不暇接的事情太多，可以遗忘的人太多，可以抱头痛哭的人太少。我紧紧地抱住你的腰，看着你。你的唇发涩，干燥。你的眼像一轮即将沉落的月亮。那是一句关乎命运的谶语，只是我当时参悟不透。寂静的屋宇里，水杯在桌上瑟瑟发抖。“不要再说啦。”我声音低得近乎无声。我冰凉的手感觉到了空气开裂的撕扯声，从我的肺部开始，往咽喉切开。

据说，溺水而死的人，异样痛苦，胸部被水挤压，呼吸不了，手脚费力地划动，挣扎，张开手，拼命地抓东西，哪怕是一根稻草。呼吸停止，身体下沉，嘴巴里、肺部塞满淤泥或沙子，鼻腔堵塞，眼睛暴突。在那个下午，我一下子体验了溺水的过程。只是我抓住的不是稻草，而是你的手。你的手白皙温润，肉质柔软，手指修长像剥开的细笋。

“……我很难过。你过于悲观……”有一次，你说。“你不要说出来。我的手写不了字。”我手在痉挛，不停地抖动，浑身发冷。我用手肘撑着桌子，身子前倾，斜靠在桌边。地面是倾斜的，我没办法控制自己的身体——像另一个人，浮着步子，摇晃——我的低血糖症突然爆发，但又不是，心没慌，也没有虚汗。我用小棉被裹住自己的上身，把一大杯温水一口气喝下。我抖颤地摸出一根烟,打火机却怎么也打不亮,啪嘚啪嘚,打了十几下,呼呼呼,一股火扑出来。我坐在沙发上,闭上了眼睛。

从这天开始,在我手上流动的气体,被一根空空的管子接走了,接到另一根管子里。我的手干瘪了,力消失了。我无力展开信纸,写一封长信。也无力打开信纸,阅读一封来信。你把余下的力,省下来吧,去平静地生活。

在最后的黑暗时刻,会有一双手在我眼前晃动,像召唤又像送别。我想摸摸你衰老的手,会是什么样子。它经历了多少挤压、打磨、耗损。它经历了多少爱抚。我要告诉它,我多么疼爱它,它经受的我都愿意陪同。

当我懂得,手不仅仅是为了迎接,更多是为了告别,告别相爱的人和不相爱的人,告别他人也告别自己,我的双手垂落了下来。空空的。掌纹上的暗语和温度一起消失。

拥　抱

两只鸽子晃动翅膀，贴着悬崖起飞，飞起又落下，落下又飞起。翅膀不停地晃动，羽毛慢慢沾满了雾水，水珠抖落下来。鸽子像一对梨形挂钟，嘀嗒嘀嗒的钟摆之声，带来了潮汐。

潮汐在一个铁壶里喘急，嗞嗞嗞叫，欢快如嘤嘤啜泣。水蒸气在铁壶口卷起白汽，丝丝缕缕，萦绕，又淡淡散去。铁壶里的水，慢慢浅下去，白汽一圈圈飘绕，挂钟停止了呼吸。嗞嗞嗞的叫声越来越响，仿佛夜深人静时，独自冗长太息。炭火舔着壶底，黑铁一圈圈发红，转而一圈圈发白。淡淡蓝色火焰宛如田畴的朝颜花。鸽子从铁壶口飞了出来，一只接一只，越过头顶，绕着一棵石榴树盘旋而舞。潮汐来自两条四月的河流。

一条叫动脉,一条叫静脉。

更像来自胡琴上的两根弦,控在一个盲人的手中,互为彼岸。天空是水的彼岸,镜子是面容的彼岸,山峰是另一座山峰的彼岸。你是我的彼岸,当我从南方小镇归来。我的双手是空的。我的双手抱着影子去天涯,抱着月光去睡觉,抱着四月的河流寻找地平线的尽头。

南方小镇,像一堆灰烬,堆积在河流的上游。群山怀抱,天空呈漏斗形,春季油绿的禾苗舒展。从山冈上往小镇看,连片的黑屋顶高高低低,有一种古老的韵律。雨季里,整个视野一片迷蒙,灰褐色,雨水在瓦檐湍急,油亮的石板街跳着细密的水珠,一排排临街门窗半掩半合。一闪而过的人影,被雨水笼罩——不知这一切是否改变。

哪一年从南方归来的呢?我完全忘记了。记得她还是一个少女,爱穿一条水蓝色连衣裙。她骑一辆蓝色自行车,沿着河边,拐过幽深小巷,在傍晚,去邮局取信。我每天给她写信,蓝墨水有青草气息。信笺淡红色,有一条条虚线,手感粗糙却柔软。我写着写着,她的面影会从纸面浮现出来:微微翘起的嘴唇,黑瀑般的头发,浅水涡一样的笑容……檐水秋雨,淘洗这一切。多少年之后,在千里之遥，我仍然能闻到那田野的土腥气。油蛉唧唧，凤仙花兀自纵情开放，缓缓水流在起伏。犹记得我们第一次拥抱。我在小城，她来看我。在梧桐树油绿的山坡院子里，我们坐在半开的窗户下，我一直感到口渴。我用铁壶烧水，炉火舔舐壶底，水扑腾扑腾地低吟。两只鸽子，蜷缩在笼子里。眼睛乌溜溜转动，似乎在暗示我："让我奔放起来，飞翔吧。"微雨轻轻落在梧桐叶上，无声。

几年之后的秋天夜晚，街上开满了芙蓉花，花色灼人，火辣辣。我在公交车站等车。街灯还没亮，郊外的河水白茫茫。我看见她从电影院侧边的小巷，走过来，穿一条连衣裙，像一丛大花美人蕉。我站着，怔怔地看着她。我们在林荫道上默默地走着。黑魆魆的夜影如一片片落叶。在一棵香樟树下，我拥抱了她。高大的香樟树上，缀了星辰，稀稀寥寥。她把脸埋在我怀中，双肩止不住地颤抖晃动，星光从她头发落下来，树叶纷飞，预示冬天要到来。她轻声说："把我抱得喘不过气了。"她又说："我天天在想你。"我们开始缠绵地接吻。公交车来了，她上了公交车，车门慢慢合拢，车子启动。我恍恍惚惚原地站着，忘记了自己也是坐车人。车轮胎一圈一圈转动，越来越快，扬起的灰尘扑撒人脸。我追着车子跑，你伏在窗户上，挥手，挥手，说："我们再也不会见面了。"公交车消失在夜色中，我蹲在地上，双手捂着脸……

我是一个在南方大地不断迁徙的人，流萤闪闪。有一年，我去另一个小镇聚会。朋友对我说，她来小镇工作半年了。傍晚，我去看她。她在宿舍吃饭。她靠在床头，端一个铝饭盒。我站在门口，看着她，没说话。她咬着饭勺，也不咀嚼，看着我，也不说话。我退了出来，回到街上，走了几百米。我手上掰了一根鲜树枝，叶子一片片扯下来，把叶子扯碎，扔在地上。叶子扯完了，我又去她二楼宿舍。她还是保持着原来的姿势，只是头发散落了下来，遮了半边脸庞。站在她床前，我叫了一声她的名字。她抬着眼，细细地看我，从头到脚。木桌上有一把头梳、一面倒扣的镜子，和一个空水杯。我打开热水壶，给空杯子注满水。我抚弄着头梳。她说："说好了不再见面的，你怎么又来了呢？"我说："一个人的模样是想象不出来的，看到了，才会知道。"我默默坐了一会儿，似乎不知道说什么。从哪里说呢？要说的话，灌满了眼睛。而眼睛显得空空，像长满荒草的彼岸。我关上门走了。我在走廊站了一会儿，听到了房间里,有暗暗的泣声。我很想回去,拥抱一个把镜子倒扣在桌上的人。我的脚被冰浇筑了一样,沉重,冰寒,麻木。我吸了一支烟,跑下楼,在河滩来来回回奔跑。河水已断流,河床裸露出长满青苔的河石。干涸的河,也是等待死而复生的河。

假如你爱一个人,你不要告诉她,你想一个人,你也不要打扰她。她有她自己的生活,不管是好的,还是坏的,都是她自己的。这就是命运。相爱的人,不要起誓,不要说永恒,命运有一双翻云覆雨手,翻乱我们。

拥抱,给人慰藉,但并不意味着守候。无论多紧密的拥抱,都是短暂的。拥抱是重逢,也是再别离,或者是永别离。但我常常渴望拥抱,拥抱别人,也被别人拥抱。我把双手张开,像鸟张开了翅膀,山峦张开了山脊线。张开的双手想去拥抱一个人,拥抱曾经拥抱的人,拥抱已经别去的人,拥抱想念的人,拥抱未曾相识的人。可张开的手,又垂落了下来,软绵无力,如被风折断的树枝。

我觉得自己很空。我想找一样东西把自己塞满。可找什么东西呢?是棉花还是泥沙呢?像一只气球,鼓鼓的,风一吹,气球飘了起来,摇摇曳曳,飘过了树梢,飘过了河面，随风而去。在不可知的时候，砰砰，气球爆裂。我想找一个安静的地方，穴居起来。如黄鼬，找酥软的干燥地，掏洞，日夜不停地掏，用前爪掏，掏一个隧道般的洞，安然堰卧：

不要打扰我，在乌黑黑的泥土下
即使饿上七天，我也要好好睡一觉。我已疲于奔跑
追逐，多年听命于牙齿，听命于异性的气味

让我安静地聆听雨水滑落草尖的声音：叮咚，叮咚
（像催眠曲，身边有一个爱人多好）这样的情境适合恋爱
也适合独自跳舞，更适合孑然故去

木然，隐忍。风呼啦啦地吹进我身体，我变得膨胀，似乎随时会砰砰炸裂。我是渴望拥抱的人。渴望拥抱的人是内心孤独的人。是的，我曾有过那么多的拥抱，每一次

拥抱都以为不会分开，如河流缠绕河流。其实，每一次拥抱，都如同诀别，只是当时惘然。

每一次迁徙，我似乎为了找一个可以拥抱的人，一个不会离去的人。这是一个多么奢侈的愿望。我不知道最后一个和我拥抱的人，是谁。这个人肯定是我最珍贵的人。我时常出现这样的幻觉。暴雨之夜，在一个矮山坡上，一个爱唱歌的女人，坐在我身边。闪电在天边忽闪，蓝色火焰抽打着大地。她有天鹅一样的颈脖，当她唱歌，天空会漆黑如墨。我拥抱了她。鸽子，有着洁白羽毛的鸽子，在我手掌上盘旋。时钟里秘密的心脏，在啪嗒啪嗒作响。我辨识不了她的脸庞，她的口腔喷出了温泉，翌日的山坡落满了花骨朵。

人是一瓣瓣绽放又一瓣瓣凋谢的。凋谢完了，留下光秃秃的一枝，任凭风吹雨打。东坡先生在《临江仙·夜饮东坡醒复醉》中写道："小舟从此逝，江海寄余生。"凡尘俗世，有几人如他那么豁达？我们总是站在哪里，脚下生出密密的根须。我们凋谢完了，便是枯枝。

第一次和我拥抱的人，已经很多年没有音讯。甚至，我已经忘记了她少女时的模样。在南方普通的河边，柳树茂密，黄昏有冗长的落雾，晚霞的余晖与山梁上的墨色融合，影影绰绰的路人淹没在夜色里。抽枝的杨柳比往年更茂密。四月的雨水再一次暴涨。在五年前，我第一次回到了她生活的小街。早年的石板路已被水泥路取代。她家的房子破烂不堪，木门开裂长长的缝。她一家人外迁二十余年，她父亲去世多年。这是我熟悉的木舍。街上的人已不认识我。我也不认识他们。门前的溪流潺潺。低矮的窗户被窗木门闩死。窗木门贴着一张明星挂历，蒙着厚厚灰尘。我从木门裂缝，往里张望，天井里的桂花树已高过了房檐。那是我当年栽的。一只野猫在树间跳来跳去。恍恍惚惚，我在这木门前——这是我的心灵遗址。在这木舍里，我们有过无数的拥抱和低语。潮汐在汹涌。我似乎看见两只白鸽子，低低地向我飞来。铁壶里的水噗噗地冒汽。我确信，这个为我揭开人间秘密的人，叠印在我古老的皱纹里。我下意识地张开双手，河流拥抱田畴似的张开了臂弯……

2018 年 6 月 15 日

骨头里点灯

在骨头里点一盏灯,可以照见广袤的星空。星宿是星空的骸骨,是古老时间的遗物,以马的姿势在海面狂奔。闪亮的鬃毛高高扬起来,高过了群山,高过了亘古之河,遮蔽了我们的头顶,形成灿烂天幕。

是什么使我们不由自主地仰望星空?高悬的骸骨在昭示。

挪威有个关于人始祖的神话。地球出现之前,曾有两个世界:一个是烈焰国(Muspell),一个是死人国(Niflheim)。烈焰国绽放恒久光芒,大地炙热。死人国是永恒寒冷、黑暗和多雾的冥界。烈焰国和死人国碰撞之后,巨人始祖天神鲍尔和巨型圣牛奥尔胡玛拉解冻复活。奥尔胡玛拉用牛乳哺育鲍尔和他的妻子,天神生育了布里。布里生了三个儿子。三个儿子后来叛变，杀死了巨人始祖。巨人始祖死后，他尸体上的肉形成了纵横的土地，骨骼形成了绵绵高耸的山脉，头发形成了碧涛般的森林，血液形成了交错的江河湖泊，巨人始祖被挖空的头骨形成了布满星星的天空。

骸骨，是人最后的原形。也是人留给时间的标本。第一次见到人骨，是在我八岁时。一个有文艺情调的亲戚，在绵绵梅雨天，带我去看古墓。墓主是明朝宰相夏言的外婆。夏言（1482—1548）是明代政治家、文学家，贵溪人，在郑坊长大，他外婆故去后，安葬在镇郊的一个矮山冈上。山冈簇拥着葱绿的青松，墓前两排牛羊马的石雕滋生油油的青苔。墓已被盗，墓穴积满了污浊的雨水，几块烂木板横在墓穴口。烂木板边沿的腐质，深黑霉变，阴气袭袭，用脚踩，烂木板嘣嘣嘣，不断裂不弯曲。暮春的浓郁山野，草木勃发和落叶发酵相互交织的味道弥漫。墓床宽且深，可以看见夯土层，分出石灰、木炭、青石、黄泥四个垒砌层。一根纺纱槌一样的骨头，陷在烂泥里，枯黄色的白，间杂黑黑的斑点。我惊惧地尖叫起来。我突然明白，暴露荒野的骨头，与人的永久消失有关，与肉体腐烂有关。

骨头和牙齿，是人在尘土中最后消失的身体部分。牙齿是人体最硬的地方。牙齿是高度钙化的组织。骨组织由活细胞和矿物质（主要是钙和磷）混合构成，正是这些矿物质使骨头具有坚实的物性。骨头和牙齿均不容易被空气缓慢氧化和微生物分解。2016年9月，广东省考古所联合北京大学考古文博学院，对旧新石器时代过渡阶段重要遗址——英德青塘遗址进行发掘，发现了13500多年前完整的古人类人骨化石。人骨留有人的主要特征，如身高、性别、年龄、疾病、生活重要印迹、死亡过程、劳动程度，同时，还记录着人所处时代的重要信息，如生活环境、食物来源、劳动工具，以及人的自然性，即进化的历程和阶段，可以这样说，骨头是人与时代的解码器。骨头是人存在于世间的一个物证——当个体的人，消失几百年甚至上千年，物证也会说话。

喇家村是青海省民和回族土族自治县南部的小村，名不见经传，处于黄河上游贫瘠地带，四季阴寒，风刀割人。在20世纪七八十年代，村民常在地里挖出死人骨，有时是一两根，有时是整具尸骨，有时是一堆。人烟稀少的黄河北岸边，怎么会有这么多人骨？村民恐慌，有的人已开始迁徙。迁徙的人以为,人骨会复活,在夜晚,成为阴风一般的幽灵。阴森的白骨,游荡的冥灵,呼号的寒风,仿佛喻示他们所处之地,离地狱只隔了一层光线。1999 年,由中国社会科学院考古研究所、青海省文物考古研究所与民和县博物馆联合组成考察队,对这片田野进行了发掘考察。田野是一片峁地,发掘人员陆陆续续掘出大量人骨,以及生活生产器物。人骨大多断裂,腰椎、颈椎、髋骨、腿骨、肱骨,很少完整的。是什么造成这么多人,在生前或临死之时,被器物或重力所摧残,全身残废,长埋于地下?是什么力量,灭绝这么多人呢,惨绝人寰。用于祭祀?被祭祀的人,都砍掉了头颅。可发掘出来的人骨,头骨和身体骨骼,没有发生错位。也不是刀伤和斧锤伤,骨头上找不出器物重击过的痕迹。遗址保存完整,还没被人惊扰过。死者形态各异,年龄大小不一,以妇孺居多。令人震惊的是,在一间屋舍里,居然有十四具骨骸。在另一间大屋子角落里,一具成人骨骸下面,躺着四个幼童,蜷缩着。成人是个女性,伸出手臂护佑着幼童。还有一间屋舍里,一个成年女性紧紧地抱着幼子,双膝跪地,仰起脸,凝视上方,神态悲惨,仿佛在说:“上天呀,为什么连我嗷嗷待哺的幼儿也不放过。”又仿佛在说：“我要和我幼儿在一起，即使死亡之神，也不能让我们分开。”考古队历经九年，发掘尸骨累累的60多万平方米现场。专家经过人骨鉴定，确认人骨已长埋4000多年。在遥远的上古时期，还没有殉葬，黄河上游还没发生过大规模的部落战争，人还是住在地下的窑洞里。是什么，导致了这场人间悲剧呢？专家经过人骨和生活场地勘察，得知，在4000多年前，一个暴雨如注的夜晚，雷电交加，劳累了一天的人，在屋子里歇息，厄运悄无声息地降临——突然，地震发生了，山峁坍塌，附近的黄河暴涨，滔滔洪水席卷而来，屋里的人，无一幸免，埋于窑洞。

2011年初夏，我看央视《尘封的史前文明》，讲述喇家村发生在史前的悲剧时，整夜都无法入睡。黄黄的峁土，油绿的玉米，远处深褐的群山，湍急的黄河，一切依旧。成堆的骨骸里，有的手握着手，有的相互拥抱，有的头紧挨着头，有母亲紧紧地抱着小孩，有母亲侧身卧在孩子身上——即使是最后的绝望，爱也通过人骨，赫然在目，让我动容。冰凉阴寒的骨骸，呈现了温暖的面容。

我看过真实的人体骨骼。20年前，一个朋友是医学院的影像电教员，请我去玩。他的办公室在科学楼顶楼。我推开他的门,看见一具骷髅立在窗前,让人毛骨悚然。我愤然地责怪他,有骷髅,怎么也不事先告诉我,会吓死人的。他哈哈大笑,说,人怎么会被骷髅吓着呢?骷髅和一根木头有区别吗?我说有呀,骷髅是没有血肉的人,人没了血肉便是魔鬼或神,魔鬼和神,都是可怕的,而木头不一样,木头是完全的自然性,自然性就是愉悦和美。朋友姓余,嘴角有一撮黑毛,年长我几岁,解释说:“认识人的骨骼构造,是学医的入门,骷髅是课堂活教材,相当于植物学的标本。我制作影像教材,离不开骷髅,天天都要看它,琢磨它。”骷髅是陈年石灰的白色,并没有我想象之中的面目狰狞。

有一些时间,我常去余氏办公室看骷髅。不为别的。当我内心郁结的时候,迷茫的时候,孤立无援的时候,来到骷髅面前,我喝着茶,逼视它。骷髅不会说话,也不会听人说话,不会看人,也不知道被人看。我不知道留下这具骷髅的人,生前是干什么的,是谁,叫什么名字,故乡在哪儿,是否有子嗣,怎么死的,是否有过依依不舍的人。他可能是个死刑犯,可能是暴毙,可能死于毒药,可能死于意外的阴谋,可能死于醉酒,可能死于情人的怀里,可能死于投河。其实，任何的死法，结果都一样。选择死法，不过是选择死前所承受的痛苦程度和时间长度不同而已。其实，大多数人，活，不能选择自己想要的方式去活；死，也不能选择自己想要的方式去死。我们活得苟且，也死得苟且。每每喝完一杯茶，我镇定了下来。我会听见自己内心的召唤，我顺从自己内心的召唤，而不是别的。我以自己的意愿，为最大的原则。骷髅不仅仅是让我们认识人体构造的，更是一种言说，告诉我们，我们为什么生，如何生，最重要的是什么，即使死亡来临，我们也坦然面对——生命和命运最大的相同之处，在于不可逆。远古的先人以人骨制作法器，以祛除阴邪之气；以敌人的头盖骨制作成人头鼓，驱除内心的恐惧；以锁骨或牙齿制作饰物，以装饰颈项，事实上是告诉自己：来自骨头的精神，无比强大，降妖伏魔。

谁的一生不短暂？活着，不但不要辜负自己的嘴巴，不要辜负自己的眼睛，更不要辜负自己的腿和腰。我们不要去屈膝，不要去弯腰。是骨骼使每一种动物变得与众不同，鸟有了翅膀飞越千万里，马快速奔跑，猕猴在树枝间跳跃，鲸鲨潜游几千米深海，蛇孤独匍匐游行沙漠——世间万物，唯有人，直立行走。直立，便是上天赋予人的尊严。

我们的皮囊要硬的骨头支撑。每一个时代都有这样的人：为信仰而把自己当作供品祭祀，为自由而断头颅，为教义而献上滚烫热血，为爱奔赴地狱，为国捐躯沙场。东汉名将马援征战一生，六十多岁了，还说："男儿要当死于边野，以马革裹尸还葬耳。"（引自《后汉书·马援传》）清代思想家、诗人、文学家和改良主义的先驱者龚自珍在《己亥杂诗》里说得更敞亮更豪迈："青山处处埋忠骨，何须马革裹尸还。落红不是无情物，化作春泥更护花。"骨头之歌，就是正气之歌。骨头就是血性，就是我们的血液之源。骨头是我们肉身里的胡杨树。在柴达木盆地，在河西走廊，胡杨树忍受极度干旱、多变的气候，忍受盐碱，把根须扎入地下 20 米，叶繁枝茂，高高扬起绚丽的树冠，生而一千年不死，死而一千年不倒，倒而一千年不朽。在秋天，枯黄的树叶，和沙海交相辉映，孤独的身躯在孤独地挺拔，旷古的天际浩瀚无垠。

人由骨头支撑起来独立行走。人体共有 206 块骨骼，分为颅骨、躯干骨和四肢骨三个大部分，其中，颅骨 29 块、躯干骨 51 块、四肢骨 126 块。人体骨骼以脊柱为中线，垂直于地面，支撑头部和身体。脊柱两侧连接延伸的骨骼，其形状和数量相对称，人的四肢五官的排列，以及其间的肌肉走向也相对称。对称的美乃巧夺天工，自然造化。骨骼不但支持和保护身体，骨骼里面的骨髓还制造红细胞和白细胞，储藏矿物质。譬如我们造房子，下了地基，请来木匠师傅做屋架。柱子是来自深山的老木，水桶般粗，在无人的深山长了上百年，栉风沐雨，被伐木人伐倒，扎成木筏，沿江漂来，抬上码头，在院子里暴晒两三个月，又浸泡到水里三五天，架在阁楼里，阴干三四年。木匠师傅摸摸这样的木头，上拍拍下拍拍，圆滚滚，深山的野气变得拙朴慈祥。木匠师傅拿出半月形弯刀，给老木刨皮，打墨线，把屋架拉起来。拉起了屋架，筑墙，定木椽，盖瓦，夯地，房子便做好了。人的骨架，仿如屋架。脊柱也称脊梁，脊梁挺拔的人，是昂首挺胸的人。做一个昂首挺胸的人，做一个脊梁不塌陷的人，何其难，甚至需要舍弃身躯。“下面是比蓝天还清澄的碧波，/上面是金黄色的灿烂的阳光……/而它，不安的，在祈求风暴，/仿佛是在风暴中才有安详！”(引自莱蒙托夫《帆》，余振译)写《帆》时，莱蒙托夫才 17 岁，但已表现出他不羁叛逆的天才禀赋。他的诗歌始终表现出不屈的民族精神，批判专制，揭露贵族的虚伪、政治的黑暗，讴歌爱情。1937 年 2 月，因普希金在决斗中死去，莱蒙托夫写《诗人之死》，被拘禁，流放高加索。在拘禁期间，他继续写《邻居》《囚徒》《女邻》《被囚的骑亡》等系列“反叛之诗”。1840 年新年，莱蒙托夫参加一个贵族的假面舞会，因诗作《一月一日》再度被流放到高加索，次年，在决斗中，被马丁诺夫枪杀，时年 27 岁。在沙皇时期和苏联时期，捍卫人权、反专制反黑暗反罪恶的斗士，数不胜数，莱蒙托夫、布宁、吉皮乌斯、库普林、台菲、曼德尔施塔姆、阿赫玛托娃、茨维塔耶娃、布罗茨基、索尔仁尼琴、佐琴科、利季娅·丘科夫斯卡娅、法捷耶夫、帕斯捷尔纳克……在权力迫害思想者的年代，他们或反对沙皇，或反对十月革命，或反对布尔什维克，但他们始终热情洋溢地热爱俄罗斯。他们的生命，绚丽如花，在俄罗斯的星空璀璨，光照亘古。我常常惊异于这个强悍的民族，血性和死亡笼罩的民族，迫害与反叛彼此交织，长达一个多世纪。无数的人，为了发出声音，愿意赴死。一个伟大的民族，一个伟大的国家，不仅仅需要核武器，需要航空母舰，需要激光武器，更需要无数的人发出来自底层的声音，需要千千万万的硬骨头，搭建成国家的脊梁。

青山莽莽多忠骨。忠骨是一个国家最大的精神遗产。“三十功名尘与土，八千里路云和月。”（岳飞《满江红》）“人生自古谁无死，留取丹心照汗青。”（文天祥《过零丁洋》）“粉身碎骨浑不怕，要留清白在人间。”（于谦《石灰吟》）“苟利国家生死以，岂因祸福避趋之。”（林则徐《赴戍登程口占示家人》）“我自横刀向天笑，去留肝胆两昆仑。”（谭嗣同《狱中题壁》）读这些诗句的时候，我会热血喷涌。这是把自己骨头敲下来，碾成粉末调以血浆，写成的句章。

骨头藏在皮肉里，被皮肉层层包裹，谓骨肉相连，不可分离，彼此依存。我们看不见，却可以摸出来，可以摸出骨头的形状、长短、粗细。皮肉是表象，骨头是内象。道术分五术，即山、医、命、相、卜。五术源自《易经》，哲理是一命、二运、三风水、四积阴德、五读书。人的一生都活在五术的哲理之中，包括死后的灵魂。相，就是相命。相骨学是命相学的一个重要分支。《黄帝内经·灵枢》中，有《骨度》篇，这是最早有关相骨的理论文字。第一个会相骨的人，是春秋末的越国人范蠡。司马迁在《史记》中，写到了范蠡隐退。范蠡致信好友文种：“飞鸟尽，良弓藏；狡兔死，走狗烹。越王为人长颈鸟喙，可与共患难，不可与共乐。”范蠡退隐，化名鸱夷子皮，乐游于七十二峰之间，遂成商圣。文种舍不得离开奢华，被越王勾践所杀。脖子长嘴巴尖的人，会忘恩。术，法也，大多没有科学依据。

我们常常以骨代称人，对骨头的形容便是对人的形容——“贱骨头”“懒骨头”“狗骨头”“软骨头”“硬骨头”“坏骨头”“恶骨头”“没骨头”。剥削的人，叫吸骨髓的人；凶狠的人，叫拆骨的人；没出息的人，叫捡骨头的人；没得好处的人，叫啃骨头的人；献媚的人，叫揉骨头的人；亲密无间的人，叫骨肉相连的人；心眼坏的人，叫坏骨的人；坏透的人，叫烂骨的人；阴寒的人，叫寒骨的人；慈悲的人，叫泥骨的人；为老不尊的人，叫老骨的人；无主见的人，叫无骨的人；出卖自尊的人，叫臭骨的人；卖国的人，叫献骨的人……骨就是我们的脸面，就是我们的精神气质。骨就是肉体的核。

在希伯来神话中，上帝在创世纪的第六日，按照自己的形象，用地上的尘土，造出了一个人。上帝往他的鼻孔里吹了一口气，有了灵，人就活了。上帝给他起了一个名字，叫亚当。泥土是爱，慈悲，厚重的象征。人因为有了气，才有了灵魂。人除了胸腔里的气，其余的，都不属于人。这股气，叫骨气。上帝觉得亚当在伊甸园独居不好，太寂寞，在亚当沉睡的时候，从他身上取了一根肋骨，造了一个女人。亚当醒来，看到女人，说："这是我骨中的骨，肉中的肉！"世间因此有了男女，有了爱情，有了欢愉，有了繁衍，也因此有了无穷的烦恼和纷争。女人是男人身上的肋骨，男人像爱护自己的肋骨一样疼爱女人。所有的人，都来自圣殿——女人的子宫，这是人类最伟大的庇护所。母亲生活的地方，便是人子骨头生长的地方。

骨肉哺育之地，便是故乡。从哪里来，最后也要回到哪里去。回去的时候，故人都已不再，父母已不在低矮的山冈伫候，秋风继续吹，白霜依然降。"人人尽说江南好，游人只合江南老。春水碧于天，画船听雨眠。　垆边人似月，皓腕凝霜雪。未老莫还乡，还乡须断肠。"（韦庄《菩萨蛮·人人尽说江南好》）何谓故园，故园便是埋着亲人骸骨的地方。

每天入睡前，我会仔细地摸摸自己的手，摸摸自己的脚，摸摸自己的腰椎。我一个关节一个关节地摸，一厘米一厘米地摸。我想摸出来，今天的手和脚，与昨天的手和脚，有什么不一样。我必须要知道，自己的手做了哪些事，合乎人道,合乎人心;自己的脚走了哪些路,将会开出鲜花,抑或寸草不生;自己的腰是不是保持挺直。在骨头里点一盏灯,去照耀自己的内心。每一个人的内心,会有一片不一样的星空,寂静的夜间,繁星闪烁着碎银般的光芒。我们活着,那么坦然。

脚

沿积雪覆盖的山谷，去你那儿。我现在就出发，带上水壶，带上干粮和衣物，沿向上的斜坡，徒步而去，裸足而行。你是我最后的城堡。我就是那个孑然独行的人，出发时，草木葱茏，至山腰，万物凋敝。你处于山巅雪峰之中，我用脚，把路拉到你门口，但不叩门。

“没有比脚更长的路/没有比人更高的山。”二十一岁那年，我在广播里听到了女中音对它的朗诵。我一下子记住了这句诗。多豪迈，用双脚去征服世界。那时我刚到县城上班，晚饭后，和徐勇、傅金发坐在荒坡岩石上，口水四溅地谈论文学，坡下街道挂在电线杆上的喇叭传来《山高路远》。女中音，激情四溢，像热锅里漕上来的水花。我们一下子安静了，沉默了。我突然萌发了要用双脚丈量世界的念头——我用双脚走遍我向往的地方，无论多遥远。事实上，两个月后，我取笑写这首诗的人，多幼稚呀，路怎么可能短于脚呢？因为有些地方，永远走不到，哪怕近在咫尺。我正处于青春期，分泌大量焦虑的荷尔蒙，常常在半夜惊醒，生活恍若梦游。谷雨过后，南方的暴雨扫射大地，阴晦，压抑，给人掩埋感。第一次恋爱在暴雨中结束。刘氏是我初三同学，一见钟情，通信三年，开始恋爱。我依然清晰记得，我最后一次去她家时，也是暴雨如注。她低矮的屋檐，冲泻而下的檐水击打着台阶上的石板，嗒嗒嗒，溅起的水珠跳到板壁上，湿湿的。我，刘氏，刘氏父母，在屋内的小客厅里，阴暗笼罩着每一张虚浮的脸。我对刘氏说："你记住我现在说的话，我不会后悔，但你肯定会后悔。我不会再找你，但你肯定会找我。"砰砰，我摔上她家厚重的木门，冒雨回家。我骑一辆自行车，几次上车，坐不上座墩。脚不听使唤，像一根水里漂浮的木头。我把伞扔了，雨打在脸上，啪啪啪，像飞射而来的箭，没入身体，整个箭身也被吞进去。推车走出村前的斜坡，是一条土公路。流进我嘴巴的雨水，又咸又涩，溶化了大量的海盐。骑车不到十几米，人重重地摔下来，浑身泥浆。再骑上去，再摔。

链条在打滑，脚用不了力，每一脚踩踏板，都是悬空的。在一棵柳树下，我坐了半个小时，看着村庄。村庄半圆形地围拢在山边，前面有一条小溪流。灰白色的雨幕遮住了山梁，黑色的屋顶交错相衔，石拱桥头高大的桂花树远远看去，像一顶浑圆的帐篷。每当八月，桂花的香味在整个村里飘荡。我不断地按摩自己的脚和小腿——尽快回家。午后的大地，被暴雨劫持，暴雨中的空寂给人以巨大死亡的茫然。天空是一架鼓风机，呼呼呼，风迎面压来。我回头看了一眼村庄，狠狠地踩着踏板，弓起腰，沿着古城河，摇摇晃晃地走了——一生之中，我再也不会看这个村庄一眼。刘氏生活的村庄，拐过一个群山的豁口，右转一个山冈，到了我家，只有三公里。我足足走了两个多小时，一路上，我不断地重复一句话：一定要成为一个优秀的人，一定要成为一个优秀的人，一定要……

这是一个我双脚走不了的地方。一个使双脚近似于瘫痪的地方。一个用双脚去告别的地方。一个双脚插进去但拔出来会刮下一层皮的地方。

五年后，一样的四月，一样的暴雨，具有金属被切割的破碎感。在长塘大桥，刘氏端一把黑伞，缩在一棵柳树下，远远看去，像一朵蘑菇。我们分开后第一次见面。她说：“你怎么不给我电话，你是不是从来不想我。”我笑了起来，明显感觉到脸部肌肉的拉动，被锋利的爪子往两边拉开。“需要我想的人太多，要不是你给我电话，还不知道我认识的人中有你。”我用鼻子哼哼几声，说，“和我无关的人，不需要费口舌，你没事我走啦。”“那你陪我说说话，我想找一个人说话，你不知道，我坐在家里，天天以泪洗面……”刘氏说。“对不起，我走了，我不是和你聊天的合适对象。找你丈夫去吧。我没钱，要吃饭，我挣饭吃去了。”我说。我看着滔滔的信江从上游横切而下，泛着浊浪，抛起的浪头摔下，又抛起。“再说十分钟，好不好。”刘氏说，“我从来没爱过别人，你知道的。”“那是你的事。我不需要爱的。我需要钱，女人只爱钱。”说完，我冒雨奔跑，一直跑，跑，跑。我的脚，拽着一个庞大的气球（我是那么空，肿胀，飘忽，有强大的反作用力），在跑。紧紧地拽着，一旦松懈，气球会被风刮走或破裂。她颓然地摇晃了身子，坐在桥栏的台阶上。雨包围了她。雨滴在形成时，是圆滚滚的，落下的过程中，被空气挤压，成了扁圆形，继续落下，雨滴挤碎，分散出更多的雨滴，最小的雨滴消失在空气中，有了茫茫的雾气。为什么，打在我脸上的雨珠，仍然那么粗粝，一把把撒落下来，砂石一般。闪电鞭笞着天空，灌满厚重的阴霾。我跑进电影院，手抱着脸，瘫倒在椅子上，浑身抽搐，僵硬……我粗壮的脚，无法支撑自己的肉身。

世界上，徒步旅行距离最远的人，是黑龙江省哈尔滨市的雷殿生，于1998年10月至2008年11月，十年间，徒步旅行总行程八万一千公里，创徒步旅行距离最远世界纪录。这是一个用脚步丈量世界长度的人。多浪漫的旅行呀，虽然孤独、艰险，但可以见识各地风土人情，有美好的相遇。当然这是我早前对此的认识。在报社工作时，一年之中，有那么一次或两次，一个背着帐篷、炊具和生活行李的人，出现在我办公室，要求媒体报道。在办公桌上，他摊开走过各城市的证明（盖有相关单位公章）、宣传材料（报纸通栏大标题）。第一次，我觉得特别新奇，客人一脸胡楂，穿满身口袋的帆布衣服，讲路上的奇闻逸事，如何遇到生命危险又如何自救。再后来，有骑自行车的，有徒步的，有骑摩托车的，有踩三轮车的，有独自一人的，有夫妻同行的，故事基本雷同。我再也不愿接待这样的人。“你徒步旅行和别人有关系吗?”“你踩三轮车走遍中国,向世人证明什么呢?”我泡茶给客人喝,但不采访报道。无非是艰苦前行,忍受寂寞,不畏困难。一个尽心尽力去生活的人,谁不是这样的呢?想上媒体,无非是想成为精神的榜样(臆想的)。谁需要榜样呢?人越来越现实,没时间向榜样学习。我村里有一个打石料的师傅,从十八岁开始,用铁锤敲打石头,用凿子凿成方块,天天打石,一直干到五十多岁,手提不动铁锤,才转行开手扶拖拉机。他一个人在山冈的石窟里,早出晚归,连个说话的人都没有。我没见过比他更有毅力的人,比他更耐寂寞的人。他除了铁锤、凿子、一壶水,还有胃里的米饭和四壁陡峭的岩石。这是生活交给他的作业,他要完成好。在我们微小人物的世界里,我们不要去谈论意义,写作有意义吗?清洁工人天天扫垃圾有意义吗?给领导拎包有意义吗?都是生活的逼迫和心灵的需要。我特别厌恶那些把自己装扮成高大、圣洁的人。走路是自己的事,为什么非得让人知道自己走了那么多的路呢?微小的人,所有的意义都是自我意义。

肉坨是我见过的走路最艰难的人。村里的肉坨,出生半个月,还不会吮奶,到医院检查,医生告知:患有强直性肌萎缩。这是一种染色体显性遗传疾病，孩子不会活过八岁。孩子的父亲三弼说，在茶树下挖一个坑，直接埋了，权当生下一条死狗。孩子的母亲木漆死活不肯，说，要埋先埋我。在某一些时间段，如清晨的第一趟班车，夜幕下的最后一趟班车，看见木漆上车或下车，怀里抱着一个冬瓜大的孩子，用小毛毯包着，拖一个麻布的褐色包裹——在三年多的时间里，四处求医，但治疗结果仍然不尽如人意。家里值钱的东西都卖光了，一台破电视机也卖给了看祠堂的八老头，公路边一块四分田卖给了木匠黄七生。小孩七岁了，头上还没几根头发，黄黄的，烟丝一样，眼睛蒙了一层白翳，睾丸像个小松果，缩起来。走路的时候，右手往后弯曲，用劲，像一根不规则的木棍，脚缓缓地前移，拖着地。脚外撇，有一个弧形，前移一点点，右手往后甩一下。后脚前移，也外撇，头往一边歪，晃一下。他每前移一步，都像是用尽了全身的力气。他的眼睑始终下垂，脸部和一块晒干的千层糕差不多，显现不出微笑和痛苦，表情木然。他的手和脚细细的，与没有发育成熟的黄瓜没区别。到了十四岁，他还活着，读到小学毕业，由母亲来回背着上学放学。木漆个子矮小，有轻度的罗圈腿。孩子趴在她身上，她两手向后抱着孩子的双腿。她腰弓着,看起来像个滚动的旧箩筐。她的脚小,鞋子大,时不时鞋子被抛出来。鞋子都是邻居送的,鞋旧但完好,只是尺码大一些。她是村里走了最远的路却目不识丁的人。她去北京去上海,去广州去南京,四处求医。她舍不得坐公共汽车,走路去医院,凌晨三点走。她的脚走在陌生寂寞的大街上,她埋着头,抱着小孩。她的脚打在街面上,像叩问大地:命运,你为什么不放过我这样的人。疾病于赤贫无助的人,像盐不放过伤口。

十六岁,他已完全不能走路,坐在一个木桶里。桶架在一块硬木板上,木板下有四个轮子,他妹妹推着木桶,在水泥路上,玩乐一会儿。他只吃一些粥、面汤类的流食。他费力地翕动上下唇,喉部轻微地鼓起、瘪下去。他的脚藏在木桶里,一件破棉袄包着他。他说,不知道奔跑是什么样子的,很想奔跑一次,跑起来,身子一定会和风一样轻快……

在我去单位的路上,有一家电影院,门口右角有一个弧形的街口。一天中午,我下班回家,看见一个五十多岁的男人坐在街口台阶上吃馒头。他一只手拽着一个蛇纹袋,另一只手捏着馒头。馒头塞在嘴巴里,停留一会儿再咬一大块。馒头在口腔里,像在搅拌机里慢慢转动。他的眼睛始终盯着匆匆的人群,他不看脸,也不看上身,只看一双双脚。众多的脚,在他眼里奔袭,漂流。他的脸有一种洪水冲刷过后的荒蛮和茫然。他赤着一双脚。脚宽大厚实,脚趾紧紧地抓在一起(像一群害怕失散的孤儿,聚在一棵树下)。脚面上凸出粗粝的筋骨,脚板有柏油般的黑泥。汗水沿着小腿,一直弯弯曲曲地顺着脚踝,把地面的灰尘浇湿。一双解放鞋垫在屁股下。我停了下来,和他攀谈起来。他说他姓张,是枫岭头人,在街上找儿子,儿子二十多岁了,是个智障,失踪半年多了。说着说着,他哽咽起来,使劲地往嘴巴里塞馒头。"他三岁,他娘就不在了,我一个人拉扯他长大,到了十几岁他才会自己穿衣服。"老张仰起脖子,说,"他多乖呀,我去砍柴,他提水壶,我做饭,他烧锅。"老张撩上衣角抹脸,衣角湿湿的。他又说:"我那时带他到镇上买锄头,在铁匠铺里挑东西,一根烟的工夫,他就不见了。"他用手捶自己的大腿,嘣嘣嘣。"他身上没钱,走不远的,他肯定在市里。"老张说。我给他买了一瓶水,说,你可以张贴寻人启事的,也可以报警,可以通过电台寻呼,好几种途径可以帮助你找人。他说报警没用,半年来,没消息,寻人启事也张贴了。

这样吧,我带你去电台,请他们帮帮忙。我说。老张把解放鞋塞进蛇纹袋里,咕噜咕噜,把水喝完。老张把蛇纹袋翻开,里面是复印的寻人启事单子、糨糊、雨衣、零零角角的散钞、一个塑料水杯、一张可以折叠的小草席、一个诺基亚旧手机。他说他每天早上骑三十多里路的自行车,到市里,去各个小弄堂、街口、商场、广场、游乐园张贴启事,贴了三个多月,走遍了大街小巷,想找到儿子。他又说,接过几个好心人电话,叫我去接人,去看了,都不是,也有骗子,交三千块钱可以把人接走。哪儿来三千块呢?要钱接人的都是骗子。他赤脚走路,啪,啪,啪,很有节奏,感觉他走路是把整个人压在路面上,只有坚实的脚步才能支撑他的行走。我说,你可以穿鞋子走呀,柏油路很热,会烫伤脚。他说,都走破好几双鞋子了,这是最后一双,不能再破了。我说,那我们坐车去吧,坐三轮车去。“坐车要多少钱?”他问。我说五块,电瓶的,很快就到,又不会烫脚。“还是走路吧。”他翻了翻蛇纹袋里的角票,说,“我还要吃晚饭呢。”我说我不会让你掏钱的。他为难地站住了,说,你坐车去,我找得到电台大楼。

到了电台一楼,我说,你去卫生间洗洗脚,穿上鞋子,不能光着黑脚板进办公室。他洗了脚,坐在门口台阶上晾脚。他的脚板有一层厚厚的老茧,黄黄的,夹杂着死灰的白。他嘴巴习惯性地吧嗒吧嗒:儿子,儿子……他右脚大脚趾趾甲短了一边,趾甲缝里都是黑黑的泥垢,脚底的边沿布满小小的水泡。水泡麦子粒一般大,水红色,估计是路面烫伤的。我一下子明白了,脚走路的里程,与路的长度没有必然关系,跟生活的硬度有必然关系。从某种角度说,脚的硬度就是生活的硬度。脚是我们命运的一个横切面,是我们阅读最后一页的尾句,是一张和大地紧紧相贴的脸,深深潜藏着,秘不示人。是的,我们的脚,是被一根无形的鞭子在驱赶,迫使我们在地面上奔袭。假如我们的一生,没有奔波,没有颠沛流离,双脚没有被鞭子抽打,该多好。

脚张开走路,和腿部一起,形成一把剪刀。它剪下过去的部分,剪下路途,剪下酣睡的剩余,也剪开我们的躯体,像剪刀划过鱼的腹部,流出殷红或暗紫的血,内脏袒露出来。剪刀在剪切,是那种清脆的声响永不散去,这种响声叫记忆,附带滴下的黏液叫生命之痛。脚站直,和腿部一起,各为两把利刃,我们的上半身成了利刃的柄。插入他人,撕裂他人;插入大地,撕裂大地。狠狠插入,部位精准。我们也被他人插入,撕裂。我们一起破碎,像一堆玻璃碴。

我们用脚寻找自己的世界。

相遇你,我坐了一千公里的火车。火车穿过白天,也穿过黑夜。山川远逝,河流无限。我在车厢的桌面上,用茶水,写你的名字。写好又抹去,抹去再写。我并不期待可以预见的相遇。我偏执于这样的生活:放弃熟悉的地方,去陌生之地再度开始。我喜欢再度出发的感觉——脚是用来探寻未知世界的,我爱上不可确定的结局,像个钟摆,不知道什么时间停顿下来,它的内涵与外延都在于左右摆动。火车每停靠一个站,又与你近了一程。事实上,我渴望的是,火车一直沿着铁轨开,永不停靠,我会充满终极的愿望——不断靠近你但永不抵达。这样,我一生都会处于接近你的旅程中,每一天的旅途在沿路的风景中,热烈向往。“突然/你的面影在那里/带着夜色和遥远的睡意。”(耶胡达·阿米亥《我梦见了你》)我惊慌失措地迎接了余生。

你还记得的。那个下午,把你的脚抱在我腿上,我细致地抚摸。贝壳一样的脚踝,暖玉一样的脚背,藕芽一样的脚趾。我小心地褪下你的袜子,又小心地穿上。我把你的双脚抱在一起,不想再松手——一双迁徙的脚,它飞掠了叠嶂,隧道,无数的街口,黑夜的拐角——这双脚,依然没有停留下来的理由。给脚安装一个刹车器,这样,可以让我们忽略无需再行走的路途。郊外的院子,一夜荒芜。我在院子里,堆起长长的圆木。我用锯条、斧头、凿子、楔子,造一条双人船。我们同船共渡。我不想再使用脚,去完成浮在水波上的路,省下精气,给你熬药、喂食,给你种菜、洗脚。反反复复地洗,洗去你脚上的灰尘。

我不想再踽踽独行。我想起了车辆报废站,在那儿,车子带着各自的伤疤、印记、完全放弃了的理想,聚集在一圈围墙里。它们盼望着绞碎机,早日到来,切割、分类、绞碎,在彻底不能回到无尽头的公路时,不要再遭受日晒雨淋,锈迹斑斑。轮胎脱离了钢圈,玻璃碎了一大片,底板塌陷,发动机没了声音,油箱破漏,只有罗马表记录着从始至终所走的里程数。但最后一并进入废料焚化炉。我不知道我什么时间进入这样的围墙里，等待一辆垃圾车把我运走。在没被运走之前，我紧紧抱着这双 36 码的脚，像群山抱着灌木和清晨的云雾，给它穿上舒服的鞋子，全牛皮，不脱胶，不断底，再结结实实地绑上鞋带。在它脚踝套一个响铃，走到哪儿，我都能听到悦耳声，当当当。

在还没被绞碎之前，你把影子脱下来，披在我身上（厚重的阴影，灰烬一样干燥，墨水一样沉重，风一样透明）。这样，我可以隐身在黑暗之中，遁形在人群之中。这样，我完全忘记自己，安静地独守。我有了两个影子，一个是你的（在南），一个是自己的（在北），有了两个恒久的光源。我的脚宛如两根旗杆，挂着两个影子，在飘，迎风招展。

这是你离去时脱下的影子。脚步声在一个回廊般的十字路口，窸窸窣窣。“悲伤不过是一阵风……”我们都是被命运轻描淡写的人。我看着你，你的脚像一个烛台，支起你，淡淡的光在巷子尽头渐渐被更深的黑所吞没。路蛇皮一样从你脚上蜕下来，卷曲，适合遗忘。离别时，我们紧紧拥抱（一股龙卷风紧紧抱住另一股龙卷风，形成更大的龙卷风，掀起七层楼高的尘埃，把树连根拔起）。我们是树冠上的两只鸟，即将一起“飞过了千山万水但保持着距离”

（萧穷《两只鸟》）。是两个影子在雪中依偎取暖。抱着抱着，我们缠绵地吮吸，脚长出了修长的根须，缠绕在一起，你的头上长出了浅蓝的花朵，我的手上有了油绿的树枝。

黑夜中，长久回荡的脚步声……我彻底仰卧下来。我抵达不了的城堡，处于黑暗之中。何谓遥远，青春将逝，一切可回望，脚却无法印在追寻的路上。

脚注定属于路，路注定有很多岔口。人会在岔口走失。山峦蜿蜒，河流把背影带走，河流会完全忘记一个人曾来过。你跟随河流远去吧。无论你走多远，只要你一回头，会发现我一直在你身后。那样，你不会惊慌，不会无措。

伤口：生命的路标

一个人,拥有伤口,是注定的。大部分伤口会愈合,在创口处,有的消失得不曾发生一般,有的会留下疤痕。但有些伤口会继续开裂,或者表面上愈合,到了若干年后,因某一次际遇,伤口溃烂得更厉害。伤口,是上帝躲在幕帘后的脸——把可言说的和不可言说的,都蕴藏在充血的细胞里。

伤口是指受伤破裂的地方。多就人或其他动物的皮肤、肌肉、黏膜等而言。这是生理伤口的注解。活着的人,谁敢说他没有伤口呢?把伤口展露出来,很容易取得他人的同情心。这是乞丐惯用的伎俩。在八角塘菜市场,每天都可以遇见这样的乞丐。在路口,一个人坐在地上,露出一只脚,脚上长满脓疮,皮肤已经病变成黑色。手上举着一个铁皮罐，鸡啄米一样点头。铁皮罐里是一些零钞，也有一张十元的票子。有一个拿话筒唱歌的截肢人，几乎每天都在卖鱼的小巷里，讨钱。他坐在一个滑轮的木板上，身上背一个小音箱，他的头型和黄鳝头差不多。他把音箱调到最大的音量，声嘶力竭地唱歌。可他唱的歌与他乞讨的身份一点也不相符。他唱《北京的金山上》《纤夫的爱》《老鼠爱大米》。也唱《再回首》《甜蜜蜜》。在我家楼下，有一个车水马龙的十字路口，晚上七点后，有一个白发的六十多岁老汉，跪在一张破布上。他的边上有一张小草席，席子上躺着一个五六岁的小女孩。女孩闭着眼睛，穿红底白花的棉袄。棉袄缝了一块白布，白布上写着：

我叫×××，父亲死于肝癌，母亲死于肺癌，和爷爷相依为命，家住皂头，奶奶也得了癌症，无钱医治，请路人行行好。一个晚上老汉跪两个多小时，跪了四年多。席子上躺的小孩，每年都不同。有一年的夏天，步行街的铜像下，隔三岔五地跪着“怀孕”的妇女，戴眼镜，穿整洁的裙子，垂着头，赤裸的手臂有瘀伤，塑料罐压着一张白纸，白纸上写着：乡村女教师，遭家暴，两天没吃，请路人给十元吃馒头。前不久，我办公室来了一个弱视的人，四十多岁，撑一条竹杖,在我桌前的椅子上坐下来,摸出一根烟,吸起来。我说,你找哪位。我发了一根烟给他。他把烟夹在耳上,说,找你呀,给我五百块钱。我说,你说一个理由。他翻起眼,全是眼白。他把衣服拉起来,说,你看到没有,这是一条刀疤,还缝着线呢,胃切除开的刀。我笑了起来,你胃切除,和我给你五百块钱有联系吗?他自己倒水沏茶,说,我从小死了父亲,和哥哥相依为命,哥哥前年死了,被车撞死的,天啦,哥哥死了,我怎么活呀。他呜呜哭了起来。我说,你可以找民政部门解决你的生计问题,我没能力解决。他把夹在耳朵上的烟取下来,放进口袋里,把我桌上的烟抽出来,点上,说,现在是和谐社会,到处都讲和谐,你就不听从号召讲和谐吗?我说,你走吧,我在办公。他又呜呜呜哭起来。我给了他五十块钱,说,你走吧,算是你来回路费。他拿起钱,问:一中怎么走?他用手摸摸刀疤,拿起竹杖,把装了钱的口袋,摁了摁,吸着烟,叨念着:去了一中,下午去二中。

医学上,一般把伤口分类为清洁伤口、清洁污染伤口、污染伤口、感染伤口。处理伤口的原则为止血和包扎。伤口处理时，一定要用碘酒或红汞消毒，把伤口里的脏东西清洁干净。小伤口，保持适度的流血，因为流血可以清洗伤口，伤口会自动止血，会自己愈合。止血困难，使用绷带，帮助没有闭合的伤口复原。为防止伤口感染，用绷带或胶布包扎的伤口，必须每天更换纱布，并保持干燥、清洁。如果伤口过深，还要缝合。伤口愈合时，会形成血痂，尽可能地保护好血痂，以此防止脏物污染伤口。锌有利于表皮细胞的分裂生长，加快新生肉芽组织的形成，有利于感染的预防控制。吃豆类、深海鱼、牛肉、猪肝、猪肾、核桃、花生等含锌较高的食品，既促进伤口愈合也不会有副作用。

有些传染病也是通过伤口进入血液传染，置人于死地。如狂犬病。我的一个邻居，叫燕燕，家里爱养猫。在她十四岁那年夏天，给猫洗澡时，被猫抓伤，在手腕上划了一条血痕。隔了一个星期，燕燕出现低热、头疼、恶心、疲倦的症状，过了四天，被抓伤的手腕又痛又痒，有如千万只蚂蚁在撕咬的感觉。医生看了伤口，对她父亲说，带回家吧，把她关在一个房间里。父亲是个小学教员，当场蹲在地上抱头恸哭。燕燕怕风、怕光、怕声音，看见水就会撕心裂肺地哭闹，用手抓脸，把整个指甲抠进去。燕燕被关在厢房里，家人不敢接近她。她用头撞门，咚咚咚。她父亲站在窗口看她，她用手插喉咙，好像喉头被绳子捆死似的，必须用手插进去，把绳结解开。她手上全是鲜血，大汗淋漓。过了三天，房间里没了声音。她父亲开门进去，只见她躺在地上，一条莲花裙被撕烂，手腕和喉部被抠出一个个肉坑，指甲里全是肉泥。她父亲把她抱到草席上，她像一条在热锅上滚了几滚的泥鳅，再也没力了，眼睛也睁不开，气若游丝，心脏渐渐没了跳动——因喉部痉挛窒息而死。一个40出头的父亲，坐在草席边上，不停地用手抽自己的脸，啪，啪，啪，啪，左右抽，来回抽，抽到嘴巴流血丝，一丝丝，垂下来，湿透胸前浅灰色的汗衫。

狂犬病死亡人数仅次于艾滋病、结核病，列于我国传染病死亡人数的第三位，潜伏期最短三天最长19年，一旦发病，死亡率是百分之百，没有人可以逃脱它的魔掌。在被猫狗抓伤时，及时挤出伤口处血液，促使含病毒的血液流出，用大量生理盐水或清水彻底冲洗伤口半小时以上，再用碘酒、酒精冲洗伤口，在24小时内去疾控中心注射疫苗，能预防狂犬病的发生。另一种可怕的伤口，是带锈迹的铁器刺入肌肉，而引起破伤风。这是感染破伤风杆菌引起的传染病。开放性骨折、烧伤、手术消毒不严的黏膜破损、林刺或锈钉刺伤都有可能引起破伤风。村里有一个放鸭的糟老五，在河里放养了两百多只鸭子，早上，用一根长竹梢把鸭子赶往河里，傍晚，又把鸭子赶回鸭圈。糟老五已经16岁。一天，他和放牛的余奇八隔河玩打水漂，看谁的水漂打得远，石子在水面跳跃的次数多。余奇八腕力大，其中的一个石子越过河面，打在糟老五的膝盖上。石子只有碗底大，上下平面，有一个斜尖角。尖角刺入膝盖的肌肉内组织，伤口窄小而深，没流血，看起来像一个孔洞。第二天晚上，他早早睡了，有轻微低烧。翌日，他妈妈叫他吃饭，见他满脸苦笑，口唇缩拢。糟老五在房间里走来走去，他妈妈说，你怎么这样怪里怪气的，感冒发烧吃两天的姜蒜汤就没事了。到了晚上，糟老五大量出汗，衣服不到半小时湿透。他妈妈害怕了，用平板车拉他去镇医院。糟老五脸部肌肉僵硬，四肢僵硬，牙关紧闭，急促呼吸，喉部肌肉痉挛。村里没人看过这样的病人，有几个迷信的人说，肯定被鬼神抓去了，失了魂，要请道师来唤魂。糟老五是多强健的一个人呀，上山摘油茶，可以挑一担油茶壳下山，怎么可能一下子这样呢？到了医院，医生详细询问了病情，说，是破伤风。做了体检，医生拿着诊断书，说，已经有了尿毒症，医治的希望很渺茫。在医院待了八天，糟老五被拉回了家，身体有些变形，暴瘦。每次他妈妈谈起糟老五，都痛心疾首，说，老五死时我不敢睁开眼看，他跪在床上，上身往后弯，拼命往后弯，腰都快弯断了，绷紧了身子，如一张硬弓一样，喉结那儿，扭动，呼一口气都那么难受。"谁会想到，一个小石子打在膝盖上，要人命呢?"她喃喃自语。

我身上留有两个伤疤。一个是右小腿前面中间，伤疤铜钱一般大，是十一岁时，生毒疮化脓所致。那时没钱看病，祖父把他挖的蛤蟆草嚼烂，敷在疮口，敷了一个夏天，毒疮消失了，表皮组织再也复原不了。另一个在左手小指关节处，13 岁上山砍柴时，一刀下去，剁在手指上，带我去砍柴的邻居把烟盒里的黄烟丝，捏了一小撮包扎在刀口止血。我受过最严重的伤，是脚伤。八岁那年，和我二哥世华(奶妈儿子)去太平山砍柴，我穿一双没有鞋头的皮凉鞋，下山时，踩在一窝泉水里，鞋子打滑，脚漏出鞋头，一根苦竹茬扎入脚心。二哥大我 3 岁，背我回家，血流得他裤子红红的一片。我完全忘记了扎入脚心的痛，只记得二哥背着我，上一个坡下一个坡，背一段路歇息一下，四里多路，歇息了十来次，坐下来歇息时，用衣角抹脸，浑身的汗水湿透。他16岁时，迁移到另一个小镇沙溪生活，从此很少见面。1996年，我去沙溪找他，邻居说，他外出做石匠四年没回家。2009年，他父亲去世，我去了。世华不太说话，沉默地喝酒，只有我说起小时候爬柚子树偷柚子，被两条疯狗咬下裤子时，他才哈哈大笑。

我们通常讲伤口，还包括心理伤口。心理伤口比生理伤口对人的健康危害更大，更难愈合，甚至终身难以缝合，那是光照射不到的地方，被冰雪掩盖。

“应该这样说，一个历经沧桑的人，整个人就是一个伤口，只不过是伤口结痂，形成新的肌肉组织，把人包裹了起来，看起来一点小伤疤都没有。多坚强的一个人呀，多广阔的一个人呀，谁知道呢，皮肤掀开，下面塞满纱布。像一双布鞋，穿在脚上多舒服，干燥，轻快，有弹性，穿鞋的人哪会看密密麻麻的针线呢？”前几天，我和叶兄在滨江花园散步，谈论有关伤口话题时，叶兄说。叶兄右边嘴唇和颧骨之间，有一条斜刀疤。这是他17岁读高二时，在食堂打架留下的印记。他从小到大，最大的爱好，就是打架，为同学出头打架，别班男同学多看自己班女同学一眼也打架，排队打饭插不了队也打架。有人打架的地方，喊一声："老叶头！"他准答："吵什么，架没打完呢。"他 7 岁读一年级，大家就叫他老叶头啦，他父亲还是叫小叶呢。他的手上，腿上，额头，耳朵，臀部，都留下过刀伤，而唯一遗留下刀痕的只有颧骨下这一条。有一天，他和几个同学在电影院看《霸王别姬》，看了一半，电影停放了。电影院的座椅上，站满了人，吵吵闹闹。原来有人打架。一个男青年嗑瓜子，把瓜子壳扔到前排姑娘的头发上，引发群架。老叶头从电影院出来，第一次觉得人很虚空，打架是一件无聊的事情。他突然厌恶打架，厌恶自己，像一个爱吃红烧肉的人，突然厌恶肉一样，看到肉有了呕吐感，胃酸上涌。

人是需要顿悟的，顿悟了，才会从蒙昧中醒来。叶兄几次和我说起这个观点。有顿悟，事实上是自己看见了自己溃烂的伤口，然后清洗，包扎，把伤口藏起来。在 23 岁那年，叶兄有了第一次婚姻，24 岁那年，第一次离婚。叶兄化工大学毕业后，分在一个纺织厂上班，做技术员，认识了在隔壁单位上班的小吴，恋爱结婚离婚，两年内完成。我认识叶兄,是在1993年春,他转行做了木头生意,正在和晓晓恋爱。晓晓是个小学教师,戴副眼镜,高挑清瘦,家住在郊区一家水泥制品厂里。叶兄常常向我借钱,说未来的岳父以各种名义向他要钱。我们几个朋友,差不多隔几天在一起吃饭,看录像,或外出游玩。晚饭结束,老叶头说,上班去了。他不是在恋爱,而是去完成婚姻的前期工作。结婚那天,我陪他去接亲。水泥制品厂,在郊区的一片荒地上,里面住着四五户人家。这是一个废弃的工厂,堆满了石废料,地面全是粉尘。房子是砖瓦矮房,灰褐色,有几个堆杂料的房间,门框挂着蜘蛛网。我对叶兄说:"这个地方怎么没人料理呢?像个逃难的落脚处。"晓晓家在进门口的第一间,有两个房间和一个走廊。窗户是小木窗,灰蒙蒙的光射进来,像一个幽灵蜕下一件皮。哥哥和嫂子在忙着烧饭。我站在一堆废料前,心里有些难过。结婚第三天,老叶头陪妻子回三朝(回三朝是赣东北一带婚庆习俗,新郎陪新婚妻子回娘家看望父母),回来时,老叶头右手多了十几厘米的刀口。他说他被岳父用菜刀砍了,原因是岳父要老叶头把晓晓参加工作三年的工资,一次性支付出来,不然不让晓晓跟他回来。晓晓领了三年的工资,都是如数交给家里的，老叶头没得一分钱，这样说，无非是讹诈老叶头一笔钱。我把他衣袖拉开，用碘氟清洗伤口。整条衣袖全是血，乌黑乌黑，右边的衣角和裤子，也全是血。新郎的西服衣袖被刀划开了一道口子。幸好刀口不深，但表皮的肌肉红红的，翻了出来。我说，你没打他吗？“他是一个不讲理的老头，你打他，他要赖，还更烦。”老叶头斜躺在沙发上，低低地说。他一直在流泪。晓晓也坐在边上，默默流泪。

过了一年多，老叶头离婚。他从结婚登记处出来，直奔豆豆餐馆。我，老叶头，还有一个朋友，开始喝酒，一直喝到凌晨两点。我是不喝酒的。地上排着密密麻麻的空啤酒瓶。谁都不好说什么。我在他接亲那天去了那个废弃的水泥制品厂，我已经知道今天的答案。生活确实需要足够的忍耐力，但有一些，会超出人性的底线，生活会成为一种折磨，一种摧残。老叶头撩起衣袖，指着刀疤说，这是屈辱，一生都不会忘记。他都已经没有了我认识他时的那种从容。记得刚认识他时，他穿一件黑色呢绒的长披风，留长头，戴一副眼镜，手指细长像个骑士，喝酒的时候，一口一个小杯，脸上始终挂着开怀的笑容。和晓晓结婚之后，笑容再也不见了。这也可能与经济压力有关。豆豆餐馆在南门口，我们常常在那儿聚会。这次吃得特别难受。走出店门，天下起暴雨，噼噼啪啪。我们都没带伞，又没车子，缩在屋檐下。雨水溅起的水珠跳上来，把脚踝打湿。街灯全熄灭了，楼上住户隐约的灯光照射下来，使街面更显晦暗。樟树叶滴答滴答着雨点。我突然觉得，人活着，有时候非常可怜，可怜得没法哭出来。

第二天，老叶头从视野里消失了，去了南方。除了我和他家人，他不跟任何人联系。三年后，我远游至他那儿。他带着他女友，在宾馆前的街口，我们热情长久地拥抱。他女友像一棵垂柳。春风满脸。他一下子唤回了我的记忆——所有不幸或悲痛的事情埋到了肌肉的里层。生活迫使人不可能回到原点，所谓的原点只是一种假象而已。或者说，生活的本身不存在原点。半年后，我常在晚上十点以后，接到叶老头女友的电话，说，叶老头会同她分手。每次电话，他女友哽咽很长时间，才开始说话，说完了又哽咽。哽咽声能使电话产生震颤，我的手会不可抑制地抖动。最终，他们还是选择分手。叶老头始终不对我说起他分手的原因。每次讲起这件事，我都会说，多好的女孩子，怎么舍得分开呢？大概隔了四年，叶老头才回到市里，看我。他变得瘪瘦，头发有些微的白，穿老式的旧西装，手指骨暴突出来。他带了未婚妻来。未婚妻有些腼腆，脸圆，一直坐在老叶头身边，不说话，偶尔笑一下，露出浅白的牙齿。

半年后，他们结婚。我不知道，他们是不是幸福。对于一个漂浮的人，幸不幸福不重要，重要的是内心安定下来，平静地生活。老叶头在那些年，挣了很多的钱，但还是过着草根一样的生活。挣钱，也成了他唯一的乐趣。我们已很少联系，一年打几个电话。每次说话，却一点陌生感也没有。在整个青春阶段，我们都是彼此的见证人。他是一个被伤口覆盖了的人。

在我临近青春尾声时，我明白，一个被生活所戕害的人，他的身体里，伤口无处不在，成为人体最黑暗的密码。只有他身体腐烂了，伤口才彻底消失。也可能身体腐烂了，伤口还在，转移到另一个人身上。

这些年，我们一直在生活的高速路上奔忙，始终不曾放弃的是对内心的忠诚。去年正月，老叶头回家探亲，我请他吃饭。“今天你必须在宾馆住，陪我说说话。”他明显微醺,口舌打结。那天,他絮絮叨叨地说了大半夜。我插话的间隙都没有。你说是不是?他不断地这样质询我。事实上,这是生活给他的疑问,多年来,他自己给不了答案。他说他一直活在物质的世界里,攒了很多钱,但总觉得生命之中缺乏某种珍贵的东西。他生活得那么具体,就像一本账簿,来往账目清晰,分类明确。直到有一天,他在去广州的火车上认识了一个邬氏女子,一路交谈,在广州陪她游玩了一天。他对小邬说,你摸摸我的眼睛,你就知道我身上有多少伤口,每一个伤口都会在眼角膜投射下一个影子,有影子的眼睛都是浑浊的。他抱着她呜咽地恸哭,受了无尽委屈的小孩见了母亲一般,哭得毫无忌惮。小邬说,其实生命中最珍贵的东西一直是离自己最近的,只是自己觉得不珍贵,觉得虚幻的或逝去的,才珍贵,所以,活着有悬空感。他们之后再也没见面。“有一个值得自己倾心尽力去爱的女人,多么重要,可惜我没有。”老叶头说,他不停地抽烟,衣服都是掉落的烟灰,他又说,“我找了二十年,都没有,再也不找了。一个伤口多得像满身补丁的人,最终,伤口成了生命的装饰,没有意义。”我说,一个最幸福的人,就是安安静静去生活的人,山上有一座庙,庙里面所容纳的，不是神，而是安静，那条通往庙宇的台阶被称为伤口。

宾虚质问长老："这就是你不停寻找所得到的？……是他给我水和活下去的心。他做了什么要承受这个。"长老说："他把世人的罪行全都自己承担，在最后时刻他说他出生在我发现的那个马槽里，他就是为了这个来到世间。"宾虚困惑地说："为了这样的死亡？"长老垂下额头，痛苦地说："这样的开始。"又赎罪似的，喃喃自语："我活得太久。"在山冈上，一个人被钉上了十字架，裸露着上身，十字架的柱子上淌着血。宾虚的母亲和麻风病患者特丽莎、玛利安在岩洞里，躲避即将到来的暴风雨。特丽莎祈求般地看着乌黑的天空，说："他背着十字架，背负世界的苦难，如此可怕……"宾虚母亲说："可我为什么再也不害怕了？暴风雨的阴影，奇怪的黑暗，但仍然是白天。"特丽莎悲伤地说："他的生命结束了。"暴风雨已经到来，树被连根拔起，天空盖着厚重的乌云像人世间盖着厚重的悲伤，闪电扑闪，铺满了视野。雨水在地上形成了沟壑，十字架上淌流下来的血，和泥浆混合在一起，大地一片殷红。麻风病人奇迹般地痊愈了。大家回到了家里。山冈上，孤零零的十字架，和十字架上孤零零的人。宾虚对玛利安说:“在他垂死的那一刻,我听见他说,父亲,宽恕他们,他们不知道自己在做什么。”宾虚抱住玛利安,又说:“甚至那时,我感觉到他的声音拿走了我手中的剑。”

在电影《宾虚》的片尾,讲述耶稣受难。当我看到大地上漫溢的血时,我痉挛般颤抖。“人活着就是一种受难。”我靠在书架上,一直重复着这句话。人体的毒素,以三种形态,从伤口排放出来的,分别是:脓液,泪水,鲜血。一个人,拥有伤口,是必然的,和血液含有的盐分没有区别。一个没有伤口的人,是一个心灵彻底毁坏的人。伤口,是生活和命运给我们的鞭刑,也是我们疼痛感绽放出来的花朵。活着,我们在床榻上安睡,在清晨喝水,和所爱之人在河边散步,不是物质证明我们活着,而是信仰和疼痛(尽管绝大部分人信仰物质,死于食物过剩)。伤口是我们粗俗的身体上,被我们忽视的神迹。

恋人的发线有了霜雪的痕迹。父亲饱满的口腔渐渐空瘪。回到故土,认识的人一日比一日稀少。抽屉里翻出来的旧信,有一些字迹已经完全模糊,无法辨认。耳畔的雨声,突然在某一天,变得那么空茫。一条鱼群翻滚的河流，在我们莅临的秋天，断流。山冈上多了一座坟茔。这些都是时光流逝时给我们的疼痛。我们以茧的形式，包裹自己的伤口。在爱人的怀里，在天涯知己的跟前，我们会失声而泣，那是我们已经把茧咬破，羽化而出，成为一只蝉蛾。

终究有一天，我们会无泪可溢，无血可流，无脓可化，我们瘦骨嶙峋的身躯将是空空的棺椁。“神要擦去他们一切的眼泪；不再有死亡，也不再有悲哀，哭号，疼痛，因为以前的事都过了。”（《圣经·启示录》）最终掩埋我们的，是荒芜的记忆。

当我逝去那天，不知道我的心灵里会有几个伤口，不可愈合。或者说，留有几个伤口供奉给孤独的房间，在暗黑的最后阶段，让自己一遍又一遍地审视。不可愈合的，都是无人舔舐的，自己也无法舔舐的。

事实上，我一直多么珍视伤口——那是我身上的稀有金属、矿物质，是我一直隐秘的养分。假如你是我的爱人，那么我还会告诉你，这是我最后的财产。我永远不能告诉你的是，伤口，是我们共同的遗址，但不是废墟。

得到更多，伤口会更深，就会痛更久。这是你说的。

“我们曾是人口爆炸的两枚弹片,/偶然的相遇。细小的、碎裂的弹片。/可是有着完整的夜和直至拂晓的共眠。”(耶胡达·阿米亥《人口爆炸的两枚弹片》)我有弹片切入的伤口,是因为我爱这个人世太深,对你过于痴迷。所以我的伤口是红色的(爱是磅礴的血流量),而不是黑色的(阴影的颜色,毒素的颜色,鸦片的颜色,愤恨的颜色)。是的,有一天,我们再次相遇,我会牵着你的手,去看看高速公路旁的采石场。那里原是一座石灰石山冈,修建高速路时,变成了采石场。工人戴着安全帽,开着铲车、吊车、翻斗车,日夜地开采石灰石。不时地,爆破声从地层轰然而起,粉尘飞扬,粗壮的松树和坚硬的灌木被伐殆尽。粉石机在空阔的石场,呼呼呼,把拳头大的石块,碾碎成瓜子片的石粉。如今,采石场已经废弃,在丘陵间,它像一个无法包扎的伤口。芭茅疯狂地随风生长,巨大的尚未切割的石块坍塌在地上,粉石场堆满了邻近村庄的垃圾,野狗在垃圾里寻找食物,老鼠跑来跑去。原来还是山冈的时候,这里有一座凉亭,迎面而上的麻石台阶在灌木林里绕来绕去(像溪流绕着山谷)。在休息日,我和同伴们带着干锅、啤酒、食材到凉亭野炊。我们站在凉亭的阁楼上,看见高低起伏的大地，丘陵像遗落的柳帽。一切不再。遗留下来的伤口，其实，是我们在人世所剩下的脸，饱满的部分已被生活的翻斗车碾压过去。

趁我的脸还饱满，我好好地疼爱你。假如你也有伤口，有一把尖形的刀切开了你身体里重要的部位，无法愈合，我将用伤口医治你的伤口，即使伤口间相互传染，甚至溃烂，化脓，流黄黑色的汁液，溃烂处又痛又痒。这是正常的，因为这是愈合的初始特征。伤口还无法医治另一个伤口，我会选择舔舐。安安静静地抱你在怀里，舔舐你。

有一天，你说，你整个人空了，仿佛那不是一个肉身，而是一个窟窿，像一座金矿，矿脉被盗贼开采完了，山体里到处都是黑黑的洞，只需一个炸药包，整座山体塌陷。那我会把整个人塞进去，你又饱满了。像一个空瓶子，我重新注满酒，注满水的烈焰。接下来，我把河流填进你血管，把春天敷在你脸上，把薄雾吹进你眼睛，把鸟声灌进你声带，把天空搬进你胸腔……那么，你是一个完整的人，丰满的人，生动的人。（……多么虚妄。我看到的星空一直是静谧的。我抚摸到的脸一直是平静的，你微微仰起脸，注目我，那是两个遥远的星群。多少年后，彼此消失于熙熙攘攘的人流，我们不说，也不想，又不忘，收藏的也只是一刹那的星光，照耀一个人内心的夜晚）不要问我，爱是什么，也不要问我生命是什么。和死亡一样，都是没有答案的，或者说，答案在质询之中。爱在爱中，生命在生命中，死亡在死亡中，你在我中，我在流逝中，流逝在悲怆的触摸中。（我对你说，爱是尊重，是宽容，是惦念，最后是痛。我多么幼稚。）还没到夜晚降临的时刻，群峰在奔驰，鹰的影子掠过头顶，月季戴上红冠冕。把你的手伸过来，穿过绵绵山脉，穿过铁轨，穿过光阴的隧道，给我雨季，给我发梢上的薄雪。在每一天的早晨，我伏在窗台上，写一封长信，放在你手上。我写了又撕，撕了又写，尽可能地以温和的方式，尽可能地内敛，谈谈天气，谈谈咳嗽，谈谈燕窝和铁皮枫斗，谈谈藏红，也谈腰围和身高。雨水把信纸打湿，风把信纸吹走。我写：我没有看到露水。三个月已经过去了。又写：珍珠是一种古老的有机宝石，产在珍珠贝类和珠母贝类软体动物体内，由于内分泌作用而生成的含碳酸钙的矿物（文石）珠粒，是由大量微小的文石晶体集合而成的，它晶莹剔透，有月光的皎洁，古老但易碎。“爱，就是愿意去为一个人受难。”这句话，我不会写，在群星拥挤的时候，我再说给你听吧。因为那时，我已说不出话，只用唇语和树叶交谈。“长信在班车上读完了，流泪。”我把这句话保留了下来，把疼痛封存起来。我知道，所有岁月的美好，都是用伤口这块碑碣去纪念的；所有生活的流离，也都是用伤口去填充的。伤口是与生俱来的另一种胎记，我们以疼痛告示自己：终其一生，我们只活在两个房间里，一个房间叫信仰，另一个房间叫爱。

伤口有很多种形状，洞孔形的，锯齿形的，开裂形的……不规则形的。一张白纸被水洇湿，阴干，再洇湿，再阴干，纸的皱褶像水波纹——一个饱受颠簸的人，这是他伤口的形状——粗糙的，无法恢复的，有不易察觉的变形。纸张蒸发的水不是消失，而是进入了另一个无边无际的躯体，蒸发的痕迹留在了薄薄的脸上。凋谢的花朵是季节的伤口。闪电是天空的伤口。你身上的每一处伤口，在我身上都能找到（伤口会转移到所爱你之人身上）——你好好地活，我就幸福，你痛苦，我更痛苦。院子里的蔷薇花在五天前完全萎谢了，一地的花瓣，早上去看的时候，发现花瓣坠落之处结了青涩的小圆果。到了秋天，小圆果发育成黄灿灿的小浆果，麻雀来啄食，斑鸠来叼走。

在剩下的时间里，我要做一个虚无主义者。在油灯下，读夜晚漫长的沉寂。在荒芜的路上采集露珠，等待一个人的经过。在初遇河流的上游修一条靠背的长椅子，供一个人老了慢慢回忆。我端一个碗，沿河边走，吹过你脸庞的风必定也吹过我，你眼中滴下的每一滴水，我都要承接住，储存起来，当我像龟裂的大地一样干旱，我喝，喝，喝，一饮而尽。这一碗水，我一生的重量都轻于它。喝下它，身上所有的伤口神迹一般消失，我游回充满暖流的源头，打开一扇厚重的门，看见光，辨识颜色。丝状的是雨水，七色的是彩虹，抽芽的是植物，游动的是鱼，铺在河面上的是桥，慢慢融化的是雪。

哦，雪，最痛的隐喻。这是从身体里飞出的石屑，纷纷扬扬。

海上的床榻

在古老的房间里，一张多年未被人酣睡的床，仿佛大象的遗骸。星宿般神秘的象牙，山冈般耸立的腿骨，山路般嶙峋的肋骨。我们想象在多少年前，大象行走在丛林，狭长的峡谷，溪涧哗哗哗，密密的繁枝下，草木青青。雨水充沛，阳光充足。寂静的峡谷，大象在聆听鸟语。有一天，大象再也不走了，卧了下来，闭上眼睑，屏住了呼吸，它听到了遥远大海的咆哮，海浪堆叠，月光摇晃。大地处于海浪破碎之处。它的一生终将停留下来。像一张被遗忘的床，逐日腐烂。

床榻，以我们另一个身体的形式存在。它是梦境的载体。它粗壮的四肢（床脚），宽厚的脊背（床板），结实的肉身（床架），常常让我想起犀牛。犀牛伫立在悬崖上，吞下山梁边的夕阳。犀牛是自由的。犀牛是孤独的。犀牛只有梦境陪伴。山梁倾斜,暮光渐浓,葱茏的四野莽莽。梦境被滤了灰尘的星光送来。犀牛开始在我们梦中奔跑,巨大的蹄掌,踩踏我们的脆弱的身体,嗒嗒的蹄声惊飞晚鹊。我常梦魇缠身,我是被蹄掌伤害最深的人。我梦见,我的皮肤表层,爬满了水蛭,血流全身。我梦见外祖母的房子,墙体开始大量渗水,从底下往上渗,一寸寸地湿上去,水珠滚圆。我梦见在一个房间里沉睡了好几年的人,突然醒来,再也不认识人。我梦见我走进了一个巨大的地下洞穴里,黑暗无比,我摸索着过桥,撕心裂肺地喊叫,却无人回应。我梦见了一个人的梦,我活在那个人的梦里,我多么害怕那个人会随时醒来。

我梦见我成了春天的树枝,每日都要发一次芽。我梦见我是一条河,每日都要暴涨。我梦见一个人来到我床前,坐下来,拧黑灯,一瓣瓣地剥开一朵粉色蔷薇花,花瓣剥光了,露出一条娇羞的鱼。我梦见自己再也没有梦。床载着我,周游世界。茫茫大海,床在行驶,没有帆,没有桅,冰凉的海水拍打着床板,海鸥惊慌地尖叫。我不知道,床驶向哪里,在哪里停靠,大海的尽头在哪。我孤零零地站在圆月之下，我听到了远处飘来的歌谣：

我要你在我身旁
我要看着你梳妆
这夜的风儿吹
吹得心痒痒 我的姑娘
我在他乡 望着月亮
……

或许那是塞壬[1]的歌声。唱歌的人，一定穿着麻布长裙，身披一件黑色大氅，用枯草扎一顶破帽子。唱歌的人，一直在对我说："时时刻刻，分分秒秒，海水灌满全身，潮汐会让我们幸福地迷失方向，忘记人间，作逍遥游。"

梦境始于床，而床源于一棵树的死亡。在僻远的深山，树苗钻出石缝，抽枝，亭亭玉立，蓬蓬勃勃，冠盖如席。有一天，或雷劈，或火烧，或被人刨皮，树死了，再也不长叶，水分全失。死了的树，被一把斧头惦记着。树身锯成

---

① 塞壬：siren，指古希腊神话中的海妖，通常认为是女性。——编者

板，树丫刨成了床柱。我们白天在大地上行走，晚上在床上漂流——我们以为自己停留休憩了，事实上，我们继续在走，走在幽暗秘密的甬道里。床是造梦者的伊甸园。这是树带给我们的港湾——树从不走动，树向上伸出欢呼的手臂，以风声唱歌，以鸟声低吟，树活着只为接近天空。树死了，把我们装进去，用我们的肉身代替它的肉身。

大多时候，我们没有梦。一个人，不可能永远活在梦里。梦是会死的。梦比我们身体提前死。我们自己也不知道梦会死。直到有一天，我们坐在一起，问："你上一次做梦的时间，是什么时候呢？"想想，突然发现自己好几年没做梦了。不做梦可怕吗？还是常常做梦可怕？我们没有做梦的能力了。做梦的人，心脏里有一台发动机，咕咕咕，彻夜输送动力。发动机坏了，我们自己也没发现。梦就这样死了。我们开始把床铺得暖和些，把被子三五日翻晒一下，把枕头换成柔软的，旁边还需要一个抱枕。床仅仅是一张床，再也不会航行。

做美梦的人，都不愿醒。但再长的梦，也有醒来的时候。长梦是什么样的梦呢？如南柯一梦。唐朝李公佐在《南柯太守传》中记载：有一个人叫淳于棼，家中院子有一棵老槐树，他常醉醺醺地在槐树下做梦。一日，梦中，淳于棼被两个使臣邀去，进入一个树洞。洞内别有世界，号称大槐安国。在大槐安国，他考上状元，做了驸马，任南柯郡太守，深受百姓喜爱，也深受皇帝称赞，被赏赐无数金银财宝。有一年，檀萝国派兵侵犯大槐国，大槐安国迎敌，屡战屡败。皇帝派淳于棼去战敌，也一败涂地。皇帝贬他为平民，让他回老家。淳于棼羞愤难当，大叫一声，从梦中惊醒。他的大槐安国，是大槐树下的蚂蚁洞，一群蚂蚁在里面忙忙碌碌。当然，这是一则寓言故事。

还有一个做长梦的人，他做的梦叫烂柯一梦。南朝梁国的任昉《述异记》这样记载：

> 信安郡石室山，晋时王质伐木至，见童子数人，棋而歌，质因听之。童子以一物与质，如枣核，质含之，不觉饥。俄顷，童子谓曰："何不去？"质起，视斧柯尽烂。既归，无复时人。

北魏郦道元《水经注》也有相同的记载。石室山，我去过，在衢州市南郊。烂柯一梦和南柯一梦相比，我更喜欢烂柯。烂柯是时间的故事。这两个做梦的人,都不在床上,假如在床上做,可能故事的结局会有变化。结局会这样:人身长出了蘑菇,床生出根须,鸟在床栏上筑窝。

床对于一个离不开床的人来说,是一个祭坛。身体是祭品。

超现实主义画家弗里达·卡洛(1907—1954)是墨西哥艺术复兴的伟大见证人。她短暂的一生,绝大部分时间,在床上度过。她自小美貌惊人,1925 年,弗里达所乘坐的公共汽车与有轨电车相撞,彻底改变了她的一生。她脊椎骨断裂、骨盆骨折、右腿骨折、右脚被压烂、一根断裂的扶手棒穿入她的下身,另有十余处骨折。在病床上,她无法动弹。她拿起了貂毛画笔,开始无师自通地画画。1953 年春天,弗里达在墨西哥办了一生中唯一一次画展。弗里达睡在担架上,从车里被抬出来,进入了展厅。她的床被放在展厅的中央,人们疯狂涌向她。也在这年,由于软组织坏死,弗里达不得不截去膝盖以下的右腿。她自杀过几次,但都没有成功。她于 1954 年 7 月 13 日去世。没有验尸。她日记中最后一句话是:“我希望离世是快乐的,我不愿意再来”。弗里达·卡洛的作品,有三分之一是自画像。

她是一个时时与死亡相伴的人，她把死亡作为生命的创造。她追逐死亡，漠视死亡。她画奄奄一息的病体，画骷髅，画被谋杀的女人。在她著名的自画像《折断的圆柱》中，钉子爆裂般钉在她脸上和身体里，裂缝如地震之后大地的伤口，一根断裂的爱奥尼亚式圆柱取代了她日益恶化的脊椎，圆柱如阳具，植入她身体。她的名作自画像《亨利·福特医院》《诞生》《梦》《剖开的水果》，重彩于手术刀、分离的器官、绳子、血、床单、身体的欲望。床带给她无尽的苦痛和绝望。弗里达的父母，在她窗前的墙上，悬挂一块框镜，她对着镜子画自己的肖像。床也给她无穷的欢乐。弗里达是墨西哥那个年代最著名的荡妇。谁都愿意成为她的床畔之客——雕塑家诺古奇、苏联的政治人物托洛茨基，以及女画家欧姬芙、女影星多勒丝·德·瑞奥。她以性爱、龙舌兰酒、雪茄来缓解痛苦。她这样形容自己："请注意，这是一具活着的尸体。"

人一生最依赖两样东西，即碗、床。把房门关上，把窗帘合拢，房间是封闭的。而床永远是敞开的。这意味着什么呢？人在房间里，在一张床上，是一个人的两个镜像——我们只有在绝对封闭的空间里才能完全敞开自己。

床是我们本色演出的道具。碗盛的食物,是生命续存的根本。床让我们度过漫漫长夜,身体得以休息,恢复体力。我们在床上繁衍子嗣,在大地上生息。床上的欢乐,可能是平凡人最美好的欢乐。古人称之为床笫之欢。床笫有尤物,温软绵长。古人俊雅,称此作温柔乡,这是英雄也无法逃脱的陷阱。汉代伶玄《赵飞燕外传》有言:“是夜进合德,帝大悦,以辅属体,无所不靡,谓为温柔乡。”床榻是一个人最神秘的领地,与一个人的尊严相等同。“卧榻之侧,岂容他人鼾睡。”一个人再穷,哪怕没有屋舍,哪怕下一餐的米在哪儿也不知道,他也会死守着一张床。

床榻,陪伴我们一生,无论我们多肮脏和孤苦,无论我们多洁净和完满,它都会收留我们。床榻是一个怀抱,我们是怀抱里的婴儿,我们安静下来。把床榻铺得更整齐一些,被褥翻晒得更暖和一些,把床单浆洗得更柔软一些,是我们日常重要的事情。“好好地睡一觉吧。”谨记这个美好的愿望。孤苦的人,床榻是冰冷的,如南唐李煜在《浪淘沙令》中所言:“罗衾不耐五更寒。”抱着你爱的人,渡过夜海,像洋流挟裹着鱼,多么美妙。你要到你爱人的床榻上去,即使千万里,你也要去,那里有火炉,有桅帆升起的太阳。

床是敞开的，床的秘密由房门来守护。在敞开的地方，人彻底敞开自己，把自己从皮囊里打捞出来。我们无所顾忌地赤身，无所顾忌地做梦，无所顾忌地想一个人，无所顾忌地欢愉，无所顾忌地恸哭。床榻把每一个夜晚拼接了起来，铺砌了我们一生幽暗秘密的道路。床榻不仅仅是睡眠的地方，还是身体的代名词，它的外延是暧昧、温暖、人性的暗处、生命的开始与尽头、交易、荷尔蒙、神秘的幽光……由欲望而生的阴谋、暗杀……人的故事之中，床的故事最永恒。动物性与人性交织的暗流，在这里，淹没每一个人。床是我们所遭遇的最大湖泊，是我们痛苦和欢乐的摇篮。欢乐是我们可以选择的，痛苦却无可避免。每一个人都会有那么一天，连自己的床也爬不上去，需要别人搀扶，甚至在床上翻一下身子，也无能为力，需要别人移动自己的身子。无论我们曾经多么强壮如牛，力拔山兮，床将成为我们一生最后的山峰，我们再也无法攀登翻越。

安静地死去，有尊严地死去，或许是大部分人所期待的。我们无法自由地选择自己的生，甚至无法自由地选择死。床成为我们人生最后的码头。这是一个寂寞的码头，我们再一次出发，漂流到一个茫茫无边的大海里，陷入冗长的永夜。这里曾是我们第一次出发的码头，在四季的风雨里，我们坐着渡轮，看太阳从山梁升起又落下，河流在大地深处蜿蜒，相连的山川仿佛大地的手掌，多彩的颜色涂抹着漫长的旅途，我们以为大地没有尽头，四季始终在更替，大海不会枯竭，星宿夜夜会高悬。有一天，我们回到了床上，再也走不动了，下不了床了，我们醒悟过来，原来床是所有道路的终点，在人世的大海里，床是一叶不系之舟。床是岁月的尽头，是大海枯竭之处。我们把床合拢起来，用一块盖板钉死，把自己装了进去——眠床，一张让人永远不会醒来的床。一张眠床把我们送走，送到大地的子宫里。

每一张床榻，最后都会空空如荒野。这是结局。当我闭上最后一眼，我会想起一张床，朝南的窗子可以看见飘落的雪花，一朵一朵，密集地飞舞。床榻之上，羞赧的人，望着我，以额相抵。大海在激荡，梅花落满山坡。我流下最后两滴泪水，却不悲伤。

睡眠唯美

我是属于活得比较简单的那类人，每餐给我一碗小米红薯粥，每夜给我一个安静房间，每天的时间由我自己安排，我便满足了。事实上，我的生活也是这么过的，我是一个没有奢侈想法的人。我以减法的方式去活，减去烦琐的事，减去烦琐的人。给我的房间，只需要一张床，一张书桌，一盏灯和几本书。我对生活不挑剔，在哪儿都能过夜，过夜的地方必须安静，就可以。

曾十分害怕过夜。度过一个夜晚，曾是一件十分痛苦的事。对于一个重度失眠者来说，夜晚是一口热锅，我是沸水里的活鱼。女儿出生第二年，我患了重度失眠症，经常整夜无眠，站在窗口，看着天空发白。窗口边有一个麻雀窝，天麻麻亮了，麻雀便唧唧唧唧地飞出来，栖落在樟树上，和其他鸟儿，交头接耳。麻雀窝安在空调管的墙洞里，我从房间里，可以清楚地看见麻雀睡觉。麻雀蜷缩在枯草堆里，缩起头。我还看见麻雀孵幼鸟，趴窝焐鸟蛋。我是一个内心不会焦虑的人。即使失眠，我也不焦虑，虽然无所适从——生命给予我的，我都坦然接受，无论是好的，还是坏的，我始终抱着这样的想法去活：好消息远远多于坏消息，人的一生其实只需要不多的好消息。我每晚饶有兴致地看麻雀睡觉。有时我暗想，如果和麻雀一样该多好，无忧无虑去觅食，无忧无虑去睡觉。

重度失眠症，给我落下了坏毛病。睡觉的时候，不能有任何声音，不能有光；水龙头的滴水声，也能把我惊醒，所以，我几乎不和别人同房间睡觉。我最羡慕的人，就是倒头便鼾声四起的人，坐在车上也能呼呼大睡的人，趴在饭桌也能睡到涎水四溢的人，靠在办公室椅子上叉开脚仰头瞌睡的人。

祖明是我死党，他是整晚不睡觉的人。他没有失眠症，是生活习惯。他一个人在房间里看电视，看到凌晨，遥控器捏在手上，半分钟换一个频道，不停手。电视机的声音叽叽嘎嘎，不正常。上午，怎么叫他，他都不会醒，把他电视机一关,比冷水浇他脸还来得快,他马上抬起头问:“谁关了我的电视机?”他依赖电视声音睡觉。他横睡在床上,昏天黑地,过了晌午才会醒。前几天,一个上门送酒的人,到了上午十一点,给我电话:“饶祖明昨晚是不是喝醉了,说好了上午送酒给他的,从八点打电话到现在,打了十一个,他也没接。”我说,就是他老婆打十一个,他也接不了,没过中午一点,他不会醒。送酒的人说:“世界上还有这样的人,别人急死,他呼呼大睡。”

我另一个同学永忠,则完全相反。他每晚八点上床入睡,雷打不动,凌晨五点起床,风雨无阻。他入睡了,也是谁都叫不醒的,什么电话也接不了。胖子大毛是入睡时间最快的人,随时随地,不分场合。有一次在高速服务区,大毛对老四说:“你来开一会儿车,我睡一下。”老四刚坐上驾驶室,大毛在副驾驶室已鼾声如雷了。大毛打麻将也可以睡觉,抓麻将睁一下眼,打一张,又睡。他还能赢钱,麻友说,胖子睡觉打麻将,从来不输,谁也别跟他玩。

我们有三分之一的时间,是在床上度过的。睡眠占据了黑暗中的我们。在熟睡中,我们婴孩般懵懂无知,我们沉入世间最深的海底,被洋流包围。我们会进入地层里的洞穴,地下河无声无息汇成湖泊。我们是湖泊里的盲鱼,在没有光没有声音的世界里,感受水里细小的波纹,像琥珀里的晶体标本。我们是高空中的鸟儿,顺着气流飘呀飘,飘到遥远的天际。

雷·普理查德在《所罗门的智慧》中说:"你若没有什么偿还,何必使人夺去你睡卧的床呢。"把一个人的床剥夺了,相当于置人于梦魇般的白日梦中。食物、荷尔蒙、睡眠,是三刀,刀刀催命。也是最基本的人性和兽性。

似乎,我以前讲过不睡的故事,记不太清楚了。不妨再讲。我一个邻居,我叫他三叔,有过一个星期没睡的经历。他老婆得了慢性心脏病,看医生花了很多钱。他又没经济来源,只有日夜干活。我老家一带的山坡上,有很多野生的梓树,深秋之后,树叶落尽,白白的梓籽成串地挂在树丫上。浙江的肥皂厂定时来收梓籽,三天一车,收一个月。三叔白天扛一个竹杈,爬上树,把梓籽叉下来,装在箩筐里,一天叉三担。晚上,坐在椅子上,用手掌把梓籽从枝丫上搓下来。他也不要灯,借着窗外的天光搓。他把搓下来的梓籽,卖给收货人。他最长干过七天六夜,没上床睡觉。他可能是村里吃苦最多的人,砍了一担柴回家,天还是蒙蒙亮。双抢季节，下午下田之前，他也不午睡，还要去砍一担柴。所有的苦之中，他说，搓梓籽熬夜最苦，手掌搓得发肿，火烤一样痛，眼皮在打架，想多卖几块钱，把自己嘴唇咬破了死撑。

睡眠是一种自然休息状态，规律的睡眠是生存的前提。从睡眠中醒过来是一种保护机制，也是健康和生存的必需。睡眠有科学的时间。做爱是最好的运动，睡眠是最好的美容。这是很多女性的生活哲学。意大利画家达·芬奇(1452—1519)是世界艺术史塔顶上的人物，他是个对世界充满好奇的人。他还是力学家、发明家、数学家，对勾股定理很有研究，对杠杆原理也有贡献。他把黄金分割法应用到睡眠中。他每四小时睡 15 至 20 分钟，一天只睡两小时左右，剩余时间从事创作。后人把这种睡眠法叫达·芬奇睡眠法，属于多相睡眠。白天干活，晚上睡觉，叫深度睡眠，也叫单相睡眠。我们也会多相睡眠，如打盹、午睡。

也有不睡觉的人。在美国新泽西州特积顿京郊，有一位叫奥尔·赫平的老人，从他出生至离世，整整九十年，没有睡觉，他的房间里没有床。多个医生曾对他轮流观察。老人干完一天活，坐在一张破旧的摇椅上读点书报，又可以继续工作,他没有疾病,精力充沛,食欲旺盛。法国著名法学家列尔贝德两岁时,即1793年,一次,他随同父母去看国王路易十六被处绞刑,忽然观众看台倒塌。列尔贝德头盖骨被碰折,从此他再也不能入睡。列尔贝德73岁逝世,整整71年没有睡觉。

现在的快节奏生活和高压力工作,使很多人患有失眠症。我有一个朋友说:“躺下去,比坐起来更累。”失眠使人疲惫,焦虑。周传雄有一首《黄昏》,歌词有“疲倦还剩下黑眼圈”。这是对失眠者最形象的写照了。失眠的人常多梦,怕声响。我有一段时间,常做相同的梦:安安在街上跑,一转眼不见了,我到处找,也找不到。梦醒,再也无法入睡,全身冷汗湿透。

入睡前,夜读,是我多年的习惯。从十八岁开始,每天至少夜读三小时。患了重度失眠症之后,我则完全依赖夜读,度过黑夜。我一秒一秒地丈量黑夜的长度。但我坚持不吃药物。有一次,读朋友姚写服用药物治疗失眠的过程,我有些难过。只有失眠的人,才会懂失眠的人。第二年,我们在一起开会,在一个风景区,大家都兴致勃勃四处溜达,姚一个人坐在大巴上,用衣服蒙住头,靠在车窗上睡觉——睡一个好觉,是失眠者最大的愿望了,哪怕只有几分钟。

梦是睡眠的伴侣。梦把我们带到异境。我们会梦见相爱的人,梦见故去的亲人,梦见陌生的景色。我们梦见天堂,也梦见地狱。我们梦见刀和血,也梦见玫瑰和湖畔。我们梦见唐朝的长安,也梦见环形的月亮山。梦给我们恐惧,也给我们惊喜。奥地利心理学家西格蒙德·弗洛伊德在 1900 年出版了《梦的解析》,称为人类思想革命的三大经典之作之一。在学生时代,我读过,读不懂。于我而言,梦是神赐的诗篇。

2016 年 9 月,看央视《撒贝宁时间》,我十分惊讶。辽宁人张燕梦见弟弟被杀害了,并知道埋人地点。张燕之前从没去过吉林,在长白山,她依据梦中走过的路线,爬着弯弯山道,没有迟疑和迷路,带着警方人员,准确无误地找到弟弟的尸体和血衣,随即警察把犯罪嫌疑人侦缉归案。这个"托梦"的灵异故事,令人毛骨悚然。我原来的同事老四,也常做灵异的梦,梦见他爷爷找他吃饭,抓他赌博,和他爷爷生前言行举止,没区别。他回到老家,给爷爷烧纸钱,请了酒,他再也不做灵异梦了。只是二十几年的睡觉磨牙,怎么样也变不了。他的磨牙声咯咯咯,很响,还伴随着含混不清的梦话。

无论是美梦,还是噩梦,大多数人都是会做的。梦是睡眠的衍生物。一个不再做梦的人,会是什么样的人?平平静静去生活,不挣扎,不奢望。“我已经不做梦了。”在我听来,这是一句让我无比绝望的话。不做梦的话,我宁愿选择失眠,饱受黑夜孤独憔悴的折磨。昨晚,我就做了一个梦。梦见我变成了树枝,在春天里勃发生长,雨水噼噼啪啪淋着树枝,有一个人来到树下,摩挲着树枝,贪婪地吸着树叶滴下的雨水,这个人,卷心菜一样油绿旺盛地膨胀。

睡眠,是我们合上的神秘一页。册页里写满了咒语和梵文,有不规则的图案,有无法辨识的色彩。我们的一生,会和多少人同床共枕呢?拥谁入眠呢?我们的父母。我们的孩子。孩子在我们怀里,听着我们的心跳,酣睡。我们和恋人,在黑夜里亲昵地说话。我们的爱人和我们一起,把船划到生命的彼岸。“有一天,我们可能会走散,你会不记得我的样子。人很多时候,都是不由自主的,走着走着,手就松开了,人走散了,没入人流,去了一个自己也不知道的地方。你不记得我的样子,即使再相遇,也不会是重逢。”在一本诗集里，我翻阅时，读到了自己随手而写的阅读笔记。字迹如昨。我坐在窗下。孩子已经深深入睡了。我走到孩子床边，看看孩子睡觉的样子。安安歪着头，横着身子睡，我抱起他，给他翻身睡妥。我睡前，都要检查一遍他睡觉的姿势。

我从来都是孤单睡觉的，这是神对一个内心细腻的人最好的褒奖和惩罚。我从来就是一个半夜醒来的人，这是神给我时间反省，让我体察人世间冷暖爱恨。床，最终只容纳我一人。人最终会离开床，我也离开我的床，进入不再苏醒的睡眠，想到这里，我无比悲伤。在没永远离开床之前，我常想，我最爱的人是谁，最爱我的人是谁，我等待的人是谁，我最想见又见不到的人是谁。这些人，使我的生命有了欢乐和意义，使我变得宽容和仁厚。

在入睡前，我读一会儿书，靠在床上。在睡意来临之前，我关掉灯，喝一口水，抽一支烟。我渐渐进入冥寂的模糊状态，这个时候，我会看见一个人，如月光一样轻，飘进我的窗，我的梦有了飘忽的白雪，长长的街道上，灯光迷蒙，一把伞被风刮走……

你的身体是时间的容器

人的一生就是在自己的身体里旅行。思想的，道德的，加速度的旅行。它可能是闪亮的，也可能是黑色的，线路弯曲，向纵深蜿蜒，但我们看不到它消失的地方。路上有开着各色花朵的草丛，茂密的槐树林，淌着清晨霞光的河流，高高的山冈披起淡淡的云雾，迟暮下炊烟袅袅的屋顶——我们的旅途景象，布满伤感的动人的美学。

"我离天越来越远，离地越来越近。我已经读不动书啦。"徐克义老人坐在我书房里，说，"上饶县历代以来的文化资料，我搜集了二十年，比县志还全。谁能出资出一本书就好了。"我是早上去上班的路上碰到他的，他散步到我楼下。他是我郑坊老乡，又是我单位的离休干部，更是博学的"上饶通"。他的刚直坚毅和严谨治学使我对他礼敬有加。我泡了一杯大鄣山茶，说，慢慢聊，先看看我的书橱。“人老了，茶不敢多喝，容易上厕所。年轻真好。”他爽朗地笑了，又说，“我经常梦到做地下党的时候。那时我们为梦想而活。一晃眼就快八十岁了。去年，我检查出肝硬化，我就更不能耽搁光阴了，尽快要把书出出来。”他稀疏的白发和空阔的牙床，让我想到了时光的雕塑。

回到办公室，我整个上午也没有说话。我仿佛看见了一种神秘的东西降临，让人恐惧，额头漫过无边无际的虚无——到了终点站台，一片安静的大海突现，四周寂静，人迹杳然。它的降临是巨大而无可抵挡的。

最后的时刻，为什么我们才知道，其实整个旅途都是孤单一人。有的提前下车，有的继续奔跑，我们的终点站只是一个人的车站。

可耻地说，我的生存哲学是身体至上，适度的享乐，吃好睡好，干事不会到斯人独憔悴的地步。谁不让我睡好我跟谁翻脸。失恋绝不会痛不欲生，去干割腕的蠢事，反而我时时提醒自己，精神萎靡不振更要吃好休息好。也可以这么说，外界很难改变我的精神状态，我在自己的轨道里自由滑翔。

我很怕身体受到伤害，哪怕是去医院打针，我也小孩一样全身痉挛。我两岁的女儿比我勇敢，打针的时候，她会说："打手手，我不怕。"她边说边伸手。她经常扁桃体发炎。去年回乡下过年，她发烧到抽筋，我老婆吓得号啕痛哭。女儿打了镇静剂，就一边吊水一边吃东西了。她还不怕苦味，嚼苦药丸和嚼糖一样。我就不行，黄胆水都会吐出来。去年夏天，我做了一个小手术，从手术台下来，我几乎虚脱过去，扶着墙走路，扶到电梯口，就撑不住了。护士惊慌失措，叫："医生，医生，他瘫下去啦。"

体育能锻炼身体，是谁都懂的道理。但我只参加短跑、乒乓球、羽毛球之类的活动。足球、篮球、标枪、铅球，我摸都不摸，因为我担心场上会发生意外。我从小就如此，没一个体育老师喜欢过我。我的爱好就是漫山遍野地乱走，漫无目的，跟疯子没两样。1996年，我拿到驾照，我目睹了我同事的交通事故——那个手扶拖拉机手在拐弯的时候，被迎面撞来的吉普车挤死在驾驶座，连呼喊都来不及，头耷拉下来，血喷涌而出。我的同事当场烂泥一样瘫在地上。之后，我再也不去开车。我是典型的因噎废食的人。

一次，下班回家，我趴在餐桌上，对老婆说，快给我一杯糖水。我双手止不住地打抖，冒大颗的虚汗，浑身瘫软。我老婆说怎么会这样，吓死人了。我说我饿，我有低血糖。我忍受不了饥饿，饿了内心发慌，什么都吃，能塞肚子就行。

我还有恐高症。站在高处往下看，脑发晕，缺氧，腿软，心悬，有向下栽的感觉。在有限的旅行中，我爬不了山也坐不了缆车，干脆绝了观山的念头。

这样似乎很变态，至少精神有缺陷。我看过心理医生，是个心理学专业的研究生，女的。她三十出头，卷曲的长发，说话带点北京味，肌肤洁白但粗糙，眼眶青色，一看就知道是惯于熬夜的人。

“你几岁对女人有好感?”她听了我的陈述后，问。我迟疑了一下，吞吞吐吐地说:“差不多是十岁吧。读小学三年级。”“谈过几次恋爱?”“很多次，自己记不清了。”“通常是你抛弃人，还是被抛弃。”“说不清。”……

“说到底，你对生命的保护意识非常强，不是外界因素造成的。”她清了清嗓子，喝了口菊花茶，继续说，“有一点，你的内心绷得比较紧。以后注意多锻炼身体和加强营养。”

后来我才知道,她学的是性心理学。我每年会定期检查身体,肾、肝、血液是必须的,不痛的疾病很可怕——感觉到痛就到了晚期。我们要感谢痛,感谢身体某部分的不安躁动。痛是最根本的生命意识,它把我们从梦寐混沌中唤醒。仿佛是我们的生命闹钟。说出来也是个笑话。我每天会观察自己的大便,它的量、色泽、浓稀度。好的大便带给我一天愉悦的心情,像怡人的天气。深圳的朋友吴生卫说我,假如我生在抗战时期,我会成为汉奸,鬼子的火钳还来不及烫下来,我就招供啦。我说,可以选择自杀,火钳的伤疤是羞辱的图案,永远像阴魂一样跟随,而死是瞬间的。身体的尊严等同于人格的尊严。意料之外的是,比火钳更厉害的硫酸没能使他屈服于崩溃的婚姻。2002 年初秋,他的爱人,向他泼了两斤多硫酸,从头而下。这个说话时嘴唇会紧张得不断颤抖的女人,卷了所有的财产而逃。他英俊的外形已被修改——右眼成了窟窿,我见他的时候,不忍直视。

1984 年,一个平常的年份,乌云一样覆盖了我。我 14 岁,读初二。之前,我不知道青少年与儿童有什么区别。他们的界线是模糊的,无痕的,隐蔽的。春笋冒出地面是一夜之间的事。暑期就要到来,高年级的学生正在会考。我在同学姜永忠家玩。他的家是直条的,像一个个火柴盒排列而成。那是幽暗的正午,潮湿的地气给人晦涩、多愁的感觉。我无意中读了一本手抄本小说《表哥》。红红的硬皮,64开,打开一看,是娟秀的蓝墨色字迹,很工整,看得出,抄写者费了心思。我一路看下去,再也扔不了。内容是表妹爱上表哥,以回忆的方式叙述,详尽地描写了男欢女爱的过程,全篇充满性的兴奋、饥渴、苦盼。从来就没有哪本书如此强烈地吸引我。看完了,我被什么抽空了一般,浑身无力,口渴,淌阴湿的汗。我回到宿舍,发现自己内裤湿湿的,不是水,而是胶水一样的液体。我魂飞魄散。我一个人跑到河边,惊惧地痛哭。我不知道那罪恶的液体是从哪儿来的,是不是魔鬼的变身术,要腐蚀我的肉体。我浸泡在河里,死死地搓洗,却怎么也洗刷不干净。

快乐就这样无声地被吞没。我觉得自己是羞耻的。我手足无措地迎接了蒙昧的青春。

同样可笑的是,四年之后的夏天,我在县血防站的一间低矮的平房里,和一个女人拥抱时,泪水再次奔涌而出。窗外有一片梧桐,雨水一滴一滴地打下来,月光泛着雨水的皎洁。血防站在一个荒凉的山包上，四周寂寂，犹如时光的孤儿。夜色浑浊，而天空是水蓝的澄明。我倒在床上，脑中荒芜般空白——我接吻了，第一次。她秘密的城郭展现了旖旎迷人的风光——我青春的迷宫，圆润，温热，花朵般颤动。我不但没感受到美妙，反而心中懊悔无比，痛恨自己。舌头，味觉的器官，为初恋献身。我夺门而走。雨夜的天空是那样优美，仿佛我刚刚抚摸过的脸。滔滔的罗桥河呼啸而过，增加了内心哀伤的重量。开始预示了结局，一年后，她投入另一个旅途。辗转多年，我们又生活在同一座城市。1997 年，我遇见她，已经认不出来了。她有些臃肿，企鹅似的走路，头发盘了起来，眼神消失了灵气。我的眼一下子变得热热的，心里很酸。生活改变一个人，就是把这个人捏成另一个人。我记得第一次看到她的样子，穿红色的滑雪衫，扎马尾松，百合一样的脸，坐在初三教室的第三排第四个座位上，一边唱《妈妈的吻》一边斜过来看我——我热血汇聚在心脏的位置，怦怦怦。那是预言。也是人生的开篇。

肉体是心灵的庙宇，为什么我们要历尽生活的伤痛才懂这个道理，甚至有人临死还不明白，郁郁而终。其实它就是一座简单的老房子，它的背景是浑圆的天空，广袤的旷野。它有窄小的窗口，褐灰色的屋顶，墙上布满青苔，光线有时暗淡有时明亮，也有时模糊不清，老去的时光也会从第二天的门缝爬进来。我们看不清神龛下的人，是小孩还是老人，是你还是我。一脸茫然。

肉体，一个曾经被诅咒的名词。它的内部像瓦窑，深邃，幽长，包裹着亘古的历史。也像酒瓶，储藏水的烈焰。我要把肉体供奉在烛台上。谁能告诉我，生命究竟是指什么，跳动的心脏？奔腾的思想？喧哗的欲望？炙热的体温？

“你的女儿平安出来了，很干净，没有红斑，也没有头皮屑和老年纹。”护士从产房出来，把小女抱给我。我靠在市立医院三楼的栏杆上，心情异样的复杂。我问护士，我爱人手术怎样。我推开产房的木门，看见爱人躺在推车上，面无血色。产房——另一种子宫，暖色的灯暂时驱除了我的惊恐，四处弥散着苏打水的味道。主刀医生说：“你爱人很坚强，是个用爱征服生命的女人。她睁着眼看我的手术刀划过她的肚皮。”

光洁的额头，细软的头发，圆月一样的脸。我看到女儿的第一眼，我就爱上了她。她将改变我以后的岁月。她是我生命的另一种形式。迎接生命的仪式竟是如此简单，却无比庄严。我打电话给远在赣州开谷雨诗会的江子，说，我女儿漂亮极了。时间定格在2002年4月23日9时40分。在产床上，下腹裹满纱布的爱人，汗大颗大颗地冒出来。我爱过别的女人，但从来没哪个让我觉得能相依为命。而这个女人是。对男人而言，从肉体开始的女人，也止于肉体；从生命开始的女人，获得无限。

对面病房躺了同样生产的女人，她再也走不出这14平方米的空间——因麻醉剂过量已经半年多没苏醒。她彻底地告别了家人，甚至还没看过自己的小孩。

我的父母沉浸在巨大的欢乐中，煮饭洗尿布，脚步都轻快了起来。他们没意料到六个月后，一个即将开放的生命的消失，使整个家族坠入黑暗的深渊。我的十二岁的侄女死于心肌炎。二侄女叫傅日静，清瘦如枝，她与生俱来的忧愁从来就是我们最大的不安。从十一岁开始，她很少吃饭，喜欢一个人独处，小小的心灵水潭一样幽深。她的爸爸——一个常年在温州做短工的石匠，蓬乱着灰尘堆积的头发——四处求医。我把他和他枯竹一样的女儿带到上饶县医院和县血防站，做了肝、胆、胰、肾、血液的检查。

我担心她得了血吸虫病，或肾炎肝炎之类的疾病。那一天，我奔走在化验室与医生之间。我们表面上显得很平静，说说笑笑，五月的阳光有点燥热，大块大块地涂在大地的色板上，院子里的泡桐花让医院肃穆的气氛多了淡淡的忧愁的色彩。检查结果出来，除了营养不良外，其他完全正常。

这个结果让我害怕，说明某种东西潜藏在更深的黑暗里，躲避了仪器。我们转到市医院，把前期的化验单给医生看。那是个资深、德高望重的专家，反反复复地看了几次，说，查查心脏吧。检查一出来，我二嫂抱头痛哭——医生说，这是心肌炎，还查不出先天的还是后天的，尽快去上海。

从上海回来，我们完全绝望了。侄女在我家休养了一个月，就回到老家郑坊枫林——时隔不久，永远从我的视野中消失了，归于永恒的黑暗和沉寂。她吃饭只吃半两，有时只吃几筷子菜，路都走不了，要人背，靠滴液支持。她的意识非常清晰——她看着自己的身体如花朵般枯萎，日渐凋谢。我不知她内心的想法，也同样不知她父母的悲痛压缩成什么，放在身体的哪个部位，或许化为绵绵不绝的泪——一年多里,整天以泪洗面。她妈妈抱她去打吊针,日静靠在怀里,水吊到一半,日静说:“妈妈,我陪不了你啦,我坚持不下去啦,原谅我。”她妈妈感觉她的体温迅速褪去,仿佛回潮的河水,最后与泪水一样冰凉。

这是我家夭折的第二个小孩。在二十年前,我大哥的儿子只逗留了几天,死于肺炎,连名字都没有。

生命是如此的脆弱,像失手摔破的瓷器。现在我小女已经二十九个月,上幼儿园了,背个动物书包嚷嚷着不是要巧克力就是要蛋糕。我希望她在能看懂这篇文章的时候,明白我的初衷和对她永生的祝福:健康快乐,自由豁达,宽爱他人,善待自己,坚忍不拔。

一个人能来到世界上,是上天对他最大的眷顾。对所有死亡的思考和讨论,都是可笑的——面对一个不曾进入的境界,我们永远是幼稚的。我们只梦见过死亡,目睹过身体的冷却。声音的消失,视野的消失,知觉的消失,被滔天的水覆没,被黑夜覆没。这就是死亡吗?

身体是形而下的,思想是形而上的。那疾病是什么呢?“我躺在病床上,最放心不下的是我的女儿和尚未出版的诗歌选集。”这是我在诗人紫薇的诗集《踏雪》后记里读到的关键语。那是江西这二十年来最优秀的诗集之一。他在江西医学院一附医院住了38天，出院休养不久，就着手整理诗歌选集。他是我的多年好友，有一头树熊一样的迷人卷发。

2002年6月18日。他因蛛网膜硬膜下血肿进入手术台。这是一种脑内淤肿的疾病，劳累了会痛，头很沉。我去看他的时候，他靠在病床上，剃光了脑袋，而排液管游离淡淡的血丝。"江子，你把我的诗排在什么位子?"他是个乐观主义者，一句幽默话消除了探望者的担忧。他的爱人说:"开始的那两天，他几次差点昏睡过去。我每隔十五分钟叫他。真怕他醒不了。"他的好友王戈平也说，紫薇的毅力是惊人的。那是脑外科住院部，个个剃光头，不是头上凸出来就是凹进去。同去的铁彬对我说，他爸爸也是这样的病，再也没下手术台。

半年后紫薇来到上饶，我们再次见面，恍若隔世。他说，他童年时脑部受过轻伤，因没出血也就没注意。真没想到，几十年后，爆发出来，像个潜伏的敌人。去年他结束记者生涯，也告别浮华，去一所大学当人文教授。他获得重生，又开始了写作，身体异常健康。

在《一个疾病的夏天》里，我说，人的一生就是与许多人，许多事，许多疾病相遇的过程。最后我们相遇死亡，但我们已经感触不了，我们知道了秘密，但已经说不出来。也可能我们说得出来，但我们选择缄默。

上升——平滑——下降，这是我们在时间中运行的坐标。身体是我们紧紧攥在手中的机票。

身体是生命的代言人，也是唯一的见证人。它作为独立飞翔的星体，会闪闪发光，在夜空（我的，你的，他的，另一种大海）绚烂。

疾　病

“老弟，你来看看我。”谷雨那天，我接到老黄电话。他小孩一样呜呜地哭。他说他年前把腿锯掉了，一个人住在康复中心，没一个人去看看他。他个子不高，皮肤黑黑，我认识他近二十年，他说话从来就没有不嚣张过。他动不动用手指头指着别人的额头，说：“儿子，你看着办。”我去了。他坐在轮椅上，拉着我的手不放。他的手很冰凉，厚厚的。我说嫂子呢？“老弟，恶人呀，你不要叫她嫂子，她是个恶人。我检查出糖尿病，去南昌截肢，她躲起来，一分钱都不给我。”他用手抹眼泪水，说，“我踩不了啦，不然我踩死这块×。”我说，“你以前一直水牛一样的，怎么会是糖尿病呢？”他把烟狠狠地摁在烟灰缸里，说：“年前，我脚浮肿，手掐进一个坑，去医院检查，说是糖尿病，不截肢人活不了，老弟,我一下子崩溃了,人要死的,不截肢怎么办,做了手术出来,原来身边的人,躲瘟疫一样躲避我。"我离开的时候,他一直在楼梯口,一手扶着栏杆一手扶着轮椅,他说:"老弟,你回家就来看看我,看看老哥。"我和他隔了两个楼层了,他还在重复这句话。我心里酸酸的。他是一个多么强悍的人呀,打架,从不手软,被人揍从不叫痛。现在,他彻底被疾病打垮,他像个车胎,完全漏气了,磨损,破旧,扔进了回收站。

疾病,黑色的,黄色的,红色的,白色的。疾病是我们身体里的神。

这个神,是我们的死敌。一个无处不在的死敌。它巨大的魔手,紧紧地抓住每一个人的衣领,拎起来,摔下,再拎起来,说:"活着,是一件多么可怜的事,不但要忍受生活的鞭笞,还要承受病痛的折磨。"疾病,从来不会哀怜人,不会因为你善良美丽而忽略,不会因为你年幼无知而放任。它有一张伤口一样的脸孔,穿白色的衣服,用口罩蒙脸,钢爪一样的手有无比巨大的力,有时能把人拎起来活活摔死,像鹰在半空中摔下爪中的鱼,五脏俱裂。

我见过最快的疾病死亡,从发现到结束,不超过二十四小时。一个从小和我一起长大的玩伴,叫仁。1991年正月,我借调到县城上班。八月,南方的溽热让人觉得整个大地是一个烤箱,而我们是烤箱里的香辣鸡。一天下午,仁到我办公室,问我,看肝病去哪个医院最好。我说当然是传染病专科医院,省传染病医院和市传染病医院,都可以。他下午拿到化验结果,说肝部有病,但不是很严重。第二天傍晚,我下班,走到县电影院路口,看见仁的父亲蹲在地上哭。我很是诧异。叔叔对我说,你看不到仁了。仁那时正恋爱,女孩子年龄很小,遭到双方父母反对,我还以为仁私奔了呢。我说,他可能出去玩玩,开学前会回来的。叔叔一双手紧紧地抱住我的手,说,他已经去广丰路口了,去两个多小时了。叔叔整个身子瘫软在地,号啕大哭。我木讷地站着,说,怎么可能呢?怎么可能呢?

火葬场在广丰路口,我并没送仁最后一程。我回到宿舍,坐在床上,一直坐到街上的路灯全灭了。那时我和徐勇合住一个房间。他下乡回来,见我魂魄不附的样子,问我怎么啦。我说,你把我腿抱到床上去,我的腿没知觉了。仁死于肝病,年仅二十三岁。上午,仁去镇医院办公费医疗手续,觉得身体有些疲倦,医生说,挂一瓶盐水,补充一下。护士把针头扎进仁的手腕静脉,哇的一声,仁吐血。急救车把他送入县医院,转入重症病房。当夜,他姐姐抱着他说话。他安慰姐姐,说,医生都说没事了,很快会出院的,我想好好睡一会儿。他头一歪,睡着了,嘴角淌着血丝,再也没醒来。

每一种疾病都有可能致命,但并不是每一种疾病都会猝死,只要及时发现并科学治疗,大部分疾病不会对生命造成严重威胁。世界卫生组织 1978 年颁布的《疾病分类与手术名称》第九版(ICD-9)记载的疾病名称就有上万个,新的疾病还在发现中。人类的演变史,也是疾病的演变史。人类的科技始终亦步亦趋在疾病身后。我们下入海底,上入太空,我们迫使狮子老虎隐匿深山直至绝迹。我们说,智慧统治地球。实际上,这是人的狂妄。至少有疾病这个敌人不可被彻底征服——苍穹有多浩渺,人体的微世界就有多广阔。一个是无限大,另一个是无限小。最终吞没我们的,是身体里深不可测的黑暗。

坐在医生面前,我们陈述自己既往的身体史,外伤、内伤、药物、食物、过敏物,时间、地点,无一遗漏。医生拿着胶布裹起来的圆珠笔,在病历上写写停停,偶尔放下笔,专注地看我们。医生翻看我们的眼皮,察看舌苔、牙龈、口腔,用听诊器听我们的心跳。我们成了没有秘密的人。在主诉现病史时,我们变得萎靡不堪,语气明显低落下来,说起了害病的时间、病因、症状,以及过程。在医生委婉的提示下,我们要说起食欲、食量、睡眠、大小便、体力和体重的变化。医生在短短的几分钟内,得到了我们完全的信赖,值得推心置腹。如果有必要,在一帘塑料布的遮拦下,我们还要褪下衣裤,毫不保留地展示给这个瞬间闯入我们身体世界的人看。当我们说起一段抑郁的情感经历或重大变故,声音明显发生变化,既湿润又干燥,说着说着,哽咽起来。医生拍拍我们肩膀,像是安慰也像是嘲笑——所有身体或精神的伤痛,在医生面前,不值一提,一笑而过。医生是我们最不愿意看见的人,也是生命中不可或缺的人。

医院是一个巨大的容器,把病人分类,收容在里面。一般有耳鼻喉科、儿科、妇产科、皮肤性病科、急诊科……医院都有一扇足够宽的大门,有中大型停车场,急救车随时待命。大厅里挂着楼层科室示意图,导诊微笑着,站在导诊台前。排队缴费的人,有的头上包着厚厚的纱布,有的怀里抱着哭泣的婴儿,有的手上拿着缴费单自语:挂两瓶水怎么要四百三十三块钱呢？有的捂住胃部脸上冒汗，有的神情疲倦茫然，有的呵欠连连。一个用激光割包皮的病人，海绵体神经被灼伤，成了废人，正把医生摁在地上。卫生间，走廊，楼道，办公室，观察室，到处弥散消毒液的味道，淡淡的醋香。汗液、黄痰、卫生巾、纱布、注射器、皮管、血迹。从门缝里传出来的轻轻哀号。放大的瞳孔，光在扩散。嗞嗞嗞作响的刷卡机。摇头电风扇一直在摇头，像是一种暗示的表达。医院把熙熙攘攘的人流，在进门的刹那间，分成了三个类别：治病者、看病者、探病者。疾病把人圈在一个冬天的地道里——医院和地道多相似，阴暗，潮湿，压抑，呼吸困难，患者有死亡般的寂静和阴森，在隐蔽之处，灯光也无法透射进去。到处都是病患者：腹泻，痉挛，呕吐，失眠，黄疸指数过高，角膜炎，脑血栓，心肌梗死，糖尿病，胃溃疡，肺癌……大部分急诊病号是感冒，天气突变，冷空气带来强大降雨，气温急剧下降，全城人在感冒。像孤独，在没防备的情况下，袭击我们。我们看到白大褂，护士帽，医疗垃圾桶里空空的生理盐水瓶，病号服，病号饭，化验单，心电图，血样，尿样……院子里最后一排房子最里面的那间，躺着刚刚流失体温的人，身上盖着白布,过不了一会儿,躺着的人将以包裹的形式,送到一个高温火炉里。

是的。我们的身体都埋着一个地雷,埋在哪个部位,什么时间埋的,什么时间爆炸,我们一无所知。医生就是排雷工兵。有时候,工兵把粪便也当作地雷,像电影里愚蠢的日本鬼子。我邻居,名小妹。她哥军和我同学。我正上班,军来电话:“我小妹……”我不知出啥事了,问他,他一直哭。哭了一支烟的时间,他断断续续地说,小妹得癌症,胰腺癌,刚刚市医院确诊出来。我说,小妹平时胰腺痛吗,难以忍受的痛那种。军说,从不痛。我说,可能是误诊,我带你去找专家,把放射片带来。到另一家医院,找放射专家看。在放射科,专家对着灯光,从不同角度看,看了半个多小时,说,胰腺癌肯定不是,可能是结石,但这么大面积的结石,我没看过,你马上带人去上海确诊。军从上海来电话,说,小妹是结石,内脏全是结石,肺结石,肾结石,胆结石,胰腺结石,尿道结石。医疗费花了十四万多,举家借债,把马路边的一块水田也卖了,还了四年才还清。

昨天吃饭,一个朋友讲起一个老校长,年前腿上长了肉瘤,去县医院看了几次,医生说是良性的肉囊,没事,在做手术时，觉得不对头，建议把切片送省医院化验，化验结果是恶性的。正月去北京治疗，专家说，不做手术，通过截肢可以保命，做了手术癌细胞转移到内脏了，只有上帝救他了。朋友说，老校长儿子很有钱，北京的房子有三套，哎，钱有什么用呢？医生不做那个手术该多好，那么好的校长，哎，人类没有癌症，该多好。

我们在时间的河流中，在一本薄薄的册页上，留下了黑暗史：

> 姓名________，性别________，年龄________，婚姻________，民族________，职业________，出生地________，现住址________，入院时间________，记录时间________，病史叙述________，诊断意见________。

这是一张病历的基本轮廓。病历封面还有医院名称，X光片号、心电图及其他特殊检查号、药物过敏情况、住院号等。

把病案汇集成档，叫病历。一个人的病历，也成了存档人的黑暗史。英国对病历的管理，是全世界最严格最规范的。人从出生那天起，医院开始建立病历，形成个人资料库，包括病人的饮食、疾病原因、治疗过程、用药情况、第一次来月经，第一次做爱，简而言之，与身体相关的蛛丝马迹，在病历里都有记录。病人看病，医生必须翻看病历本，再定治疗方案。病历，对科研有着至关重要的作用，尤其对慢性病人的长期跟踪治疗，作用巨大。

我国对病历的认识和建设，还相当滞后。或许是我们的医疗体系还没有完全科学化和完善化。医生对我们的过去，一无所知（假如我们每次看病，找不同的医生）。我们看完病，把病历扔进垃圾篓里。像是对疾病的告别。事实上，鲜有这样的人，终身不去医院看医生，或只去有限的几次。就大多数人而言，每个人都有一部自己的就诊史，就像有一本属于自己的菜谱一样。有的人，一生去一次医院，再也出不来；有的人，三天五天去医院，逛菜市场一样。我见过一个鲜活的人是怎么死去的。一个孕妇上厕所，腹部剧烈疼痛，大出血。护士抬她上手术台，医生怎么也止不了血。请市医院的妇产专家来，集体会诊，也无济于事。孕妇是个未过门的准媳妇，惨叫声令人毛骨悚然。汗从毛孔渗出来，雨水一样。手术台上全是血。孕妇惨叫了一个多小时，没了声音，胸部剧烈地起伏，起伏的节奏慢慢放缓，直至没有起伏，全身惨白。孕妇还没推出手术台，家属就开始砸医疗设备、玻璃门窗、堵医院大门、殴打医生。医院赔付了十七万。孕妇有过宫内大出血的病史，但院方毫不知情。孕妇也隐瞒了这一病史，丢了一条命。

一个慢性疾病患者，或需长期康复患者，保管自己的病历，记录用药情况，对后续治疗或康复，非常重要。我的一个诗友纪，年轻时，一年中有半年时间在外搭铺或在办公室沙发过夜。老婆嫌弃他不去挣钱，上班也去河边散步写诗，离婚闹了好几年。后来纪调到市里上班，爱上打牌，也爱上挣钱。四十多岁时，他有了高血压。一次打麻将，纪和一手好牌，和下去的时候，哈哈哈，大笑。没笑完，纪躺到桌子底下去了。他才五十来岁，失去了行动自由。他开颅后，左边肢体没了神经支配能力。两年后，一次晓明兄请客，把纪也请来了。他歪着嘴，哦，哦，哦，吃吃吃豆豆子。他只能表达单词。筷子夹不到菜，反向弯过去用力，菜还是落在桌子上。我们给他夹菜，盛饭。我送他回家，问他家住哪儿。他嘿嘿嘿地咧嘴笑。我很难过。他曾是一个多么有智慧的人，写那么多好诗，只要有他在，他的幽默笑话总让我们开怀大笑。我打电话给他爱人,他爱人说:“我一直在路口等他呢,你在绿景对面停车就可以了。”纪下车时,右脚放下地,左脚怎么挪也挪不下去。我抱他下车。他嘿嘿地笑。他爱人牵着他,一步一步地挪。他爱人每天陪他散步两个小时,在凤凰大道,来来回回地走。他爱人有一个本子,记录他每天吃的药,吃的饭菜品种和量,上厕所次数,走路的时间、坐的时间、躺下的时间。他爱人完全改变了我对她的认识。以前,她总数落,三句不离钱、房子、儿子学业,一副苦大仇深的样子,现在,她爽爽朗朗地笑,笑得脸上开花,肌肉抖动。她总是说,老纪会好的,要不了几年就会好,你看看,他现在能撇着腿走路。我看着纪嘿嘿地笑,我觉得,那是他的一种满足,因为疾病,他发现他们夫妻原来是那么相爱,一直相互牵手,只是之前,还没到相互搀扶的时候。

我很想见到的,是纪的疾病日志。多年来的每一天,在一个本子上,记录一个病人的点点滴滴。我不知道纪是否还辨识字,假如有一天,像奇迹一样,他突然完全康复,恢复原来的样子,当他读起本子里的每一行字,他是默然垂泪还是号啕大哭。那时,我不知道他还会不会那样痴迷打牌,还会不会抱着毯子缩在沙发睡觉。——最爱我们的人,就是那个在我们无助时,一直默默留在身边的人,他(或她)用每一天的行动,表达说不出来的话,用笑语欢声抚慰我们的心灵,像雨水滋润草根。

和疾病相遇,事实上,是人生的常数。当我们把每一次疾病的发生和治疗过程,以及心理状态记录下来,我们会发现,有时候疾病真是个好东西,让我们去真切地体悟生命,体悟人间的真情与冷漠。我们的胸怀会广博起来,对一些东西珍视起来,对一些东西鄙夷起来。疾病会给我们的生活观带来改变,甚至影响我们的世界观和生命观。疾病给我们暗示:活着要像活着一样好好活,爱污水也爱米饭,不要吝啬对生活的爱,要毫不犹豫地把所爱之人紧紧抱在怀里,不要去做让自己悔恨的事,不要把今天给他人的温暖留给明天,因为明天多么难以预料。

当我心绪低落的时候,我会一个人去医院坐坐,不看医生,找化验室门口走廊的长板凳,找观察室的空座位,或重症病室阳台下的石凳坐坐,什么也不想,坐一个上午或下午;或者去挂号买一份病历,自己填写,自己述说病史,自己写诊断意见;或者去脑外科,看一个个头上包粽子一样裹着纱布的病人。我步出医院,一下子明朗起来——我没有理由去悲伤,当我的手还能唰唰唰地写字,我的脚还能走到我所爱之人的门前,我的眼睛还能热切期盼,为什么要去悲伤呢?

疾病是我们身体里隐居的敲钟人。钟声响彻。

美国著名女权主义者、小说家苏珊·桑塔格(1933—2004)在《疾病的隐喻》中有言:“疾病是生命的阴面,是一重更麻烦的公民身份。”20 世纪 70 年代中期,苏珊·桑塔格被诊断患有乳腺癌,她做了乳房切除手术。从她痛苦的治疗经历中,她写出了《疾病的隐喻》一书。该书系统论述和审视了当代疾病,如癌症、肺结核等。她的注意力,一直放在人的精神和肉体这两个层面,如她的《棺材》《疾病的隐喻》《死亡工具箱》《艾滋病及其隐喻》《论他人之痛苦》等,都在写疾病与死亡、痛苦与阴暗。

不是所有人,都可以直面自己的疾病。我的一个校友,患慢性病十几年,不可以上班,不可以劳累,需要静养,但他从不说自己有病,起早贪黑工作,应酬不歇,直到死在去上班的路上。生理疾病时间长了,人容易暴躁,看人不顺眼,有出人意料的言行,爱猜忌,渐渐演变为心理疾病。

一个良好的乐观的心态，于病患者而言，无疑是一服良药。

尼采说，上帝死了。上帝还在，他自己却疯狂了，精神错乱。一个伟大的哲学家，能直面上帝的审视，却无法直面自己的内心世界。生理疾病直接给人体痛感、不适，饮食、排泄、体温、体力、睡眠等出现明显异常。心理疾病却隐藏在看不见的细缝里，像点亮的灯芯里的芯苔，黑黑的。即使发现了，大部分人也不会引起重视，或羞于言辞。如洁癖症。如恋童癖。如暴露癖……我们常见的心理疾病，一般是自闭症、抑郁症、精神分裂症、癔症等。我工作的单位，常见癔症患者。刚来工作时，我办公室在五楼楼梯口，一天晚上，在走廊上，看见一个女生被三个女生搀扶着。被搀扶的人，四肢抽搐，口吐白沫。我说，可能是癫痫，需要马上去看医生。老陈上来了，把女生扶到我办公室，斜靠着，说，是癔症，一会儿就好了。过了一个月，老陈告诉我，烦死了，八班有四个女生得了流行性癔症。癔症发作的表现是四肢痉挛，浑身汗水湿透，乏力，口吐白沫。尤其在夏天，炎热，人易烦躁，发病率更高。流行性癔症有一个很大的特征——会传染，在适合的人群里，癔症传播很快。学习压力大，强度高，体能消耗大，心理素质不行，抗压能力低,很容易被传播。我把癔症患者,分开住宿和调开座位,一旦发病立即隔离并送医院。

你有病吗?我有病吗?他有病吗?答案是肯定的。可能我们暂时没发现或没警觉自己的疾病。对于许多有疼痛感的疾病,我们要感谢它。因为有疼痛,才知道自己还活着,才知道活着的人是会痛的,否则我们是一个完全麻木的人,心灵僵硬的人。痛唤起了生命意识,疼痛是一种爱的觉醒。我们多去体会疼痛,会对生命和他人有更多宽容和爱惜。我们照顾好身边的人,尽可能去抚慰我们所爱之人。

清晨,我给爱人电话,她还在睡。我问:"这两天你换了口红或唇膏吗?"她说没呀,一直美宝莲的,怎么啦。我说没事,随口问问。我刚从噩梦中醒来。梦见她的唇上有糖分,一种令我休克性过敏的糖分。我舔了,口吐白沫,心脏爆裂,四肢痉挛僵硬。晚上,盛好饭,接到陈大哥电话:"你知道老黄的事?"我说,他年前不是截肢了吗,住康复中心。陈大哥说,刚刚已经火化了。

疾病,又一次把我身边的人拽走,悄悄地。它不会放过任何一个人。

死　亡

停了下来，我不走了，仰起脸，在一棵梅树下，最后喝一滴叶子上滚落的露水。在水井旁，我把脚洗净，把脸投映在井圈，瞥一眼，之后，万物成空。一栋有窄小庭院的小楼，有一个葡萄架，围墙下的花栏里有五株藤蔓蔷薇。架上的葡萄无人采摘，麻雀、乌鸫、松鸦欢快地啄食，在黄昏前都不会离开。蔷薇爬满了围墙，粉黄粉红的花朵在谷雨时分，绚烂得让人悲凉。楼上的天台，是一个空中花园，有一个鱼池，木栅栏挂着迎春，在鱼池的边上，有鸡冠花、孔雀草、二月兰、半枝莲，它们在春夏时节，开各色的花。鱼池养了两尾锦鲤，像一对永不分离的情侣，一起喝水一起呼吸，看一样的天空，过一样的四季，身子挨着身子，鳍碰着鳍，幽幽地游。我的一生不如锦鲤，我更像草根下的蚯蚓,蠕动,在幽暗的洞穴里度过漆黑的时光,啃腥土,排污物,身躯冰冷。小楼的大门前,有一棵柚子树,四月的花香黏稠。我将在这个小楼里,熟睡一个晚上。

最后一个晚上。我将梦见我母亲。她会紧紧拉着我的手,抚摸我的头,我羞怯地把头靠在她胸前。像一个七岁的孩童。她唇角有一颗黑痣,额头像一块崖石,脸瘦削,一口洁白的牙齿像刚刚蒸出来的饭粒。她的手刚硬,手掌薄薄的。这只手,在我四十岁以后,经常伸进我梦里,像一盏烛火,要把我空空的梦照亮,让我看见她隐藏在黑夜背后的脸庞。我熟睡的身躯成了一个灯罩。我要读一首诗给她听,尽管她一句也听不懂。

她是给我光的人,是我的上帝,赐福于我,庇佑我。我要对她说:“我爱你,是你让我来到这个世界。”尽管她已经听不见。但她看见我嘴巴翕动,她会露出满足的微笑。在梦见她的同时,也会梦见她的伴侣。他们是我一个人的祖国。她的伴侣喝小酒,牙齿掉光了,慢吞吞走路,吃很咸很咸的菜。我原谅了他一生对我的威严,事实上我从没畏惧他。

接下来,我梦见一条河流和两岸开阔的田野。就是我昨天去看了的那条,我拖着蹒跚的步子,沿芦苇丛生的河岸行走,呼啦啦的白鹭从洋槐里四散而飞。田野里,种了甘蔗、西瓜、禾苗、菜蔬,油绿油绿的。一生之中,我多少次站在河岸,眺望远方,察看星象,交融万物,听草叶饱吸露水,鱼群翻动,鸥鹭振翅,但我从没像雨水一样渗透它,熟悉它的纹理和经脉。但它是我的天堂,我任何的想象都不可能超越它。我是一个多么细腻、丰富的人,得益于它缠绵的浇灌。现在我把这些收进眼球里,密密地存封好,带到另一个地方。每一次,当我感觉孤立无援,饱受伤害,前程茫然时,我会来到这里。在芦苇茂密之处,河流晃了一下,来到我面前,它柔波一样的皮毛泛着光亮。云彩,从山梁飘荡过来,仿佛暗示我:远走他乡的人,已经站在河岸,暗自啜饮,澄澈的浑浊的,都因为要去的旅途太遥远。恩赐我血液的,恩赐我食粮的,我要一一归还,以一撮灰的形式,施在一株藤本植物根部,借助它,再一次攀缘在河边,一岁一枯荣。

没有时间梦见其他了。把余下的时间用来梦见你。一个为爱流离的女人,我怔怔地看着你。我不知你身处何处,你身上的荷叶蓝衫是否依旧。“我对这个世界都绝望了。”在我修建小楼的那年,你对我说起这句话,我不曾忘记。因为你,我爱上了生命的裂缝,让阳光照进我的五脏六腑,照进狭长九曲的峡谷。你从来不告诉我,为什么要让我每天都活在临别的状态。于是,我栽梅,种葱兰,植百合,在屋前给指甲花浇水,在屋后给白芷施肥,让夕颜攀上屋顶。我给每一朵花注入一张脸的影子,以及和影子一同逝去的自言自语——我只能在时间哗哗流淌的水波里,看到你的面容,和面容里一场雨的结束。在我们所追寻的事物之中,唯一的必然,是告别。我不知你一生爱过多少人,但我知道,我是你依恋的那一个,也是完全可以舍弃的那一个。也是和你最后告别的那一个。在梦中告别——你那么模糊,头上积了一层雪花,脸上依然有空茫,你的声音穿插着潺潺溪流。看着你,我把手伸出去,摸到一堵墙。我要称呼你:最亲爱的……后面是长长的空白,或者是长长的省略。这是我第一次也是最后一次这样称呼你。你一直等待这样的称呼,就像我一直等待你的来信——我们一直执迷于这种从不到来的东西。我想摸摸你的脸颊,摸摸你瘦弱的手,我抬起手,像抬起眼皮一样,但手太重,兀自停在空气中,垂了下来,像眼皮过于困乏而无法睁开——

原谅我。救赎与被救赎,到此结束。窗外的雨一直下,窸窸窣窣,瓦楞清脆地响。断断续续地响。我听不见了。一个无人的车站在黑夜的尽头出现,闪现朦胧的光。四处都是漂浮的海水,沉静的海水,阴凉的海水。彼岸花开得摇曳多姿。我坐上列车,穿过海水……我流下了泪水,我要告诉你,这一生之中,谁是我最重要的人,永远不可以放下的那个人是谁。但你已经听不到。我紧闭的嘴唇是一扇石闸门,谁也无法把它打开。这个时候,你把我的手掰开,留有一张纸条:山川易苍老,愿你多珍重。

这个黑暗中的车站,其实我们是列队而去的,谁都不孤单。彼此相识,但谁也不说出。我曾写道:人有两个地方是必须要去的,一个是医院(我们在这里出生,从母体拱出毛茸茸的脑袋,剪下脐带,被一条小毛毯包着,开始独自呼吸——出发吧,尽管我们对世界一无所知,手足无措),一个是火葬场(高温的炉火下,柴油呼呼呼地燃烧。一个铁皮炉是肉身世界的最后告别场所。花是纸扎的,捧在手中的遗像一律黑白色。汹涌的哭声,反衬出死亡的森严和肃穆)。医院至火葬场的路,称为人生。这是一条不规则的路，以线圈的缠绕绑在我们脚上。像一个索套，勒在我们脖子上，越勒越紧，被一只无形的手拽着，跑啊跑啊，跑得太快，让我们有时脱离重心，飘飞起来；跑得太慢，有时又重重地摔在地上，脏腑俱裂。

我家的墙上，四壁都是小孩涂画的线条和色彩，有的是黑线，有的是彩线，有的是色块。小孩拿着一支笔，沿着墙走，笔沿墙歪歪扭扭地留下线条。我从不责怪他。白色的墙壁，面目全非。有一次，小孩看《米奇妙妙屋》，我无事可做，细细地看墙上的线条，有的部分虚了，有的重叠，有的交错，有的断了一截，有的被色块盖住了，有的被一条"河流"挡住了去路，有的翻过一堵"墙"继续蜿蜒。我颓然地坐在沙发上。我们一生的路程，无非如此。我把他抱在怀里。他的线条有一部分是画在我的线条上的。也可以说，他的线条是我的线条的延伸部分。山峦延绵，河流无穷。

线条的终结之处，就是死亡。哲学上的死亡，则是意识永久消失。唯物主义认为，任何事物都有发生、发展、死亡的过程。死亡是事物运动中最后的一个过程。

基督教认为死亡是人类生命中一个必然过程，不是幻灭，也不是终结，只是其中一段路程，死亡不是关上一道门，而是敞开另一道门，通向永生。死亡不是结束，而是更美地复活。加尔文主义认为："身体的死亡与肉体有关；灵魂是不死的，故自然不会死亡。"路德派这样阐述死亡："暂时的死亡不过是人的破碎，灵魂与肉体的分离，上帝所造原为一体的灵魂与肉体之联合的不自然崩溃。"

生物学的死亡概念是，相对于生命体存在（存活）的生命现象，意指维持一生物存活的所有生物学功能的永久终止。死亡的标志包括：呼吸停止、心脏没有心率、苍白僵直。之后出现尸斑。体温平稳下降，直到与环境温度相同，出现尸冷，四肢变得僵硬，细菌开始分解，尸体腐烂。法律判定的死亡则是脑死亡。生物都不可避免经历死亡。死亡后，躯体会腐烂。在已知的所有生物中，唯一不会死于衰老的（即长生不老），是灯塔水母。灯塔水母在性成熟后，重新回到水螅型状态，并且可以无限重复这一过程。只要它细胞完整，也可以变成一条水蛭虫，开始新生命，再次演绎生长、发育，周而复始。

假如人如灯塔水母一样，循环复制，那是多么可怕。感谢死亡，死亡带来万物循环、演变、进化，世界因此生机勃勃。

死亡是人类最神秘的事情。没有一个人可以用自身的经验或说亲历，去谈论它。所有谈论它的人，只是一个旁观者。死亡令人敬畏，在于我们只可以看见它伸出来的手，而无法识辨它的面目。《论语·先进》记录孔子谈死亡：

> 季路问事鬼神。子曰："未能事人，焉能事鬼？""敢问死。"曰："未知生，焉知死？"

生命的尊严和奥秘，我们都没领会，我们去谈论死亡干什么？孔子是何等的智慧。孔子还有言，"敬鬼神而远之""敬神如神在"。死亡就是我们头顶上安坐的神，好好活吧，不要去惊动安坐的神。它离我们那么近，触手可及，又那么远，要用生命去捕捉它。

人活着，如尘埃的我们不可以去深究人生的终极奥义。最终的消亡令人沮丧。我们活在过程中，而非直奔结果而去。我们的结果是共同的——一条漆黑的小巷，我们不知不觉进入这个迷宫，再也出不来，连哭喊的声音都不会有人听见。我时时会想起两样东西,一个是头顶上的星辰,另一个是脚下的泥尘。一个是那么浩瀚,无穷无尽,永恒不绝;一个是那么细小,无根无芽,轻忽如寄。有一样东西,我从来不浪费:对所爱之人的真诚,对所处生活的热爱。我从不抱怨生活和命运。生命赐予我的,我都坦然接受,即使千疮百孔。不属于我的,不去痴妄。死亡是平等的,死亡是自然性。“尘归尘,土归土”,尘就是毁灭,土就是掩埋。

从从容容地活,就是最好的活法。

人只可以选择如何活,哪怕再艰难,但无法选择死。选择死,就是自杀。自杀属于非正常死亡。选择死,是畏惧生。当然也有选择死,是为了更多人的生,这是义士或革命者,是扑火的飞蛾。

“我们一哀叹就吞进了死亡的空气。/每个钟点都将成为我们的死期。”早上,我读《曼德尔施塔姆诗选》,在《我们将死在透明的彼得堡》一诗中,读到了这两句。我翻查他的死亡资料:在俄罗斯一个荒凉的永久劳改营,于 1938 年 12 月 27 日死于“心力衰竭”。死前四年,身受精神和肉体的双重折磨,精神近乎崩溃,常常疯狂错乱。一个预言死亡的人，死得极度悲惨。

人没办法选择死，甚至无法参加自己的葬礼。

我们是那样的无能为力。在我工作的场所，背后的荒坡上，有一片墓地。我常去那儿散步。荒坡上有几块菜地，春季种了苦荞麦、豌豆、空心菜、苋菜、莴苣，夏季种了黄瓜、丝瓜、辣椒、茄子、番茄、豆荚、四季豆、豇豆，秋后则是白菜、萝卜、麦苗、油菜、卷心菜。昨天傍晚去散步时，见苦荞麦结黑黑的籽了，一粒粒，像老鼠屎。草径两边，蓬蒿开满了小朵的粉白色花。白芷在晚风中招摇，伞状的花朵细黄细白，远远看去，白白一片。茅草过早地哀黄，匍匐在地，一些不知名的灌木在开嫣紫的花。坟茔被荒草覆盖，在坡地上，突兀出来。除了菜农，鲜有人来。黄鼬、野兔，四处出没。几处坟茔上，有纸幡轻轻飘飞，破败的花圈倒在地上，彩色的锡纸告示生命最后的荒凉和遗忘。一对老年夫妇在给莴苣浇水。我问："请问老师傅，怎么添了一座新坟呢？"老汉答："是方大头的。""他前几天都是壮壮的，才四十来岁呀，怎么会说没就没了呢？"老汉说，方大头也不知道自己死呀，他爱喝酒，喝一次醉一次，不醉不下桌，前几天，他喝醉了，洗了个热水澡，睡下了，第二天早上，他老婆叫他吃饭，发现他身子僵硬了。老汉又说，大头死得真幸福，眼睛一闭，什么也不看，什么也不痛，真幸福。碑石下，碗里的饭还在，纸钱的灰烬还在，一个装有半瓶酒的酒瓶还在。麻雀在碗边上，啄食，抬头看人，再啄食，再看人，呼地飞了，在枫树上转一圈，又来啄食。

不远处，是一个瓦窑厂，已废弃两年，芦苇和禾本植物疯狂地长。野狗在四处游荡。乌鸦在板栗树上兀自警惕地张望。一只长尾巴的灰褐色鸟蹲在电线上，叽咕叽叽咕地叫，坡上另一边的枫树上，也叽咕叽叽咕地应答，也许是一对情侣在求偶欢愉。夕阳从湖边山梁上慢慢滚落，像一句悠远的回声。蝙蝠从枫树的树洞里飞出来，一只，两只，三只。蝙蝠宽大的翅膀掠过我头顶，掠过坟茔，掠过黄昏毛茸茸的腋窝，成为天空的一部分。

在我们生活的周遭，墓地是常见的。欧洲把墓地当作文化公园去管理，诗人或艺术家，一般都留有墓志铭，这成为人类重要的艺术遗产。爱尔兰诗人叶芝的墓志铭是诗人晚年作品《班磅礴山麓下》的最后一句："投出冷眼，看生，看死。骑士，策马向前！"黎巴嫩诗人纪伯伦的墓志铭是："我就站在你的身边像你一样地活着。把眼睛闭上，目视你的内心，然后转过脸，我的身体与你同在。”而我们仅仅是埋尸体的地方，我们重习俗而轻精神价值。我们的诗人也写墓志铭，但不是墓志铭，而是诗歌的一种表现方式——诗人死了，埋了，和普通人没两样，埋他的人或许根本不知道他是诗人，在石碑上，刻上姓名、生辰，草草了事。诗人死了，也不如一个村干部死了更哀荣。

墓地，静谧，杂芜。虫蠡是墓穴的衍生物，在树叶上在草叶上在石块下在窟窿里，隆起针刺一样的毛，爬动。在我老家，有一片山，山坳里就是一片墓地。山上有油茶树、毛竹，和其他一些泡桐之类的杂木。也无人管理。每年暑假，我也去看看。墓地的前面，有一片草地。草是牛筋草，盘结在地上，其他草类长不出来。牛筋草厚厚的，毛毯一样。我抱一本书在那儿睡觉。树荫遮盖下来，风凉爽爽的。人很容易瞌睡，大头蚂蚁在脸上爬也不知道。墓地有很多狗骨树，四周覆盖着葛藤，手掌一样的叶子盛满阳光。岩鹰犀利地叫，呀——呀——呀，像人惨死时的呼叫声。苍鹰在盘旋，准备随时下坠，把猎物叼进嘴巴。小时候，我听到很多有关鬼神的故事，发生地一般在这里。一个人割红薯藤，有人打他屁股，他一扭头，一个人也没有，再打，再看，魂飞魄散。村里有上吊的、喝农药的，也一般选择这里。说不清楚，我为什么要来这儿走走，有时躺半个下午。走了，心里会安静许多，很多事情不会再去计较或争执。好好地做一个卑微的人，宽容地爱别人。村里有多少人，被葛藤盖了，谁也不清楚。坟茔，是我们永恒的子宫。那是另一个不可选择的归处。所谓伊人，在水一方。伊人，就是召唤我们的人。召唤我们去缥缈之境。我从枫林这个母体，分裂出来，沿饶北河向东，来到市里，去了很多陌生之地。有时走投无路，有时结伴而行。认识形形色色的人。与人相爱，也与人相别。但我知道，我终究会回到母体。再远的路，再曲折的路，都不如到这片山坳远。这是个安详之地。我们都是空手而回的人。从出发，到回来，耗尽了我一生。不是原点回到原点，而是原点去往无限。我从不悲观。我没有什么不满足的，或者说，没什么值得我奢求的。我想要的东西，在上帝手上。我清晨起床，喝水，上班，看书，吃饭，散步，谈情说爱，在夜空下发呆，一个人睡在床上想另一个人。钓鱼，烧饭，修剪花枝。训人，被人训。我经过四季，四季也经过我。我推着人走，人也推着我走。人的一生，沿着命运标注的线，不可知地旅行，我们在凉亭里躲雨,在驿站过夜,在河边等待,在船上对月高歌,在山梁上仰望星辰,在大雪中相别,在树下接吻……我们遇见疾病,安葬逝者,我们暗自垂泪……我们像虫蚁像蚂蟥像草芥像尖刀,像屋檐滴下的水像皲裂的树皮像昨夜的剩菜,最后,像垃圾被运走,在垃圾山焚烧或掩埋。

死神,一个披着黑色大氅戴着黑色斗篷的神秘人,罩着一张虚无主义者的面具。它是我们另一个相随的影子,是我们倒计时的敲钟人,当当当。“当呜咽的月亮/吹起古老的船歌/多么忧伤。”(引自北岛《岸》)歌谣从来都是无声的,从神秘人的骨笛里漫溢出来,流遍大地。它有时面目狰狞,有长长的绿獠牙,眼睛喷火,指甲像巨蜥的爪子;有时面目慈祥,露出和蔼的微笑,手上拿着鲜艳的花枝,肩上背一架三弦琴。我们从来看不清它的面目,只知道它的唇边滴着血丝,长长的舌头伸出来,多么贪婪。它是一条从来吃不饱的尼罗鳄,不放过任何一个会呼吸的猎物。是的,不会放过我们的,无论我们有多少爱或恨,无论我们有多少遗愿或不甘,更不会怜惜我们的衰老和羸弱。它用手盖住我们眼睛,堵塞我们耳朵,掐紧我们的咽喉,抽走我们的记忆,让我们在一个无底的深渊里慢慢下沉,沉到一条幽暗的河里，漂走。现在它来了，醉醺醺的样子，吹着口哨，头上扣着一顶东倒西歪的草帽，手上拿着紫色的权杖，左撇一脚右撇一脚，满口虫牙。它来到我的小楼上，对我的花园不屑一顾，站在门口，对我招手，像一个妓女勾引我——爱过多少女人，我记不清了，那么多，四季更迭，我一直是一个多情的人，善于甜言蜜语，说动人的话唱深情的歌。爱过，被爱过；伤过他人，也被他人伤过：生活就是这样，投怀送抱的太多，无法拒绝的太多。人的一生是被引诱着前行，每一个诱饵像女人一样装扮精致或艳丽，摇曳多姿或款款深情。最后，我们被迫要和一个古老的妓女上床，媾和，窒息——她的脸肉消失，一副骷髅。我拥抱了她，在黑暗中接吻，她冰凉的舌头来自白垩纪，我抚摸她的乳房，是两个水井一样的窟窿。我们缠绵到永远——消失是另一种永远。无论我是喜悦还是悲伤，我都义无反顾爱上她，她是我的另一个母亲。她告诫我，留下清水，留下蔬菜，留下白昼，留下道路，留下色彩，用一个匣子把我装走。

在拥抱之前，我站在窗口，看着荒芜的田园，想起自己走过的每一条路，相遇的每一个人，初春的桃花便落满屋前的山坡。风把我的神色固定在一张纸上。我的眼有了悲戚的安详。我的大脑盘踞着厚厚的乌云。我最后一眼看到的那个人，就是我生命中最重要的人，无法相见又日日渴盼的那个人，就是我不可以放下的那个人。放不下的那个人，她在我的胸腔里开辟了一条航线，举起一盏灯，伴随我去了永远。“我从不为我自己的苦难疼痛、呻吟，/我却会为你的伤痕战栗、痉挛，直到死亡。”（引自白桦《相知》）是的，我是一个幸福的人，无论有多少苦痛，完全可以忽略，我看到了我的屋顶——铺满星辰，密密匝匝的光使屋顶没了摇晃感，静谧——这是她出生的大海，我们最后的祭坛。

每年的烟花三月，总有一个人叫我去一个遥远的地方，我却不曾去。有两条河流缠绕着我，一条是相逢，一条是分别。叫我去相会的那个人，你是谁。我不可以说出你的名字（事实上，我希望全世界都知道你的名字），这是我恪守的唯一秘密。风吹过寒冬花瓣的时候，才轻轻唤起她。她脸色潮红，暗香浮动，身上的蓝衫被泪水打湿。现在，请你来到这个陌生的小楼，你来到阳台，看看山梁上滑落的夕阳，或啜泣无声。这里有一张床，我一直空了一半给你。床头柜上有一碗水，我喝了最后一口，剩下的，你把它洒在玉兰花上。有一首诗，我只取了标题，你替我完成吧。你来吧，什么也别带，珍珠项链、诗集、被褥，都别带，我看不到。泪水，你也别带，多余的。声音也别带，每天，我在心里都会下一场阵雨，淅淅沥沥。假如你一定要带什么来，那你把衰老带来，把皲裂的皱纹带来，我眼里最后的一滴水，可以黏合岁月的缝隙。——这是我唯一表达的方式，而你只喜欢这种方式。

天色将晚。你把我抱到一个木桶里，用温水漫上额头。你不可以低头沉默，也不可以痉挛，要像一个母亲给初生婴儿洗澡一样，脸上挂着笑容。你把我洗得尽可能干净。我从来不带肮脏的东西过夜。在水倒进木桶时，你播放一曲杰奎琳·杜普雷的《缠绵往事》。我每天都要听这首歌，今天也不可以落下。你检查一下我的眼球，是否还有影子，摸摸我的手，是否还有我四十三岁那年的余温。假如有，你用水把这些洗去。你可以给我穿衣服了，就穿我去看你时的那一套，尽管它略显破旧，但一直没有灰尘，熨平衣角，一直完好保存在衣柜里，上面压着几张照片。现在你验证了，我一直是一个没有伤口的人，是一个完整的人，是一个饱满的人。现在你可以离开小楼，暂时去一个无人的山坡，坐在一棵落花的树下，待上一个晚上。

我最爱的那个人，从来就不是别人。你在一个土堆旁，种上竹子，过不了几年，笋会穿过我身体，长出一片林子。是的，我从不畏惧今夜出现在我门口的人，龇牙咧嘴，它乌黑的手是时光的魔术之手，抹去奔跑，抹去血液，抹去拥抱，抹去绝望和悔恨。我不畏惧它把我带走，但我畏惧它带走我时忽略我曾在这个世界待过，因为我多么爱这个世界和四季，多么爱你，那么忠实，像小孩爱手中的糖果，虽然我从不告诉你。

告　别

……

接下来，是漫长的告别。

在街头，在车站，在病床前，在旧书信里，在黄昏游弋时分，在回忆里。

我们紧紧地搂着自己的影子。我们在一堆灰烬里寻找昨日的大海。我们在一根火柴里，看见，在雨巷里，一个穿红短裙的人，披着雾气手捧蔷薇，走来，嗒嗒的脚步声被低咽箫声取代。火柴嗤嗤嗤嗤，刺鼻的磷味随啪吱的摩擦声炸开。烟，一团烟，翻滚着，成卷曲的旋涡，散开——这是所有告别的形式。

呜呜呜响的火车，我坐了一夜。我为了和你相逢。但更像是为了和你告别。我把拥抱带给你，也把拥抱带回来。我们甚至没有来得及告别——当我看着你走在街道上,街道铺满暗黄灯光,侧身进入窄小的栅门,把门锁上。我站在门口,看着你上楼,你回头看我,迟疑地站了一会儿,说:"你回去,已经很晚了。"我摸着锁孔,轻轻地叫着你名字,不停地叫着你名字。你返身下楼,把手伸给我。我搂住了你脖子……再一次松开。你看着我穿过了街道,海风掠过低低的树梢,你看着我低着头,沉默着,弯过街口。

相逢是为了告别。重逢是为了再次告别。我确信。和一个人的告别,分很多次完成,甚至需要一生。素有现代艺术教母之称的前南斯拉夫行为艺术家玛丽娜·阿布拉莫维奇在 1976 年,于阿姆斯特丹遇见了德国行为艺术家乌雷,一见钟情。他们合作了《空间中的关系》后,又合作了《时间中的关系》《海上夜航》《情人·长城》。在 12 年里,他们从彼此深陷热恋到怨恨分离。玛丽娜·阿布拉莫维奇对朋友说,认识乌雷后,她一直饱受他的伤害,她永远不会忘记对乌雷的憎恨。不久后,乌雷与他的中国翻译结婚。玛丽娜·阿布拉莫维奇也有了新恋情。他们回到阿姆斯特丹生活,两人的房子仅隔了几个街区。有一次,玛丽娜·阿布拉莫维奇坐在客厅里,透过窗户,看见乌雷带着已有身孕的新婚妻子,走过大街。她的怨恨再次填满胸膛——她决定离开阿姆斯特丹,到另一个城市生活,做彻底的告别。2010 年,她在纽约现代艺术博物馆 MoMA 举行大型回顾展:《凝视马里娜》。玛丽娜·阿布拉莫维奇坐在桌子的一端,与来到桌前的观众一一凝视,面容端详宁静。静坐了 716 小时岿然不动,接受了 1500 多个陌生人与之对视。乌雷意外地出现了,坐在她面前。这对 22 年前的恋人,再次隔桌相对。她笑了一下,露出了深深的酒窝。乌雷深深做了一个呼吸,又摇了一下头。他们彼此深深对视。眼泪慢慢滚出她深蓝的眼窝,晶莹透亮,露珠状,流下来,像叶脉上的雨线。她伸出手。他握住了,笑了。十秒钟后她抽回手。他起身,离开了。她悲伤地低下头,闭上眼睛,等待下一个与之对视的人。她石雕般的脸庞,如被往事的大雨淋湿。他们在彼此的眼睛里,看到了什么?可能看见了往日他们一起喝咖啡,一起在长城踏雪,一起在大海上迎接日出。也可能想起了在阿姆斯特丹的相遇,当年的誓言再次萦绕耳畔。或许,他们仅仅是端详彼此的脸,粗粝,苍老,像被命运寄出的一个旧信封,直到如今才收到。这是无声的告别,是劝慰,是祭祀。时间和命运共同完成了这个仪式。

姜夔是南宋文学家、音乐家，出生于饶州鄱阳，一生孤贫，靠卖字画和朋友接济度日。他爱流连花间，吟诗作赋，弹琴弄月。姜夔 20 多岁，客居合肥赤栏桥时，与操琴弹琵琶的柳氏姐妹不期而遇，登山游湖，刻骨相爱。“好花不与殢香人。浪粼粼。又恐春风归去绿成荫。玉钿何处寻。

木兰双桨梦中云。小横陈。漫向孤山山下觅盈盈。翠禽啼一春。”在《鬲溪梅令》中，姜夔写尽了风月。次年，为了生计，姜夔沿江而上，去了扬州。18 年后，姜夔再次到合肥，伊人杳无音讯，在赤栏桥流连忘返，柳色枯黄，满腹惆怅，作《鹧鸪天 · 元夕有所梦》：“肥水东流无尽期，当初不合种相思。梦中未比丹青见，暗里忽惊山鸟啼。　春未绿，鬓先丝，人间别久不成悲。谁教岁岁红莲夜，两处沉吟各自知。”青山满苍寒，霜雪急欲来。他在《水龙吟》诉说：“我已情多，十年幽梦，略曾如此。甚谢郎、也恨飘零，解道月明千里。”家国多难，身如飘萍，念念不忘的人，不可相见。至死之时，姜夔没有忘记柳氏姐妹，为她们作词计 22 首，贯穿了他一生。一次偶然的相遇，柳氏姐妹成了姜夔生命的海峡。他无数次孤独地站在海岸边——孤灯下的大海,在他内心呼啸。他无法告别隐藏在心灵深处的大海。有时候,我想,一个人,在相爱的人心里,是以灯光的形式存在的。我们无法把灯光扫除出来,无法驱散。直至生命的最后,灯光随我们肉身,一起下坠,陷入永恒的黑暗。

有相逢,便会有告别。告别是宿命。风一阵阵袭来,又远去。河水昼夜不停地奔向它所要去的地方。雪在山巅,终有一日完全融化。群山奔驰。我们站在古老的码头,江面茫茫,沉寂也是暂时的。客人从远方渡船而来,我们又渡船去了下一个驿站。繁忙的人,在夜间散去,又在白天汇聚。码头,每一个出发的人都是告别的人。多年前的一次,我坐在铅山河口码头的麻石台阶上,黄昏的绛色浸透了信江,码头空无一人。我想起在百年前,这里的码头聚满了南来北往的货客,从皖南,从闽北,从浙西,从鄂东,千里迢迢而来,各色的吆喝声不绝于耳。街面上,酒旗招摇,风铃叮当叮当,丝竹之声萦耳绵绵。当年的繁华不再,街巷清冷,破旧的木门被一阵阵冷风扑打。这是告别的果实。果实已经风干,储藏在时间的容器里。人只是容器里的颗粒状灰尘。

事实上,人的生命始于告别。我们告别襁褓,告别摇篮……我们告别故乡前往冰冷的异乡，我们告别熟悉的道路，我们告别更多相识的人……最后，我们告别这个世界。我们挥手。我们不停地回头。我们不停地写信。我们终于饮泣无声。告别，让我们停下来，而不是孑然远行。告别，让我们柔软起来，而不是行尸素餐。

我们不舍告别的，是珍贵的。所以，每一次告别都那么艰难苦楚。最痛苦的告别，也许是被迫告别自己的国家。苏联诗人约瑟夫·布罗茨基1940年生于列宁格勒一个犹太家庭，15岁便退学进入社会，当过火车司炉工、钣金工、医院陈尸房工人、地质勘探队杂务工。1964年，布罗茨基被法庭以“社会寄生虫”罪判处5年徒刑，送往边远的劳改营服苦役。服刑18个月后，经过苏联一些著名作家和艺术家的干预和努力而被释放，获准回到列宁格勒。1972年，布罗茨基被苏联驱逐出境。作为伟大的诗人，他再也没有回国（入籍美国），1996年客死他乡。翻译家、诗人黄灿然说布罗茨基的随笔集《小于一》：通篇弥漫着冷冽硬朗的铁灰色。苦役、流亡，是他一生都不可改变的。1987年，他在获诺贝尔文学奖时，说：“对于一个有个性的人，对于一个终生视这种个性高于任何社会角色的人来说，对于一个在这种偏好中走得过远的人来说——其中包括远离祖国，因为做一个民主制度中最后的失败者，也胜似做专制制度中的殉道者或者大文豪——突然出现在这个讲坛上，让他感到很窘迫，犹如一场考验。”在异乡 24 年，他始终忘不了自己的祖国，写下的诗篇也以怀乡为多。“……/那儿冬天靠劈柴御寒，吃的只有芜菁，/浓烟冲上冰冷的天空，薰得寒星禁不住眨巴眼睛，/没有新娘坐在窗前，穿着印花布的衣裙，/只有尘埃的节日，再就是冷落的空房，/那儿当初曾是我们相爱的地方。”（布罗茨基《无题》，叶尔湉译）祖国的一片树叶，一粒灰尘，一块木柴，在他眼里，都闪闪发光。无处告别，是世间最残忍的告别。

以遗书告别，会是怎样的情境呢？

……把我变成一匹拉车的马，一生吃力地拉着不计其数的平庸的、不合理的、任何人都能胜任的官僚主义事务。甚至现在当我总结自己一生的时候，多少呵斥、训斥、训诲以及不过是思想意识的毛病向我袭来，而我本应是我国优秀人民引以为荣的人，因为我具有真正的、质朴的、渗透着共产主义的天才。文学——这新制度的最高产物——已被玷污、戕害、扼杀。……

作为作家我的生活失去任何意义，我极其愉快地摆脱这种生活，有如离开向我泼卑鄙、谎言和诽谤脏水的世间。

最后希望告诉掌管国家权力的人，已经过了三年，尽管我多次求见，仍不接见我。

请把我安葬在母亲墓旁。

亚·法捷耶夫

一九五六年五月十三日

这封于1990年公之于世的遗书，写于法捷耶夫自杀前。这位以热爱列宁著称的作家，以《青年近卫军》扬名于世，以悲剧的死选择生——他是个善良淳朴的人，他以赴死的勇气和决心，去帮助曼德尔斯塔姆、布尔加科夫、阿赫玛托娃。但专制的制度，不允许有良知的人活下去，要么苟活要么死。法捷耶夫选择了后者——饮弹自尽。彻底地，坚决地，告别。

人至中年，对告别十分敏感，会触动隐藏起来的那根弦。前两个月，我目睹一个邻居生命最后的三小时。一个39岁的人，僵硬的眼神，急促的呼吸。我很难控制自己，只有以手紧紧地捂住自己的嘴巴。在家中，情绪低落，呆呆地坐在门口，抱着一个火熜，但仍然感觉阴冷，不由自主地打寒战。我给一个朋友发短信说："面对一个人的死，我显得多么无能为力。"朋友回短信说："这正是我们要面对的，面对更多的彻底的离去。"

我曾说："我们爱的人会死去。爱我们的人也会死去。我们都会消失得无影无踪，消失于尘土之中，雨水把一切冲洗得干干净净，恢复到初始的面貌。人站立的最后一个悬崖，是一个冰窟。"是的。我愿意这样想——告别是相逢的开始，而不是相逢的结束。即使重逢，也如初遇，心如大海倾斜，雪满南山。告别不是使人绝望，而是怜惜生命中的每一点一滴。我们走过的山梁，我们睡过的床，我们站过的窗前，我们看过的落雪，这些都是我们生命的路牌和标识。

后记：爱的经文，生命的祈祷词

2018年6月15日，完成了最后一篇《拥抱》，本书算是完结。

2017年12月20日，因为十二指肠出血，入院治疗，在上饶市立医院消化科住院八天。这是我第三次十二指肠出血入院。和以往入院治疗不同的是，这次，我没有做胃镜检查。尽管医生苦口婆心劝我，一定要做胃镜检查，以便确诊，但我拒绝了。我多么讨厌做胃镜——三年前做胃镜时，我在五米外闻到麻醉液气味，便开始呕吐，吐得腰直不起，黄胆水吐得满地都是。医生说，从来没见过这样对麻醉液过敏的人。

消化科在住院部十八楼，和肿瘤科同一个楼层。和我同病房的，有三个病友。入院第一天，病友是一个老人，子女都在国外工作,老伴陪着他,取药取食。老人已经住院一个星期,具体患了什么疾病,我也不知道。我入院第二天,他出院了。转入了一个40多岁的病友,是一个肺癌患者,戴一顶黑呢帽,宽扁的帽檐遮住了他大部分的脸。但我还是看清楚了他,黄枯焦的脸色,身材高大,但棉大衣显得空荡荡。他的爱人一直坐在他床前,一边刷微信一边和他聊天。我爱人到主治医生廖医生办公室,提意见:“你怎么可以安排癌症患者,和我老公住一个病房呢?”廖医生憨厚,很不好意思似的,笑着说:“医院已经没有空床位了。”廖医生是我同事的爱人,是一个十分细致的人。我对我爱人说:“没关系的,我不会在意。”过了三天,癌症患者转院了,又转入了一个高烧不退的老人。老人种甘蔗为生,灵溪人,四个儿子一个女儿,轮流伺候着。我对老人说,你真幸福啊。老人说,我七十三岁了,临老我才知道,人生一场空,人是世间的过客。原来,老人房子要拆迁了,有一大笔拆迁费,孩子想着分钱。

廖医生给我办出院手续时,不忘对我说:“你可以写写住院的日子,住院很有人生感悟的。”我说,当然会写,我每次住院都写了。正在我离院时,隔壁病房突然哭声四起——一个在医院住了四天的人，被拉进了火葬场。

这次十二指肠出血，对我身体影响很大。我感到自己很虚弱，甚至洗碗时，我还得中途坐下来，休息两次。写字时，时间稍微久一些，我便缩在桌子上了。写《悲伤》，才三千余字，我断断续续写了五天。而之前，我只需一个下午。这是篇短章，但我仍然要写完。因为我知道，作为一本探究生命的书，不能缺少《悲伤》这个篇章；因为我知道，悲伤和孤独，是生命的动脉和静脉。

人来到这个世界，和万事万物相逢；人离开这个世界，和万事万物告别。世界的意义，于个体而言，完全是生命存在时的意义。世界是生命呈现的一个镜像。我们所看到的，所经历的，其实都在这个镜像里。尽管我们的一生，大多时候，被镜像所蒙蔽。于我而言，永恒并不存在。也因为永恒并不存在，所以短暂的人生才更加显得美好，才需要倍加珍惜。我想，我是一个追寻光的人，同时我渴望成为光源。

我不知道人生最后阶段是怎样的。尽管我无数次想象过。有一次，我和一个朋友沙沙探讨过这个问题。沙沙说："我经历了两次最后阶段的边界体验，非常美好，是一种没有知觉的玄妙。”我一直觉得这是沙沙对我的宽慰——我曾说：“人站立的最后一个悬崖，是一个冰窟。”

告别，可能更适合我们离去时的表达。我们所有的相逢，都将告别。有的提前告别，有的还未相逢就已经告别，有的告别了再告别。不能告别的，就离别。不能离别的，随肉身而去。

肉体是绽放的玫瑰，但终究会凋谢。人成为骨灰，重量是相差无几的。但人的灵魂会有另一种重量。所以，我愿意我的一生，是给人有温暖感的，真实的，可触摸的。我已中年，迄今，我是完满的，没有什么让我不满足。我会和时间友好相处，和生活友好相处。

这是一本探究爱和生命的书。写这本书的时候，我觉得自己在写爱的经文和生命的祈祷词，而不是别的。

个体的生命会终结。在我终结的时候，我书写的汉字会代替我继续活下去。这是我的愿望。“字比人活得更长久。”作家王雪茜也曾和我说起这句话。《我们忧伤的身体》作为文学、生理学、社会学和哲学相融汇的散文集，我在文体构建层面上，对散文的边界，进行了冒险的探索，采用跨文体，以多向度、多维度、多声部的构建方法，引入了诗歌、小说、词条、说明文、歌词等不同文体的写作方法，从不同的侧面层面，拓展文本的纵深。散文评论家刘军在他的散文观察中，这样评价："70年代出生的傅菲，既是江西实力散文阵容中的重要一员，也是当下中青年散文版图中特殊的一极。所谓特殊，并非是指他由诗入文的侧身经历，由诗歌而转入散文者，恰如元宵节夜晚的焰火，在散文领域似乎多不胜数；也不是新散文运动实力干将这一标签；更不是指其创作的数量和成绩。这里的特殊性，对应了这样一个事实，即20世纪90年代以来的身体叙事的潮流，在散文创作实践中鲜有绽放，即使有其影踪，也多由女性作家完成……对于女性作家而言，诸如周晓枫《你的身体是个仙境》、格致《减法》、塞壬《转身》这些典型作品，她们更多地倚重自我的经验和心理流动的曲线，写法上由内而外。而对于傅菲而言，他的身体叙事则基于思辨的纵深，个人的身体经验依然是个封闭性存在，写法上则由外而内，以此透视身体构成的社会学、文化诗学的含义。"

散文批评家袁演在《从板块拼接到圆融自洽——浅析傅菲散文的跨文体创作》一文中说："傅菲的散文不轻易倒向传统的现实主义，不是简单地躲到西方文学的面具后面，而是无限向内，勇敢地挺进自己的内心世界，即使那里有许多阴暗和不堪，也不回避、不躲藏、不隐匿……用细腻的笔触和富有哲理的思维，揭示了人类更为隐秘的情感世界，以及对于生死、悲欢直至整个生命的洞察。作品无时不在告诉读者要珍惜生命，热爱生活，感恩活着的每一天。”对此，我深表赞同——写作者思想的纵深，需要文本同等长的纵深，才得以完整支撑。

2018 年 1 月 17 日